写意福莱山

烟台开发区文学创作研究室◎编

烟台开发区文学作品选

天津出版传媒集团
百花文艺出版社

图书在版编目（CIP）数据

写意福莱山：烟台开发区文学作品选 / 烟台开发区文学创作研究室编. -- 天津：百花文艺出版社, 2023.7
ISBN 978-7-5306-8436-8

Ⅰ. ①写… Ⅱ. ①烟… Ⅲ. ①散文集-中国-当代 Ⅳ. ①I267

中国国家版本馆 CIP 数据核字(2023)第 122046 号

写意福莱山:烟台开发区文学作品选
XIEYI FULAISHAN:
YANTAI KAIFAQU WENXUE ZUOPINXUAN
烟台开发区文学创作研究室 编

出 版 人: 薛印胜　　策划统筹: 张　森
责任编辑: 田　静　　装帧设计: 丁莘苡
封面题字: 汪惠仁　　封面摄影: 于大为
出版发行: 百花文艺出版社
地址: 天津市和平区西康路 35 号　邮编: 300051
电话传真: +86-22-23332651（发行部）
+86-22-23332656（总编室）
+86-22-23332478（邮购部）
网址: http://www.baihuawenyi.com
印刷: 河北鹏润印刷有限公司
开本: 880 毫米×1240 毫米　1/32
字数: 228 千字
印张: 10
版次: 2023 年 7 月第 1 版
印次: 2023 年 7 月第 1 次印刷
定价: 70.00元

如有印装质量问题,请与河北鹏润印刷有限公司联系调换
地址:河北省沧州市肃宁县经济开发区
电话:(0317)7587722
邮编:062365

目 录

辑四

辑五

辑 一

旧时光

荒野

看大戏

是夜，万家灯火已影影绰绰，唯有村子中央的广场上锣鼓喧天，琴声嘹亮。漆黑一团的夜里，广场北端一个砖石砌成的舞台上，汽灯照亮了半个夜空。夜晚气温陡降，寒风凛冽，非但没有任何减弱的迹象，反而不时地飘着几朵迟来的雪花。村民们都穿上了冬季最保暖的新衣裳，黑压压一片坐在台前，期待着演员登场。我同家人一起也坐在前几排右侧的小板凳上，目不转睛地注视着舞台。随着音乐旋律的起伏，演员碎步快捷地奔向舞台中央，一个亮相，引来了阵阵喝彩。

那时的农村没有电灯，更没有电视，一年也难得看到一场电影。过大年唱大戏是全村老百姓唯一的愿望，更是孩子们幸福无比的期盼。

农村唱大戏，每年春节期间从正月初三初四开始，最晚到正月十六七，每晚都有演出，每晚都不重样。

岁末年终，腊月伊始，天寒地冻，田间地头早就无人光顾，家家户户都开始忙前忙后，准备过年度节。每个村，那时称作大队，根据大队往年的经验，请出老琴师，在全村青年中挑选演员，组织有文艺才能的青年编排剧目，安排乐队，剧种主要是京剧、吕剧，还有琴书之类的。当时作为小孩也记不清到底编演了什么剧，也就是看热闹而已。后来想一想那时的吕剧主要是《借年》《李二嫂改嫁》《王小赶脚》《墙头记》《逼婚记》《红嫂》。各村不尽一致，之前都相互通气，今年你村演什么，我村唱什么，避免雷同，各显特色，目的只有一个：换戏。也就是说，一个村的戏只能安排一晚上的演出，周围许多村之间轮流换演，每个村都能看个十天半月的，有时还跨乡镇、跨县，邀请他们来演出。

记得有一次我们村邀请了四十多里外的临县冯家村演出队，好像是来表演什么民兵类的节目。那时这种情况很少见，因为涉及交通、吃饭、半夜三更返回等一系列问题，特别是那个年代，交通不方便，村子之间没有公交车，只能靠拖拉机，我看到有几个血气方刚的小伙子愣是骑着自行车接送。村里也没有饭馆食堂，就分派到各家吃。忙活了几家子，快乐了全村人。当时都是不怎么富裕的生活条件，质朴无华的百姓，敦厚善良的品格，友爱互助的精神，今天想来很是感人。

唱戏就得搭戏台，所谓“戏台”，其实只是四周砌围墙中间填满土的一个土台子，想来当时村里开大会，搞个什么活动都在这里。过年要搭一个临时的戏棚。四根又粗又高的松木杆立在四角，然后在左、右、后三面的上、中、下加几道横杆，用笆秸箔，也就是高粱秸和麻绳编成的围箔围上，后面两侧留两个上下舞台的门。舞台上面是露天的，有的时候也盖上一层笆秸箔。前脸上端挂一横布，里面挂上大幕。当时我们村戏台的东北角有一栋房子，大约三间的样子。除了有个正门即南门之外，还有一个通向舞台的房门，这房子是专门用作演员化妆和休息的地方。

为了晚上看戏有个好的位置，人们开始“占场儿”，也就是占地方。那时候这是孩子们最喜欢干的事，有的孩子上午就去占地方，而大部分是午饭后开始的。一家子的孩子，或同邻居家的孩子一起，每个人抱着几个小板凳，大一点的孩子扛着一条大长凳，奔向村子里的戏场子，找个最佳的位置一个挨一个地放在那里，到半过午就几乎摆满了一大半的地方。晚上都是轮换着回家吃饭，时常看到孩子们为占地方争吵打架。

占场儿,这是一年当中孩子聚集最多的时刻。记得上小学时,每个班每年都在不同地方,因为没有集中的教室,经常变换地方,刚刚上一年级的时候是在一个祠堂里,二年级、三年级分别又搬到了东北疃、大队南,直到"文革"初期才有了小学校园。当时一个班的学生并不多,好像就十几个,下课的十分钟八分钟根本没什么可玩的。看戏占场儿成了孩子们最快乐的时刻,他们在广场上尽情地玩,放纵地跑,恣意地乐。跳绳、跳田字格、投毽子、下五福、捉迷藏、玩陀螺等,搜肠刮肚,极尽巧思地折腾着。

儿时盼着过年,吃好的,虽然吃的就是现在平日里的日常饭;穿好的,自然也就是粗布衣裳;天天玩耍吵闹,放爆竹,玩陀螺;每晚占场儿看戏,偶尔也有感动的时候。但童年的自由,童年的梦,童年的幸福,童年的爱,等到长大了,仿佛悄悄地走掉了,似乎永久地消失了。

洋铁匠的故事

那是一个初冬,树上的黄叶已经落尽,被风吹到了墙角和路边,赶到了沟崖和犄角旮旯;鸟儿来也匆匆,去也匆匆,寻找着秋收冬藏的食物;阳光有点懒洋洋的,不怎么晃眼,也不怎么移动;只有风儿在摇晃着零落的树枝,发出簌簌的鸣叫。岁暮天寒,飕飕的冷意早就有预谋、有准备地蠢蠢欲动了。

母亲让我给奶奶送饭,送的是煮菜和咸鱼,还有刚刚出锅的豆面饼子。端着这些东西,我心想:都是刚刚出锅的,特别好吃,就是没有肉。因为平时家里根本就没有钱买肉。

家里也养着猪，我放学回家的第一个任务，就是背上筐篓，带着镰刀或小锄到田埂沟崖剜猪菜。当然，平日家里还有剩菜剩饭剩汤来喂猪，花生藤粉碎成糠作为猪食，有时还要将豆饼或花生饼砸碎，用水浸泡之后，给猪加料。家中唯一的一头猪，一年出一次栏。实际养这头猪，就是家里将零钱攒一个整。记得那是腊月的一个清晨，天还黑着呢，父亲已经起床，刚刚点亮灯笼，几个年轻力壮的叔叔就来敲门了。他们帮忙把猪逮住捆起来，绑到独轮车上，天不亮父亲就推着小车到十多里外的公社排队卖毛猪。我有时盼着父亲能带回点猪肉或猪下货什么的，即便是一条猪尾巴也行，这确实是小时候奢侈的梦想。父亲回来时，我只见到父母的脸上出现了一丝笑容，并不知道卖了多少钱，也不知道为什么没带点肉回来，父亲已经非常疲劳了，不敢问更不敢出大气，只记得到了过年才能吃上点肉。

天确实有点凉，我把盛着饭的小篮子搂在怀里，既可以保点温，也可防止失手。出门走到巷子口，街上一个人也没有，向左一拐，进入大街，忽然发现邻居家大门旁的墙根下，迎着太阳坐着一个洋铁匠。

洋铁匠看来有五十多岁的样子，他的脸上泛着红晕，再一看他生着一个小炉子，火苗正旺。烧什么呢？好像是敲碎了的玉米瓤棒，小炉子上面支了一口小铁锅，很是精致，约有小半锅水。它在烧水做饭，这些袖珍的家把什，真像我们小孩玩过家家，但人家却是真火真锅真家伙。想着想着，洋铁匠用一块小菜板端出了一些刚切好的猪肉片，下到了小锅里，小锅上漂着肥瘦相间的肉片，没过油，没包淀，没酱色，滚热的水一浸，薄薄嫩嫩的五花肉片十分诱人，馋得我哈喇子都流出来了。

几片柳叶飘落在我的脚前，太阳把我的影子变得很近很矮，我才猛然察觉已近中午了，怀里的饭快凉了，奶奶还在等着我呢。

急急忙忙把饭送给奶奶，我掉头就往回跑，回来的路上，走到这儿又挪不动腿了。

洋铁匠开吃了，太香了，世界上还有这样的美味肉片！这时，一位老人走了过来，看了看小锅里的肉，问他多少钱买的，洋铁匠说：“两毛钱。”那时到供销社的小卖部打酱油才几分钱，两毛钱可是我们家半个月的油盐酱醋钱啊。我忍着馋虫，在洋铁匠的摊子旁边蹲了下来，打量着洋铁匠的木箱和工具，不时地瞄一眼小锅里的肉片。

还真是入神了。木箱上有许多小抽屉，里面放了一些小锤、铁锉、焊锡、焊膏、松香等工具辅料，还有磨石、铁锯、钳子、锥子、铁剪子、铁斧子、烙铁等，当然旁边还放着铁墩、小炉子、小铁锅……

先有洋铁制作成品，方出洋铁维修之匠。洋铁自然是国外舶来的，实际是镀锡铁皮或镀锌铁皮，在我国也就一百多年的历史。从事洋铁制品的工厂和产业里的工人并不叫“洋铁匠”，只有从事定制和维修专门洋铁活儿的手工艺人或小作坊师傅，才被称为“洋铁匠”。

清末民初烟台的老明信片就展示了芝罘北大街瑞蚨祥楼前洋铁匠的真实景象。胶东走街串巷的洋铁匠，主要是修理百姓常用的以洋铁制作的铁桶、铁烟筒、烧水壶、铁桶勺、酒提子、铁漏斗、油灯、铁盆、铁灯笼、铁撮子等家把什，一般是修补、焊接或小玩意儿制作。他们有别于烧炉打铁的铁匠，也不同于锔锅锔盆的小炉匠。

时光匆匆走过了几十个春夏秋冬。某年五一假期，我约了作家、摄影师等几个朋友，再度寻访胶东尚存的一位洋铁匠。

说来也是转了好几个圈，才找到这位洋铁匠。我们这位作家朋友通过他的朋友介绍认识了一个铁匠，这个铁匠带我们来到他的老朋友洋铁匠的家。从外边看，这是一座带院墙的老房子，院墙是碎石勾黄泥砌成的，时代感犹存。当我们进入院子，院里空荡荡的，地面打扫得十分干净，磨得发亮的泥土地上寸草不积，各种农家的生活用品、家什，摆放得井井有条。我们一众人站在院子里，喊着洋铁匠的名字，很长时间无人应答，心里顿时凉了半截。再喊几声，似乎从带木棱窗户的玻璃中，隐隐约约看到里面有个影子在动。又停了一会儿，房屋的门打开了，从里面走出一位老人。

洋铁匠站在院子里，像个雕塑，面部全无表情。铁匠问及近况，洋铁匠似乎有了反应，低下头，低声说道："我在炕上躺着，没什么事做，一个月前，老伴撇下我走了，我一直没有出门。"一切都十分清楚了，老人确实没心情干洋铁营生了。我们安慰着老人，没有其他的话可说。还是他的铁匠朋友直截了当道出了我们的来意。

洋铁匠得知我们跑这么远专程拜访他，便开始整理他的情绪。考虑到老人的感受，我们再没提及任何以往的事情。

刚进院门的右侧过道处，有一个很矮的小棚房，打开这个虚掩着的简易小门，里面就是洋铁匠的操作棚，各种维修制作工具应有尽有，井井有条地安置在小棚的地上、墙边、墙角和墙壁上。旁边放置了一些大大小小的木箱，有的木箱显然是洋铁匠走街串巷用的工具箱。这位干练的洋铁匠，一看就是一个干净利索、聪明睿智的手艺人。现在，这种手艺人甭说十里八乡，就是跑遍胶东的几个县也难寻难觅了。

抬食盒

早饭过后，太阳已经爬得很高了。街坊邻居家传来了孩子们的喧闹声，好像嚷嚷着要看光景、看热闹。我的目光转到了母亲的身上，没等我开口，母亲扫了我一眼，说："是街南面你高伯伯家的儿子结婚，张罗着抬食盒、送礼盒。"我立马像打了鸡血一样，心头一震，这种光景可没看过，何况高伯伯是在外混得有头有脸的人，好像是个什么官，儿子也有不错的工作，是我们村里比较富裕、非常讲究的人家。特别是每年春节期间，母亲总是带我到他家拜年，家里的摆设非常讲究、气派，收拾得井井有条，什么八仙桌、影屏、太师椅、梳妆台、座钟、首饰盒、挂屏、年画，总让我目不暇接。他家办喜事一定特别隆重，我撒腿就往门外奔。

以前在胶东农村，抬食盒是一种非常隆重的礼仪活动，绝不能敷衍了事，否则对方、长辈或者街坊邻居都会挑理。各种礼仪、礼盒、礼书、差人、车马、乐队、程序，也包括拴红花、贴喜字、粘对联等，都有专门的"司礼""大僚"或者"总管"进行料理安排。

看到又大又高的食盒外面贴着红色的"喜"字、"福"字和对联，上部系着红布扎制的大红花，感觉非常隆重，仪式感特别强。当时不敢靠前掀起来看看，只是围着食盒转来转去，然后拽着大人的衣襟不停地问，总想知道里面到底盛了些什么东西。大人们讲，结婚时男方家里要准备各种蒸好的描花插叶、寓意吉祥的花饽饽、点心，还有做好的肉鱼等食品，讲究的人家还要放上水果、糖果等礼品，要放满上下多层的盒子。通常提前好几天就要请专门的厨师烹饪鱼肉食品，谁家的媳妇手巧也被请来帮助做花饽饽。富人家备着各种各样的山珍海味，而一般人家大多放置面饽饽类的食物。除了食盒以外，男方为了感谢女方家长对女儿的养育之恩，还要配备其他的彩礼，如礼金、喜饼、双对鸡、猪肉、米、酒、鞭炮等，然后每两人抬着一个大食盒，随整个送礼的队伍，敲锣打鼓，吹吹打打地去女方家。富裕人家至少是抬送一对大食盒，有钱人家讲门面有时是送两对大食盒。而一般人家是送小食盒,或两人分别提着、挎着,或由一人用扁担挑着。民间俗称这种仪式叫“抬食盒,送礼盒”。

老人们说,抬食盒送礼盒的差人,在乡下通常都是街坊邻居家里的年轻人,他们都是前来帮忙的。村里的习俗就是无论谁家有红白喜事或要盖房砌墙,亲戚邻居都会来无偿帮忙,人情味特足。据说在城镇,有专门提供婚丧嫁娶等重大礼仪活动的生意人,由生意人安排所有的器具和人工,主人只管点银子、数票子。

食盒,实际古时叫椟或攒盒,可提可挑可抬可挎,是古代民间用以盛放食品或其他礼物的主要器具。无论婚丧嫁娶,还是大型礼仪活动,它都是不可或缺的礼仪之器。

大食盒高一米多,通常是四层屉格,下面有四条短腿。如果层数太多、食盒太高,两个人没办法抬起来,更难以正常行走。大食盒两侧的两根立柱上嵌一横梁, 讲究的食盒外部有镂空图案的铜片或铁片装饰加固,横梁中间设有扁形孔,便于两人抬食盒时将扁担穿过,不易滑脱;也有横梁上加铁扣铜环插扁担的。

食盒涵盖的范畴比较广泛, 它不仅包括抬食盒当中使用的食盒,还涉及大大小小、方方圆圆、高高矮矮等形状,以及各种材质,如竹编的、木质的、藤条柳条的,也因用途各异而有所不同。

高档的食盒用红木等名贵材质制作,有的还雕花嵌贝,显得富丽堂皇。竹编的食盒也很讲究,细细的竹篾编织出各种花样和形状,大的小的、胖的瘦的、高的矮的、方的圆的,千姿百态。当然,还有柳编藤编的大小食盒,也称食篮,与一般篮子不同的是带有专门编织的盖子。

璜山书院收藏了各式各样的食盒、食篮,其中有一个藤编小食盒,里面可放置一个汤罐,仿佛是按照汤罐的大小编制的,严丝合缝,真是做工讲究,小巧玲珑。

食盒本身就是一种非常讲究的盛食品的器具,因此也多在讲究的场合使用,或在一些公共场合显摆一下。在食不果腹的贫家穷舍里,有个篮子、筐子、篓子就不错了,甚至用碗、盆、小笸箩,或者用布、纸等东西包起来,拿绳一系,用手提着也就完事了。

洗脸架

古时候结婚,娘家给女儿的嫁妆有四件是必不可少的:绣花鞋、开裆裤、素手绢和柜箱。柜箱最早的时候是一个梳妆盒。秦汉时期,中国就出现了化妆,并逐渐盛行开来,到了唐朝,化妆成了女子的必备技能。娘家人除了准备柜箱以外,还会放一些比较贵重的首饰在里面,这也寄托了父母对女儿出嫁后的关心和祝福。

后来,柜箱也由小变大,加入了一些被褥之类的陪嫁,梳妆台也在其中,包括洗脸架,都是配套的,材质、款式、色彩都是协调一致的。有的洗脸架前面放脸盆,后面两条腿继续向上延伸,中间镶嵌有一面立镜。最上端设有造型,雕刻着龙凤花鸟之类的吉祥图案,美观典雅。我在璜山书院就见到一组非常考究的洗脸架,民间精美的镂雕工艺,将吉祥的麒麟送书、双龙戏珠、攀龙附凤等图案镂雕其上。其六个腿的连接也不凡,是交叉的六角星形,上部附有隆起的六个菱角,菱角的形状酷似蝙蝠,也就寓意“福多”。其中四条腿的顶部雕莲子,寓意“多子多孙”。

简易的洗脸架使用时比较方便,可以随时移动,比如冬天比较冷的时候放在屋里,夏天或春秋季节可以移到屋外。木制的洗脸架在户外风吹日晒容易腐朽变形，后来出现了用铁棒弯曲焊接，再刷上油漆的铁制洗脸架，更能适应户外环境。

看到这些精美的洗脸架，我忍不住浮想联翩。花开花谢，叶生叶落，它们走过了多少春秋冬夏；风起风过，云卷云舒，它们度过了多少寒来暑往。随着时光的步伐，许多记忆都开始扑朔迷离，虚无缥缈。那天生产队里的几个小伙子凑到一起，说咱们队里二叔要结婚，让我们去抬柜桌。什么意思？嫁妆是女方陪嫁的东西，在胶东都是婚礼前夕由女方家派人送来，怎么就变成去抬了？再一想，二叔在我们这儿算是岁数不小的了，找到这个满意的媳妇确实不容易，不管这些了，二叔让去我们就去，别的方面我们恐怕也帮不上二叔的忙。

按照约定的时间，我们七八个年轻小伙子都到齐了，一切行动听指挥。听说二叔媳妇那个村离我们村有六七华里，还要过一条大河，这条河的河床很宽，有百八十米，但没有桥，人们都是蹚水过河。记不清是春季还是秋季，反正天气不冷不热。大家迈开大步，一路欢歌笑语，没有多长时间便到达了目的地。传统讲究是新郎不能去，新媳妇这时也不能见婆家人，开始确实是女方家中其他人出的面，没想到最后新媳妇还是露了一脸。新媳妇皓齿明眸，一双水汪汪的大眼睛，嫣然一笑，风韵撩人。二叔的眼光可以呀，这次可找了个既漂亮又开朗的好媳妇。我们开始清点柜子凳子，安排分工。其中一个是大箱子，这是我们那地方嫁女儿必需的，里面放了一些褥子被子什么的，挺沉重。说好这个箱子要体壮的人先抬，中间换换人。其他人抬凳子，说是凳子，实际是几个杌子，四四方方的也不轻。还有一个是木制的洗脸架，捆绑好了，插上扁担抬起来就走。

天空没有一丝云彩，微风不时地抚摸我们的头发。出了村大约二里路就到了河边，河里水流潺潺，已经被水冲刷许久的石头没了棱角，圆润光滑，旁边形成了一个个的小漩涡。看来负重过河就得小心点，抬的东西都不能湿，大家商量好一件一件抬过河。我们放下所有的柜子、箱子和凳子，把鞋脱下来，先派人运到河对面，再回来运送柜子。扛洗脸架的小子说："我先送，我扛着洗脸架顺便帮你们拿鞋子。"大家感觉他拿的轻应该没关系，应许了他的请求，派了一个人和他一起运。所有的鞋都提在手上，他们开始过河，深一脚浅一脚的。我们没过河的这些人都在岸边看着，心想你小子可别躺到了河里，鞋湿了没关系，那洗脸架可不能遭殃。

正寻思着，就看见这个小子身子一歪，脚下一滑，一个踉跄，连人带洗脸架一起倒在了河里。大家冲过去，解救了这一危难。看看吧，这小子成了落汤鸡，同时过河的那个人为了去拉他，手里就剩下几只鞋没有沾水，其他的全军覆没。关键是洗脸架，捞上来一看摔坏了一条腿。几个人嘀咕着："湿了没关系，坏了也能修，关键是不吉利。"本来是一件喜庆的事，大家也都是来帮忙的，出了这种事，让人感觉非常不爽。大家抬着柜桌，穿着湿鞋，或干脆光着脚丫，狼狈不堪，一路无语。

柜子抬回来了，洗脸架也修好了。喜庆的婚礼如期举行，日子过得也挺好。二婶这个人在村里很有人缘，是个有文化、通情达理的人。每次见到二叔和二婶，二婶看起来大大咧咧，满不在乎，但总觉得这个心结难以解开。后来回老家时，每次探望二叔二婶，总也忘不了提起抬柜桌这个话茬。

刻骨铭心的记忆

杨林盛

儿子五一节放假回烟台，让我讲讲当年读大学时最刻骨铭心的几件事，记忆的闸门轰然打开——

我是 1978 年考入当时的烟台师专（鲁东大学前身）的，就读于物理系七八级二班。当年读大学时最矛盾的事，恐怕要数放假回家了。盼着回家的心情自不必说，可以回去看望父母，吃两顿老妈做的可口饭，品尝家乡的土特产。怕回家主要是因为路费，从学校到掖县（今莱州市）老家，来回路费也要不少钱。我在家排行老大，当时两个妹妹在县里读重点中学，父母单靠务农谋生，家里负担的确挺重，想省钱或者赚点钱，就不得不算计着生活了。

记得有年寒假学校招募护校员，主要是晚上巡逻，白天没事，还免费管饭。我报了名，有幸成为一名护校员。白天也打工，通过熟人介绍，在邻近学校的世回尧村找了一份挖土方的活，就在现在主校区偏西北的位置。挖一方土是几块钱已经记不清了，大概一天能赚两三块钱，护校每天也有点儿补助，但数额不多。那个假期，白天挖土，晚上护校，过得挺充实。挖土方的活儿就是累点儿，“东家”提供手推车、镐头、铁锨等工具，除了力气，不用投什么资，我出力气，对方付钱，感觉挺划算。最难熬的是除夕到正月初六这几天，农民要过年，挖土方的活儿就停了，我待在空空荡荡的校园里，思乡想家的感情一个劲地往上蹿，特别是听到接连不断的鞭炮声，有几次竟然哭出声来。当时电话少有得很，只能靠写信排遣寂寞，诉说思念父母的心情。当然，这些苦也没白吃，那个假期不仅省下了回家的路费，赚到了一笔可观的工钱，还锻炼了自己面对寂寞和苦难的忍耐力。现在回头看看，人的一生创造力很重要，冲击力很重要，忍耐力和钝感力也挺重要，它们是我们赢得美好生活必备的智慧和手段，只是过去对此不怎么重视罢了。

我从小在农村长大，能叫上名字的体育设施，只有篮球场、乒乓球台、沙坑、单双杠。上了大学就不同了，鞍马、吊环、爬绳、体操等，净是些新玩意儿，从小没玩过，所以开始成绩大多不及格。最难堪的是鞍马，憋着一股劲往前冲，一跑到跟前就害怕，怎么也跨不过去。还有爬绳，小时候爬树跳井的事儿没少干，身手还有两下子，可爬起绳来就不灵了。由于绳子上下不固定，东荡西晃，净使潮劲，爬不到半截就掉下来了，到最后也没达标。当时学校抓体育抓得特别紧，老师也不给通融，第一学期我的体育成绩不到八十五分，因此而落选了三好学生。可能老师也认为，我除了体育不达标，其他还算优秀，就给评了个校级优秀共青团员。此事对我触动很大，觉得很是丢人。为了体育达标，后来还真下了一番功夫，白天怕动作不雅丢人现眼，就晚上到操场上去练，总算勉强过关，后几个学期评上了三好学生。初涉城市大学生活，体育达标这件事就给我这个农家子弟烙下了深深的印痕，一种对新事物始终保持探求热情和不气馁的精神，从此内化为我性格中的一部分，成为至今受益的精神财富。

我们七八级学生的确很幸运，赶上了祖国中兴、渴求人才的好机遇。毕业前夕，中央决定从应届大中专毕业的学生干部中，选拔一部分充实到各级党政机关。我和几十名同学一起有幸进入初选名单。物理系党政领导高度重视，在省市组织人事部门来校面试之前，召集本系的几个初选者开会，做“战前动员”，嘱咐我们放松心情，不要紧张，沉着应对，争取中选。我是穿着一双破塑料拖鞋去开的会，鞋带粘补过多次了，有一只鞋底还掉了四分之一。动员会结束,正当我一脚门里一脚门外离开时,系党总支副书记杜卫国老师喊住了我。“杜老师有事吗?”“看看你穿的这双鞋,一看就邋里邋遢的,谁还能要你?面试时要换双鞋。”“我没别的鞋,原来想毕业挣了钱再换的。”“那就穿我这双鞋去面试吧。”杜老师脱下他的黑色皮凉鞋,递给我。我一时语塞,不知所措,一股暖融融的东西在我心中流淌。这样的鞋从小就没摸过,记得我穿上杜老师的鞋,是流着眼泪走出会议室的。或许是我的运气好些,或许是言谈举止赢得了评委好感,或许是杜老师那双鞋的神力,物理系只有我一个通过了面试。记得作家柳青有句名言:人生的道路虽然漫长,但紧要处常常只有几步,特别是当人年轻的时候。读大学期间,老师给我传授了知识,为我指明了方向,还用自己的“鞋”送我踏上了最关键的一程。这件事我至死都不敢忘记——它诠释了深挚无私的师德师爱,寄托着老师对学生成才的美好期待,永远激励我奋进,警示我感恩。杜老师是这样,母校又何尝不是这样呢?滴水之恩,涌泉相报,对于老师和母校的恩情是需要终生去报答的!

城楼箫声

谭得水

我家住在城根下，守城门的是位干瘪的老头儿。

这小城建成于清朝，距今有三百多年历史。城墙是由一色的青砖砌成，远看黑苍苍的，绵亘逶迤数里，轻轻地分割着城区和郊野。有东、西、南、北四门，数南城楼高大威严，上覆金色琉璃瓦，四角飞檐走兽，张扬着不凡的气势。城里有官衙和许多紫梁红柱的房舍，古色古香的，叫人泛起思古的韵味。城门洞是拱形的，有两扇笨重的大门，用灰色铁皮包裹，排排核桃大的铜钉，闪着灼目的光。外面护城河水是从沁水河引来的，常年不经意地流淌着。

我记事的时候，数道城墙因战乱倒塌了，南城楼保留得还算完整。二十世纪六十年代初，生活苦涩得很，但社会秩序却平稳，进出城门的大多是穿制服的干部，穿着土气的人只能站在远处看看。每天太阳冒红的时辰，城门就吱吱呀呀地开了，一位五十多岁的老头儿走出来，抡着大扫帚，刷啦刷啦地扫路；天擦黑的时候，城门又吱吱呀呀地关上了。

我那时可能太小，顽皮得要命，睁开眼就嬉闹惹祸。城门外有几个冷清的商店和水果摊，只要见我和革子来了，小贩的眼神就尖溜溜的，生怕我们摸他的水果。他们有时也用拙朴的狡黠来拉生意，可我们兜里总是瘪瘪的。有时闯野了，不小心就混进了城里，东门窜窜，西门溜溜，净看些新光景。有一次还拱进了一间大办公室里，一位县长模样的人，操着南方口音问，小鬼做什么呀？我们吓得撒腿就跑。小商店的辛阿姨说，你们小心点，要整你们的。她说着把嘴向城楼上一努，我知道她指的是守门老头儿。

从这以后，我们进不了城了。城门洞下，那老头儿坐个马扎，谁经过他跟前，都要被审视一下。我们再想跟着大人混进去，他总猛喝一声“滚回去”，我们就扭头跑了。可是城外没玩头，唯有城里诱惑多。那年可能是夏初的一天，我听见辛阿姨在拉呱，说“守门神”病了，眼神不好使了，看来守门这个活儿他不能干了，这些当官的也真是，人家总是个老革命呀，组织上应该照顾照顾。我一听守门老头儿的眼坏了，拉着革子就向里走，居然进去了，这天我们玩得非常痛快。我坐在旧县衙的大堂上，装古代的县官，还用木板当惊堂木，革子做衙役。我喝呼他把犯人押上来，革子就模仿戏子的样子，一本正经地表演，最后都哈哈大笑起来。谁知天悄悄地黑了，不知谁呼哨一声，大家就向城外跑去，可是城门被一根大铁杠闩上了，还落了把大锁。大家都傻了眼。怎么办呢？只好去找老头儿了。我们踌躇地走上城楼，哀求他放我们出去。老头儿用鼻子哼了声，说没那么便宜，你们以为我真的瞎眼了？我早注意你们了。这是县长办公的地方，你爹叫什么名字？说完就像尊雕像一样面朝南站着，凝视着远处朦胧的灯火。革子急得要哭，因为回家晚了要挨腚板子。我悄悄地拉了他一把，急匆匆跑下城楼。我们顺着城墙根走啊走，不知走了多远，终于发现一处残墙豁口。我俩把腰带接在一起，小心地顺了下去。从此我们恨死了那老头儿，经常在背地里骂他。

我上学后，很少有机会进城里玩，也不经常看见守门老头儿，有时隔着护城河，从后窗上望望城楼。那几年生活平淡，日子像流水似的。又是一个夏天的夜晚，一缕遥远的乐声隐隐传来，像农家织布机上抽出的根根棉线一样涩涩地撩人，也像田野里和煦的季风渐起渐息。一会儿高亢激越，如万马奔腾，似江河奔流，汹涌向前；一会儿又是呜呜咽咽，如泣如诉，像在讲述着一个凄婉的远古故事。我问妈妈这是什么，她摇了摇头；我又问爷爷，他说这是箫声，只有念书人才会的营生。我趴在北窗上，看着月下的城楼，我知道弄箫者是那位深沉凝重的守门老头儿，虽然听不懂曲牌，只觉得在这沉静的夜晚，有箫声相伴，日子虽然过得苦辣辛酸，心里也有股别样的滋味。

箫声润浸着这方水土，把小城渲染得灵气鲜活。箫声又飘进这个村庄，越过阡陌大地，传到很远很远的地方。我静卧在那悠长的旋律中，沉沉地睡去，做着很香的梦。有一次我正屏息听着，箫声却戛然而止。这一夜我心里就空落落的，总觉得缺点什么。

听辛阿姨讲，守门老头儿是西关大财主李茂财的大儿子，他是我们县最早的共产党人，二十世纪三十年代后期北平师专毕业，被党派到我们这小城里，以教书为掩护做地下工作。后来被叛徒告密，他在月黑风高的夜里逃走，参加部队打仗去了。十多年后，他又回来了，做了小城第一任县长，至今老人们还传咏他好多好多故事，说他当县长如何为百姓办事。后来他被撤了县长职务，本应回原籍务农，县里念他是个老革命，让他做了守城门的工作，国家还给碗饭吃。妻子与他离了婚，女儿也被带走，只剩下他一人，一下子就苍老了。

我们打从知道老头儿这些故事后，不再骂这位老人了，心里添了许多尊敬，也有了几分畏惧。我渐渐觉得他是个了不起的人，就像那座城楼一样高大。那年老师带我们到城里打扫卫生，我分的正好是城楼区。我帮着老人打扫屋子，他显得异常高兴，眼神里滚动着异样的光。我看见那支长箫搁在案头上，紫盈盈的色泽，上面凿有圆圆的小孔，我跷脚探手取过来，对嘴吹了几声，一抹低沉、杂乱又轻柔的曲调就飘洒了起来。老人见我喜欢，就让我坐在他的靠山椅上，教我吹箫的方法。

四十年过去了，古朴庄重的城楼早已被夷平，高楼大厦代替了青砖灰瓦，条条巨蟒似的马路肢解了旧日的街肆，但时光磨不掉小城昔日文化的积淀。护城河还在，衙堂被列为省级文物保护单位，守门老人作古了，那时断时续的箫声也没有了。日月轮换，人事更迭，这是谁也改变不了的定律。每次回故乡，我都要伫立在城楼的遗址旁，不敢太抖动那久远的思绪，生怕搅乱那片宁静的土地。我想念那老城楼，想念那位饱经风霜的孤零老人，我愿听那悠悠的箫声。

中秋月依依

也不知道从什么时候，我喜欢望月了，尤爱望中秋的月。

我常琢磨，它为何那么神韵变幻，有时候是残缺的，有时候是淡淡的，有时候又是弯弯的。唯独中秋月，才是圆圆的。

中秋月，在不同的地方观望，感觉是不一样的。站在山巅望月，只觉月更高更亮，脚下的土地空灵壮阔；在海上望月，天海就混沌了，辨不清月亮是镶在天上的还是掉进海里的；城里望月，又觉勾不起那沉醉的心境，我还是喜欢故乡望月。

年年中秋，今又中秋。中秋赏月，是古老的习俗。但在不同的时刻望月，意蕴也是不同的。

当暮色悄悄降临，西天残霞湮尽的时候，月就从东山头冉冉升起了。这时候的月很大很大，像个银盘似的，使人联想到熟睡在摇篮里的胖孩的脸和农人头上圆圆的阔边斗笠，它的步姿那样轻盈，似慢舞，似轻歌，又像在和人们委婉地诉说着。月光开始是黄褐色的，慢慢又变成古铜色。

月下的山是黑黝黝的，腾越着一股雄浑之气；月下那条宽厚仁慈的河拐了个弯，为淳朴的小镇套上了半只手镯；风从雄阔的山谷拂过，荡走了家院里的热气；白杨犹如幢幢魔影，排着两列队伍，向城里走去，离碎的枝叶，婆娑摇曳着；村头河边有雾，像些缥缈的淡烟，一抹一抹挂在树梢和房脊上。月光是亲近生命的，老魏家的院落有片花树环绕，红花暗幽幽的，白花更白了，门墙里和篱笆上的牵牛花，像挂满了只只小喇叭，朝着月亮吹着嘹亮的歌。镇南那片刚刚吐芽的麦苗，也都向月儿笑着。小镇热闹极了，鹅鸭嘈杂着，大街上有农机轰鸣而过，伴着下地人粗犷的吼声姑娘们银铃般的笑声。躁动的小镇一会儿又沉静了，葡萄架下，清爽的地面上，家家摆上了美酒和月饼。以月饼敬月，月也笑了。

午夜了，月上中天，是中秋节的美好时刻。它不再向高处攀缘，好像在原地徘徊着，不快不慢地走着，这时的月是银白色的，鲜亮地高悬着，像被露水洗过似的，光的翅翼到处扑飞。天空幽蓝幽蓝的，碎星眨着小眼，神圣的寂静取代了初夜的喧嚣和农人快乐的歌谣，房舍里的灯火消失了，人们都进入了梦乡。月下的小镇，风清月明，也悄悄地睡去了。沉淀着秋意的大田里，作物们在交谈着，河边有花儿在轻轻舒放萼瓣，几粒种子也悄然开裂，闪着黄色的火焰。当然，还能听到秋叶子滑落的叹息声、男人甜甜的鼾声和婴儿的哭闹声。空气里荡着淡淡的花香和浓烈的蒿草味，到处都那么邈然幽远。这世界就像个冷静的哲人，默默地沉思着。这时在月下独自走走，踏着湿润的土地，仰望这中秋的圆月，握根笛儿，坐在河边奏支曲儿，那是再惬意不过的事了。这里有多少体恤，这里有多少慈爱，花儿有情，叶儿会语，也难言尽这明月的秘密。

沉甸甸的月亮要落山了，就像要出远门又不忍离开儿女的母亲，在碎絮的云里行走，显得清瘦、苍白。这种凄清的月色，如果以乐器形容，那就是一支袅袅箫管了。月光泼在窗台上，映上了床头，我想起“举头望明月，低头思故乡”这千古绝句，这是离乡人愁断百肠的时刻。这时的夜像个深潭，只有蟋蟀和秋虫在唱着低低的曲儿，镇东边的茫茫红富士苹果园，夹岸的梨树林，在无声地吸吮着大地精气。泛着秋意的叶子上，蓄着晶莹的露水，早熟的苹果已红了脸，在月下绽着美美的笑容。空气有点凉了，看果园的人已入睡，狗还竖着耳，瞪着鬼火似的眼。

我觉得，初月是希冀和憧憬，中月是凝重的思考，落月就是一首交响乐的尾声了。月的升沉高亢而低抑，给人艺术上的悲感，并非悲哀的感觉，而是一种悲壮的心情。虽然它不会指点兴亡，但却高远深邃，似有天机谜底深藏，它又那么纯朴自然，不倦地升升落落，望着它，谁不慨叹人生苦短。我还觉得，淡月清瘦，弯月残缺，满月就团圆了。人们都盼中秋月儿圆，就是这个道理。月依依情依依，月有情，人间才有不老的笑容，地上才有不灭的火种。

火烧云

若不是亲眼所见，我真不相信自然界里还有火烧云这样绚丽壮美的景色。那天，我和邹江在海里钓鱼，西边半悬着的太阳已经燃尽了一天的炽热，像个橘黄色的大火球，在漫漫雾霭里缓缓坠落着，挥洒着黄盈盈的光。东边有薄薄的暮色悄悄袭来，一轮淡月不知啥时也睡上了芝罘山头，伟岸的岛屿半遮半掩在波光水影中，风轻轻的，海沉沉的，天是蓝的，天海交融，浑然一体。几只急着归巢的鸥鸟，忽而扑进水里，忽而又掠过海空。太阳要落了，我催邹江开船，他却来了兴致，边甩鱼钩边说：“别急，正是鱼儿上钩的当儿。”

日落是深沉的，那么有韵味。有时鲜亮鲜亮地落，有时混混沌沌地落，且或多或少有片霞光相伴。今天的日落着实奇怪，先是润起漫天淡红色的光，而且越润越红。我看了看黄昏的天海，没什么异常，只听海在轻轻地喘息着，虽有七八条游荡着的船，但大海仍显得静谧安详。我们的船像只梭儿，轻轻地犁开海面，向岸边驶去。邹江在船尾把舵，我坐在船头上。浪儿悠闲地拍打着船体，像母亲的手在轻拍着婴儿的屁股。天有点黑了，山悄然隐进微茫里，海睡得更深了。忽然船儿的马达停了，我转头找邹江，他却像个看园子的老头儿，脖子使劲向西抻着，在傻呆呆地看着什么，我刚想催他开船，却被眼前的一幕惊住了。只见整个西天全红透了，犹如燃起了一场冲天大火。天空着了，云彩着了，大海也着了。小时候听老人说过，这叫火烧云，只有夏天的雨后才有。这时我明白了，原来火烧云从傍晚一直在奇幻地演变着。

船在轻轻地打转儿，这时谁去管它呢。我着迷地看着火烧云和云下的大陆，只觉朦朦胧胧的，绵延逶迤了很远很远。红云下的城市腾着一片盈盈紫气，那里藏着许多美丽的故事，还盛开着娇艳的花儿，它们在诉说着香甜和蜜样的爱情。海滨大道的灯亮了，高耸的大厦被红光映透了。我坐在船上，就像在画中游，恍惚觉得这个城市也是艘船，巨大的船，十三年的历史，十三年的航程，一直昂着头，迎着太阳远航。

火烧云是慢慢烧起来的。开始呈淡淡的茶色，一会儿工夫变成了橙色，接着又幻化成金红色，像块巨幅的大红布，罩住了天，盖住了海。又过了三分钟左右，这场浩荡天火愈烧愈烈，整个天空被烧成殷殷的暗红色，浓的地方像炉膛里的烈焰，这是云烧得最透彻、最淋漓尽致、最有神韵的时候。有块黑云飘过去掩住了大火球，差点被烧透。这时一幕壮观的景色出现了。一缕光射向天空，远天鳞状云的唇被抹得红艳艳的，一缕光洒向大海，海面上恰有淡雾袅袅悠起，无数金箔似的光，又把淡雾映得红纱似的，云蒸霞蔚，紫盈盈地直晃眼。海水红了，船儿红了，我和邹江的脸也红了。他看了看我，我看了看他，俺俩无声地笑了。我说太阳不落就好了，一落就把火烧云收走了。正说着，眼前“刷”地闪了一下，滴血的火球“咚”地掉进海里，大海轰地腾起一片火焰，像盛开了一丛浓烈的红蔷薇。又过了一会儿，红红的火烧云开始淡了，黑色天幕缓缓拉上了，夜向我们悄悄地走来，海水红得还是那么重、那么浓。

月儿爬高了，天空黑黝黝的，不见星辰，城市的上空还是一片朦胧的光，与西边微弱了的火烧云交织成一幅神秘图景。一股空灵感悄悄袭来，一切都显得那么宁静和辽阔。

直到今天，我还为看到火烧云感到庆幸。它厚重凝练，是光的沉淀和结晶，仿佛是位历经沧桑而达观悟道的老者，注视着这人间。它红得那么透彻，红得那么沉重，红得那么娇艳，染山山秀，浸海海醉，让人刻骨铭心。虽然它只持续了一刻钟，却永远留在了我的生命里。

云泥三章

刘宝斌

雾眼黄山

“五岳归来不看山，黄山归来不看岳。”

“登黄山天下无山，观止矣！”

这是徐霞客两游黄山后对生平奇览的赞叹。作为明代著名的旅行家、地理学家，足迹遍及华夏，阅尽大山名川，能对黄山感叹如斯，此言当不虚妄。四百年后，尽管已无法知道他当时那种领略黄山之美的诗情游兴，但在我的灵魂深处却生发出许多对黄山的渴望和思恋。

黄山，古称黟山。相传轩辕黄帝曾于此沐浴温泉、采芝炼丹，而后得道升天。唐明皇崇信此说，遂于天宝元年(742)六月十七日敕改黟山为黄山。自古黄山以奇松、怪石、云海、灵泉著称于世，有“人间仙境”之美誉。

在一个轻雾弥漫的秋日，我走进黄山。

沿东路上行，那瀑泉浸润的顽石、雾气笼罩的峰峦、飞鸟凌空的啼鸣，一切都在迷迷蒙蒙之中，令我顿觉天地空落、时光匆匆，婉约如梦。

黄山，以她千年的果决与放纵，留给世人的只是千峰迷雾、一山虚幻？也许，这正是一种深厚的质蕴和美丽；也许正像普鲁斯特说的那样：“或许只有虚无，才是人世间真正的东西。”它能给你诸多臆想，把美放在一种无序的错觉里，让你寻找，让你发现，没有约束，没有止境……

虚无是一种简约，是一切大美的囊括和遮蔽，是意与象、表与里、精神与物质、历史与现实的相互演化。其实，在历史的演化过程中，绝对的现实并不存在，就如这似曾相识的水、形态各异的松石，以及眼前发生的一切，都会在瞬间依次沉寂于时光的漫漫之中。应当说，所有的生命都存在于历史里，都与自然有关；所有消逝都是历史的必然，也都与生命有关。作为生命极度脆弱的人类，只能以不同的方式渐渐化入历史之中，在天、地、人相辅相成的幻化中，去体悟大自然永恒的艺术魅力。

雾，时浓时淡，在天地间慢慢闭合晕化，把那些魂牵梦绕的孤峰、松石、飞瀑、流泉尽锁于迷雾之中。虽然让人感觉有些沉重，却也给这山水平添了一层虚玄与静谧。

雾，越来越大。不见了远山的景致，不见了身边的沟壑，在迷雾的悬置中，梦幻般的感觉虚化了，一切犹如动漫，犹如历史一次次的投影，无声的脚步渐渐踏向历史的深处，所有的感知似乎都在漫长的历史隧道中穿行。梅清、石涛那种傲然高洁、深入骨髓的国愁；黄宾虹、刘海粟那种不畏权势、不言放弃的拼争，都在眼前层递迭出。他们人格的完善，正是在这黄山深处的云雾变幻、风动竹鸣、日出月落中，得到了磨砺和顿悟。

群山不语，峰峦无声。

在迷雾里攀缘探索的人群，渐渐都有些如雾如幻了，甚至连执着的愿望也消失了。只有那些参差不齐的足音，踏响时间的寂静，唤醒某种更深、更美、更具感性的探索。陡峭的山峰，不见其底的深渊，使我对大自然不得不产生无比的敬畏和尊重。这里没有惊喜，没有失望，只有那些枝干横展，似围盖于枝上的古松、拙顽而透着灵性的巨石、如绢似素的流泉，从雾里许多方向涌来，朦朦胧胧，若隐若现，似有似无，带着远古的风尘，流泻着历史的演进。

迷雾深处，恍若传来流水的声响。那是峭崖绝壁上的流泉，还是滔滔不断的历史长河？那些穿过无数晦暝的断痕，从时光纵裂处流淌的生命之水啊，孕育了多少任四季冷暖、岁月变迁，如今仍在天地间傲然挺立的千古奇松，润泽了多少奇峰异石，造就了几多独特的自然禀赋，中华民族的特性也就在这里获得了生动的体现。你看那石、那松、那泉，都把无形之韵变成了有形之神，那种自强的个性和内质的精神，陶冶了无数先贤大哲、文人墨客。李白、岛云、黄宾虹、刘海粟……他们或醉吟鸣弦泉，长啸白鹅峰；或以山水为师，寄情云雾，去领略峡谷流泉、峰峦松石的佛机禅理；或化情为墨，融汇古今，以跌宕之笔铭文山水，为松石立传，倾诉着对自然的敬畏、尊重和爱恋。

茫茫天宇，人向何处？问千年古松，飞来灵石；问飞瀑流泉，峰谷云烟。

这里没有旨意，没有煽动，游人都若虔诚的信徒，从人尘的迷茫中不断寻找安放自己心灵的圣地，或依古松沉思，或仰卧于光滑的花岗岩巨石上凝望，或拍下云雾中影影绰绰的山水，或相互把自己定格在历史的云雾中。这一切，也许只是为了自己的某种心情、某种感觉、某种所得；也许，每个人都在用复苏的心灵在大自然中寻访，以获得对世间万物以及对生命新的理解和醒悟。此时，人类那种同自然与生俱来的亲近，才彰显得淋漓尽致。只有此时，世界才恢复了本来的面目，人类才重现了自己的真实，生命才焕发出葳蕤生机。这大雾弥漫的黄山，既注解着游者的心性与生存走向，也揭示着从岁月深处走进心灵的文化思考。

天海小憩。所有的景象，都在浓雾渐退间凸现，眼前的一切，似一幅淡淡的水墨画舒展开来：若隐若现的莲花峰、天都峰东西对峙；玉天屏、炼丹峰南北呼应。孤峰绝顶，天地间包容交错如夜珠走盘，千山竞秀；雾海里高低各异似群鲸若空，忽隐忽现，变化万千。

脱去尘世的假象，静心凝神，再去感受黄山那种内质的娴静和“本来无一物，何必惹尘埃”的潇洒；再去品味身边某一时刻的靓丽和那无声的隐蔽；再去体悟那些破石而生、抱崖而立的千年古松在“空山新雨后”的活力与丰富，心灵便会和黄山真真实实地融为一体了。

峰溪锁清秋，天道无尘埃。你会惊奇地发现，此情此景中，自己已经飞升苍昊，拥有和黄山天都峰一样高的天位，能读懂飞来石那孤独的远眺和期盼，听到先贤大哲苍茫拷问的回声，看到他们当年叩问天地的怆然独影……

登上光明顶环望，轻雾如纱，白茫茫一片。凝神定视，山川林壑宛在，轻纱之后透出些许清华之气，仿佛进入了一个恬淡幽远的海洋，一片诗意空灵的世界。这时，你的胸怀，便会比高远更远、比深邃更深、比宁静更静，在不知不觉中，身心处于时空之外，在一切人间救赎无法抵达的地方，自己去拆解自己，让那些曾经的贪婪、怨尤和烦恼，都被这雾纱过滤掉，一切闹剧、一切癫狂都在这虚灵恬淡中消解。灵魂脱离了形骸，在黄山深处无边无际地畅游，“泛若不系之舟”，不轻狂，也不放纵。

暮色渐深，秋夜无声。山上路边的地灯从轻雾里透着微弱的光。所有的树上都凝结着雾浓时聚成的水滴，好像一串串曾经的记忆，晶莹剔透。我的心也像挂在树上的露珠一样，留在了黄山的寸土寸景里。

美哉！雾里黄山，天下神品。

雁荡秋雨

抵达雁荡山，是在初秋的一个傍晚。

余晖被薄薄的暮云筛落在回峰幽谷之中，与山水慢慢融合，渐渐漫漶、迷蒙。远处的锐峰叠嶂、琳宫梵刹，尽在天地光尘、云雾幻化的玄同中，似虚似实，自在如梦，弥漫成视野里的幽静。不见了浮华，模糊了细节，只剩下峰岚紫烟、云蒸流霞那份自然天成的气韵。

夕阳西下，黄昏滤去了白日的喧嚣。淡淡的薄雾，轻纱般从天山相接处缓缓伸展，慢慢润化。高山空谷、怪石流泉，在光色交错的融汇里，漫漶成一片宁静，在生命的起承转合中，成为爱恨情仇、名利荣辱之外的另一种境界。

歇宿的朝阳山庄，坐落在转山石路的拐弯处，路旁清澈见底的石溪，流水潺潺，沿路向山外奔去，真有些“桥回涧水流”的意味。褐中带青的山体，拔地而起，凌空摩天，在云雾朦胧中昂然屹立，横亘于天地之间，沧桑中带着一份孤独和执着，在无尽重复的期盼中，等待与那些有缘的过客诉说思念和曾经的逝去。被时光磨蚀得有些光滑的石路，载着徐霞客五探雁荡留下的脚印，回荡着王十朋“三宿山中始出山，出山心尚在山间。浮名夺我林泉趣，不及高僧一味闲”的吟咏和感叹，转身，奔向雁荡山的深处……

山远了，水远了，人的心情也在这美轮美奂的融化中醉了。

夜色渐浓。细雨带着一串串往事悄悄潜入新夜，洒向群山丛林，落于深谷，冲刷着高高低低、弯弯曲曲的山路，渗入大地的心底。那些高贵的润楠、马尾杉，那些一直守节抱心的观音竹，在绵绵秋雨的滋润中，滴落一颗颗透明的晶莹。

夜雨洗去了初秋的余热和浮尘，清清爽爽洒下一天干净。翠岚叠嶂，奇峰古刹，泠然独立于茫茫烟雨之中；山林重重，几声暮鼓，传入崖下人家，回荡着声声虔诚的纯粹……

那些历经岁月磨蚀的峭崖立壁、重岩石城，都在这至纯至清的秋雨里，流淌着生命的皎洁，或顺石而下如银河倾倒，或跌落飞溅如无数幽微的远星，幽情远思，如睹异境，在淡淡的夜色里，给人以化开来的淡远和空灵。

雨，抚摸着雁荡山的每一处肌肤，不知是对雁荡山的眷恋，还是对雁湖干涸的救赎，慢慢地筛落，和着野花山菊那淡淡的清香，层层叠垒。其形，如丝如帘，宛若春日烟柳；其音，如泣如诉，似无数隐者的浅吟低唱，宛若被历史匆匆带走的那些遗憾和叹息。透过时空，你仿佛能看到古时农人在雨日的那种喜悦和悠闲，先哲大贤凭窗临雨时的超然；你仿佛能听到远古累累卷帙中绵绵细雨里的思念，筝鸣箫吟在夜雨中那些淡淡的幽远，不知不觉落入古人雨夜的心境。

此时，你会觉得雁荡山的雨，在山水之间，在生命的愚钝中，竟是那么的鲜活。它让那些孤峰绝顶、深峡裂谷，在云雨流变与柔情的温润中，消解了许多刚硬冷峻的感觉，变得娴静温柔起来。于是，便有了这朦胧的山水、烟雨、林岚，从看似既无具体又无准确的形象中，传递出一些让人不易觉察、视觉以外的感受，让虚灵对应一个实实在在的世界。而身边那些“嘈嘈切切错杂弹，大珠小珠落玉盘”的雨滴，都像一串串精彩的音符，敲打在心灵的最柔软处，惊醒沉迷，启发着智慧与光明。

曾经的烦恼、欲望、贪婪，以至人生无常，犹如秋叶在雨中无声凋落的感叹，都在这亦是亦非、喧闹不再、天地平和的淡然中依次遁去。透过贪欲的迷雾，放下嗔痴的愚见，开启道德的圣门，搭建起一个完整的生命意象，让生命不再挣扎于浮名利禄、灯红酒绿、悲欢离散的演绎里。

亘古至今，人类总是在平和清净和虚名浮利的矛盾中执迷与觉悟、沉沦与升华。而人类文明的意旨内核和感情基点，大多来自于对自然万象的认知和生发,抑或来自于历代贤哲雨中独处的慎思和醒悟。随着岁月悄悄逝去,矛盾对峙的时间意象,不是都在大雨、小雨、毛毛雨中不断消逝、生发吗？不是都在“十里浮岚山近远,小雨初收,最喜春沙软”的缠绵和“已觉秋窗秋不尽,那堪风雨助凄凉”的凄婉中,最终转化为圆融、和谐的直觉意象了吗？这意象随历史而演进,这意象让生命在高山流水、轻风细雨中彻悟。

雨是梦,是大自然绚丽的梦。它能让你那一缕缕思念飞向远方,了却旧日的心愿;它能让你捡拾起曾经的记忆,听到那些遥远的回声。不管是深情的恋歌,还是苦难中的哀叹,都会在这温馨的梦里析出一种纯洁,让你的命运与心灵化成生命的菩提。

钟声划破了雨夜,唤醒了太阳。

雁荡山,像一幅正在冲洗的底片,渐次显出它的真实,由秋雨初歇的新鲜迷雾,慢慢变得千山如黛,依稀可辨。轻纱似的白云萦绕其上,薄雾飘然,东方的天幕上透出万道霞光,射在山水之上,如一双双千手观音的兰花之指,轻轻地揭去那层神秘的面纱,泛起一抹淡淡的橘黄,如佛国睡莲冉冉升腾,继而以空明的通透,让雁荡的山山水水有了禅意佛境的明净,给这个嘈杂而繁华的尘世,留出了一个超然的世界。

几度烟雨,红尘依旧。

远处正有成千上万的人在虔诚地攀登……

也许这些行为是在经历了“繁华”的煎熬之后,对势力、倾轧和欺诈的一种厌倦;也许是对人生境界的另一种解读和选择。

茫茫人海,归途有殊。正如有的人喜欢春日的草木青青,有的人喜欢夏日的飞瀑流泉,而我,却偏偏钟情这雁荡秋雨……

云台山水

地处中原的云台山，历史上不在天下名山之列，也不是名闻华夏的佛道圣地。但是，一种原始的固有，一种远离的坚守，却让它保持了与生俱来的灵性，一种至纯至美的清秀静谧，牵引着人们视觉和心灵的回归……

云台山又称覆釜山，属太行山脉，坐落于河南焦作北二十公里修武县境内，与洛阳、郑州遥遥相望，形成鼎足之势。

几千年来，在这片浩瀚广袤的大地上，不管一幕幕历史的大剧演绎得如何精彩和惨烈，云台山总以原始的本真、潇洒的风姿，傲然耸立，苍苍茫茫，叠翠连绵，起伏不绝，以其由北向南伸展张裂之势，形成相间排列的幽谷深峡。其形，顶如覆釜；其状，峰入云霄犹如云台。远远望去，群山隐现于悠悠白云之中，朦胧灵动，超凡脱尘，以它亘古圆融而出世的静穆，以它那一山青翠、一潭碧水、一缕清风、半轮秋月，还有那或倾斜飞流、或悬空跌落、如绢似烟的天瀑，清凉着这个喧闹而燥热的世界。

巍巍云台，悠悠千古。

在那些繁复的浮尘中，它心里不知隐藏了多少悲欣交集的往事。它听过晨钟暮鼓的肃穆，莺啼鹿鸣的欢快；目睹了一场场风云变幻，一出出悲欢离合；留下了“竹林七贤”笑傲林泉的音容笑貌，留下了白居易《初入太行路》“若比世路难，犹自平于掌”的人世感叹和王维《九月九日忆山东兄弟》“每逢佳节倍思亲”的人性直白，也送走了多少千古历史风流。

风景逆流而上，历史顺流成河！

云台山以山称奇，以水叫绝。峰间成峡、峰峡相映、山青水碧、山水互融的壮美景观自然天成。红石峡、潭瀑峡、泉瀑峡以其各自的风采：或丹崖碧水，曲径通幽；或群瀑争流，百泉多情；或银河飞落，如幻如梦——把云台山装点得灵动、透明，风韵四溢而充满活力。它像一幅意义丰盈的长卷慢慢展开，展现出无数个气韵生动的细节……

红石峡以丹霞地貌著称于世，集幽、雄、险于一身，泉、瀑、溪、潭于一谷，丹石生趣，流瀑飞泉，历来享有“盆景峡谷”的美誉。

沿峡谷前行，长峡外旷内幽，奇景深藏。两岸暗红色的峭壁层层叠叠，窄谷深潭，清凉可人。走在悬崖绝壁的栈道上，我被这条用智慧和心灵架起的尊重自然、融入自然、利用自然的长廊所折服。这里少了些人对自然的征服，多了些人类与自然的融合。

扶栏眺望，谷内时有轻云流过，清澈的流水被沿岸阴翳的山峦影映成绿红相间的彩溪，流淌着思念的恋情，仿佛在完成一个经久不变的誓言。那些出自峭壁的大大小小的流瀑，或如丝绦抖动，或如银练当空，任由其自然灵性地升腾，在崇山峡谷间舒展出流动的生命，在流转吟唱中演绎着生命的过程。难怪明代怀庆知府徐以贞发出了“何年鬼斧劈层崖，鸟翼飞来一线开；斜阳在山归意懒，不堪回首重徘徊”的赞叹和留恋。

走出红石峡，顺山势西行便进入了“峡谷极品”——潭瀑峡。谷内三步一泉，五步一瀑，十步一潭，它们以固有的灵性在大地之上、山峰之间，闪耀、涌动、流淌，永续着生命的激情，为云台山平添了几许润泽与灵秀。正因了这泉涌瀑流，那些悬崖绝壁、顽石古木、连绵的山峰统统活了起来。有人把这里叫作“小寨沟”，我甚不以为然。潭瀑峡自有它诗意的特征，有它自己的经历、自己的性情。这些生命之水不管流到哪里，这里的一草一木不管几枯几荣，溢出的都是它自己的思绪，讲述的都是对这片古老中原大地曾经的记忆。这里有情人谷耳鬓厮磨的窃窃私语，有群瀑争流的天籁之音，有丫字瀑相思相恋、日夜不息的倾诉，还有那些从远古到现实流转的变幻……一切的一切都成为我心灵和视觉的流线,渐行渐远。

唐人冷朝阳游云台山曾写下了《瀑布泉》一诗,赞叹云台山水“风激珠光碎,山欹练影偏。急流难起浪,迸沫只如烟。自古惟今日,凄凉一片泉”。时隔千年,如今已无法知道作者当时的游址和心境,但至少可以肯定,其所到之处绝非山雄水秀、峰高瀑急、落差三百余米,被称为“华夏第一瀑”的云台天瀑。如果此老沿泉瀑峡逆流而上,去看看云台天瀑那上吻蓝天、下蹈石坪的粗野和狂放、多孔泉争相喷涌的激情;去听听私语泉那缠绵柔情的细语、幽潭那岁月沉淀的低吟浅唱,还会有“凄凉一片泉”的感叹吗?

也许,那正是个枫叶见红、秋叶飘落的日子,季节和岁月的变迁使他想到四季有序,人生无常;也许,他一生坎坷,仕途多舛,面对这秋山秋水便生发出几许凄凉和叹息也未可知。看来,那些花红柳绿的热闹、风红水寒的冷静对人们心性的浸润,也只好任由其各自体悟了。

水洗尘间眼,峡流一线天。若无王维句,何得看此山。

登上茱萸峰已是夕阳衔山,暮色渐沉。放眼望去,云台诸峰浸染在薄薄的云雾之中,像披上了一层蝉翼般的轻纱。蓝天毫不怜惜地把所有的色彩赐予这片灵性的山水,那闲淡的轻云和着夕阳的余晖,在粼粼的碧水中流动,时而浓重,时而舒缓;在植根于水中的山巅间萦绕,时而形如彩带,时而缥缈奇幻,透着一种晶莹的空灵。它飘逸着云台山水那种原生诗意的特质,彰显着大自然的神奇和尊贵。

山水是有生命的。

亿万年来活着的都依次死去了,而眼前一直被认为没有生命的山水却依然生动地活着,从远古到现实,不断演绎着自身生命的神韵。

云台山有着自己的生存方式。它不像庐山那样集宗教、政治、经济于一身，以期尊敬和虔诚的朝拜；也没有华山那种险要冷峻、剑虹向天的霸气，让你随时都会生发一种生死临界无法逾越的恐惧；更没有泰山那种群山之首、五岳独尊的雄浑与厚重，让你有种非君王不可登临的自艾。然而，正是这些看似不足，看似平淡，却使它多了一些自然和畅，少了一些羁绊；多了一些让你体味的心性，少了一些固定的解读；多了一些对自然的禅悟和敬畏，少了一些历史的迷雾和文化的沉重。它让你时时处处浸染在自然静谧的韵致之中，让你在行云流水的和畅中呼吸山水的本真，感受那种融入自然的生命自由。让那些水行峡谷、山云舒卷，尽由你想象的尺度，把峰云、流瀑、丹崖、碧潭、竹林、奇树、怪石、翠岚，或点或段，或段或面，在你的生命中随意组合成千姿百态，而又属于自己的语象，在惬意中流变……

回望云台山，那些历经亿万年岁月磨蚀的岩层，潺潺的流水，一千余年的古枫和红豆杉，静静的竹林、道观和寺庙，还有只有云台山里才有的清凉，在我眼前一次次叠映。曾经的“竹林七贤”、孙逸人、王烈、魏夫人……这些或隐居或修炼于云台山的大家先贤们，也渐渐在眼前鲜活起来。他们抛却富贵，宁愿与青灯黄卷为伍，与林风竹影相伴，一定是自然大道使他们感悟到了心性的自然属性，使他们在大自然的演化中寻找到了排解郁闷、消化矛盾、减少抗争的自然心性。其实，儒、释、道不都是在修为人生的心性吗？是啊！是大自然的鬼斧神工给人类雕凿出了这无与伦比的云台山水，其形之美，其境之深，其意之远，使我对大自然油然而生一种特别的敬畏。

这敬畏来自它给予人类无穷的智慧。

这敬畏来自无知的觉醒。

走出云台山，但愿映出的不仅仅是云台山水的一次游历。

金陵看戏

黄修志

晚餐后，南大中文系派车将我们从仙林送到兰苑，也就是江苏省昆剧院，此地原为明初国子监，后改为江宁府学。在这个月白风清的秋夜凉天里，兰苑静静躺在朝天宫的怀抱之中，静候着一群来自五湖四海的朋友。

蓦地一阵笛吹板响，帘幕静静拉开，昆曲折子戏正式开始。第一场为《牡丹亭春香闹学》，说的是塾师陈最良教授杜丽娘诵习《关雎》，伴读春香捣乱闹学，无意中发现了一座大花园，便劝诱丽娘前去游园。丽娘出场之时，宛若一束阳光照亮一个尘封已久的房间，见她水袖轻舞，婉静玉映，不可逼视；见她款款落座，不动声色之间亦明艳照人；更别提柔和清悦的吴侬软语了，真乃“吟咏之间，吐纳珠玉之声；眉睫之前，卷舒风云之色”。最后，春香说后面有一座大花园，丽娘春心悄动，便随其游园而去，给我们留下一个想象的倩影后，第一场折子戏便幕落而终。

在静静等待第二场折子戏时，我在那里想着丽娘游园的情景。丽娘走进园子，方知春色如许，惊喜之后不免怜叹：“原来姹紫嫣红开遍，似这般都付与断井颓垣，良辰美景奈何天，赏心乐事谁家院？朝飞暮卷，云霞翠轩，雨丝风片，烟波画船，锦屏人忒看的这韶光贱……则为你如花美眷，似水流年，是答儿闲寻遍，在幽闺自怜。”不巧这几句戏词恰被墙外行人林姑娘听见了，她止住脚步侧耳细听，点头自叹：“原来戏上也有好文章，可惜世人只知看戏，未必能领略这其中的趣味。”林姑娘刚刚和宝玉读完《西厢记》，再听到《牡丹亭》戏文中的“如花美眷，似水流年”八个字时，她仔细忖度，不觉心痛神痴，眼中落泪。那么，究竟是什么刺痛了杜丽娘和林姑娘的芳心？

正沉思之时，听得一声鼓响，第二场折子戏《虎囊弹·山门》便咚咚开始了。说的是鲁智深喝了两桶酒后，趁着酒兴耍起了十八罗汉拳，大闹五台山，打坏了山门。演员的表演自不消说，浑厚的硬功夫激起我们数次掌声，粗俗幽默的念白亦惹得我们捧腹而笑，但因为我带着对第一场的追问而来，现在看到《山门》，恍惚又想起了大观园里的那段昆曲。

那天是宝钗生日，贾府搭戏台唱昆曲庆生。宝钗点了一出《鲁智深醉闹五台山》，宝玉嫌其太热闹，宝钗说此戏中鲁智深唱了一曲《寄生草》，填词极妙，遂念道："漫揾英雄泪，相离处士家。谢慈悲剃度在莲台下，没缘法转眼分离乍，赤条条来去无牵挂。那里讨烟蓑雨笠卷单行？一任俺芒鞋破钵随缘化。"宝玉听后喜不自胜，林姑娘看在眼里，对他说："安静看戏罢，还没唱《山门》，你倒《妆疯》了。"随后，湘云说一个小旦长得像林妹妹，两位姑娘遂闹了气，宝玉劝解不成反受闷气，突然品咂起鲁智深所唱"赤条条来去无牵挂"这句词，感觉参悟禅机，便写了一首偈子以表明自己心无挂碍。那么，为何这么一曲《寄生草》让宝玉突觉悲凉呢？我一边看着鲁智深金刚怒目般醉打山门，一边胡乱想着。

掌声雷动，鲁智深挥舞长袖，醉步而去。未几，第三场折子戏《疗妒羹·题曲》在悠扬委婉的笛声中开始。与前两场戏的题目不同，我并不知道这场戏讲的是什么，但手捧书册、一身素服、面容悲伤的旦角一出场，我就暗想：难道是小青？果然，旦角落座后便介绍自己乃冯小青，自幼父母双亡，虽才貌俱佳，但两度沦为小妾，如今受大夫人嫉妒，被软禁在深闺。小青苦寂无聊，只好读书打发时间，秋夜挑灯闲读《牡丹亭》，一面羡慕丽娘的美妙良缘，一面哀叹自己的悲惨命运，听着窗外三更雨，遂题诗曰:“冷雨幽窗不可听,挑灯闲看牡丹亭,人间亦有痴于我,岂独伤心是小青?”

此场戏甚为幽怨,且不说小青的哀婉唱腔,就单说小青眉飞色舞地评论《牡丹亭》的情节,就能体现她对现实世界的恐惧和无力。她已经全然置身于戏中,多么希望自己也如杜丽娘一般遇到怜爱自己之人,然而冷雨声声,小青不得不从梦中醒来,忘不了新愁与旧愁,睡不稳纱窗风雨黄昏后,那展不开的眉头要怎样才能挨过天明的更漏?恰如林姑娘在风雨如晦的秋夜中所想的那样:“秋花惨淡秋草黄,耿耿秋灯秋夜长。已觉秋窗秋不尽,那堪风雨助凄凉。”这场戏讲的是有一个羡慕杜丽娘的小青,她原本是绝世佳人,却命比纸薄,终于积怨成疾,焚烧诗稿,临死前效仿杜丽娘临终观镜自画,雇画师为自己画像,自己祭奠自己而终。因为在《牡丹亭》中,杜丽娘作完自画像后死去,但此画像被柳梦梅拾到,最后杜丽娘复活,有情人终成眷属。所以小青至死还在念叨着《牡丹亭》。她想,既然今生无望,那就来生结缘有情人。小青乃万历年间江南人,死后成为传奇广泛流传,我想,曹雪芹在创作林姑娘之前,肯定听过小青的故事吧。

浮生若梦,为欢几何?人间的悲剧莫过于引以为傲的美好,终因时间的变化而要面临被摧毁、被撕裂的命运。楚霸王得意自己“力拔山兮气盖世”,但又要怎样奈何“时不利兮”的四面楚歌?即便一代雄主汉武帝,横渡汾河之时原本气魄宏大,但望见秋风萧瑟、白云飞逝,也不免哀叹“少壮几时兮奈老何”。人生乃浮世中的浮生,人身宛如飘忽的浮尘,纵你心比天高,却也抵不住一阵疾风骤雨的摧残,这是有限的人生在无限的岁月中,妄图追求永恒之时必然面临的绝望,否则,我们又怎会可惜流年,忧愁风雨,哀叹“树犹如此,人何以堪”呢?《牡丹亭》的几句戏词为何刺痛了杜丽娘和林姑娘?因为姹紫嫣红和断井颓垣、良辰美景和奈何天、如花美眷和似水流年三对事物之间，各自形成了强烈的摩擦和落差，我们不忍心看到极美之物却终被极丑之物吞没，《红楼梦》中警幻仙子居处的对联“幽灵微秀地，无可奈何天”便说明了这一切。即使生命璀璨，也要零落成泥，纵有千年铁门槛，终须一个土馒头，“说什么脂正浓，粉正香，如何两鬓又成霜？”小说《茶花女》开篇最震撼的便是绝代佳人也会变成一具丑陋的骷髅骨，鲁智深也正因看透了“赤条条来去无牵挂”这个道理，所以“一任俺芒鞋破钵随缘化”。

其实，杜丽娘和林姑娘的自怜，并不完全在于伤叹世事无常和青春易逝，更在于哀怜自己在最惊艳的时候所面临的孤独，“孤标傲世偕谁隐，一样花开为底迟”。如同张曼玉在电影《东邪西毒》中倚窗而坐的那番惆怅表白：“以前我认为那句话很重要，因为我觉得有些话说出来就是一生一世，但是现在想想，其实讲不讲也没有什么分别了，因为有些事是会变的。我一直以为自己是赢的，直到有一天看着镜子，才知道自己输了，在我最美好的时候，我最喜欢的人都不在我身边。如果时间可以返回以前该多好啊。”此番表白恰如其分地印证了这部电影的英文名字 *Ashes of Time*，时间的灰烬。同样，一位英雄在自己最有雄心最有力量的时候却壮志难酬，这也是悲剧，“自古美人如名将，不许人间见白头”。往往，时间是一股巨大的改造力和摧毁力，人们在看戏之时，对时间或命运怀有悲凉的控诉，对主人公寄予深切的同情，若将这种同情反观自身，便能深刻理解其中的意味。宝玉参悟禅机，“赤条条来去无牵挂”，小青题曲寄情，“人间亦有痴于我”，便是看戏之后的不同回应。中国人的历史意识多讲求这种同情，寄寓道德精神和自身遭遇，所以中国人实际上更崇拜失败的英雄，大者如孔丘、孟轲，小者如关羽、孔明。

虽说“天意怜幽草”，但“佳期不可再，风雨杳如年”“他乡生白发，旧国见青山”，多少文人墨客怀才不遇之时，也如杜丽娘和小青一般，总将自身的梦想投射到梦中和书中。宝玉说“枕上轻寒窗外雨，眼前春色梦中人”，但做梦甚久，一旦人生有欣慰和常态，也惊疑是否身在梦中，“今宵剩把银釭照，犹恐相逢是梦中”“二十余年如一梦，此身虽在堪惊”。汤显祖在《牡丹亭》题跋中说：“梦中之情，何必非真？天下岂少梦中之人耶！”而高彦颐在《闺塾师：明末清初江南的才女文化》中也为我们揭示了一大批追随《牡丹亭》的情迷们，小青也是其中之一。但“人生自是有情痴，此恨不关风与月”，明清士人对“情”的推崇并非仅仅关乎情爱，而是对身处浮世和末世中漂泊不定的现状的关怀。

我们应该怎样看待这些明清传奇和故事呢？我们知道，明清是个“草色烟光残照里”的时代，国家控制松弛，商业交通发达，出版文化昌盛，但科举群体也日益壮大。千万人赴京赶考，无数举子落第，即便及第，也要长期待职。他们苦闷落寞，久作长安旅，常与优伶、歌妓交游。她们哀叹自身漂泊如絮，他们也哀叹自己怀才不遇，两者瞬间引为知音，青衫顿湿，“同是天涯沦落人，相逢何必曾相识”啊，由此才子佳人的故事便成为两个群体的共鸣，渐渐流传开来，由此一些哀叹红颜薄命的戏曲，反而成了文人的闺怨诗。我曾经读过很多明清两代朝鲜使臣到北京朝贡的日记。清军入关后，朝鲜使臣一入辽东便感觉山水变色，华夷颠倒，每逢妓女，便隐隐对其有一种共鸣，常常感到自身也如流落在时代的烟花巷中。大明属国尚且如斯，更不用说大明遗民是何等心境了。所以，在这样的心境下，人们一方面将人世间的悲痛投射到戏台上，另一方面也想着能够在戏台上修正现实的残酷，来慰藉一颗颗疲惫的心灵，这也是在抚慰一个时代的创伤。

第四场折子戏《西厢记·游殿》便讲述了这样的一种慰藉。在创作者笔下，命运应该是公平的，才子理应配佳人。张生在戏谑诙谐的法聪的带引下游览普救寺，一路笑声不断，在这样的基调之中，张生必然会迎来巨大的惊喜。然而，这是作者对理想人生的期许，还是作者对残酷现实的反讽？我觉得，中国人津津乐道的爱情故事主要有两种：英雄美人和才子佳人，对于一部戏来说，英雄美人的故事虽然生离死别，却能显示其壮丽，而才子佳人虽然终成眷属，却容易流于萧索。这不在于两种故事的性质问题，而在于我们看戏的时候，也应该看到自己在时间洪流中该把握和该怜惜的，即“不如怜取眼前人”。然而，“可怜身是眼中人”，可悲之事也在于嘲笑戏中人却不知正在嘲笑的是自己。

幕落，“笙歌归院落，灯火下楼台”，好友将我从昏昏的迷思中唤起，我冲她一笑，一起走出剧场。金风从树梢掠过草地，清凉入骨。人散后，一钩淡月天如水。

雪

孙晓明

下雪了,内心一阵按捺不住的涌动。我漫步在雪地里,任凭那漫天飞舞的雪花飘落在脸上,感觉是那么温柔舒服,凉丝丝的沁人心脾。一片片晶莹剔透的雪花,飘飘洒洒地从天而降,像仙女下凡一样。雪花在风中飘舞,舞姿是那么优美,变幻无穷,美丽盈人,最后扑向了母亲的怀抱,把洁白无瑕的容貌永远留在了人间,化作甘露滋润着大地,孕育着万物生长。

我注视着那飞舞的雪花,眼前逐渐模糊起来,我的思绪似乎也一起飘了起来,慢慢地飘向远方,唤起了对往事的深深回忆……

童年时的我非常喜欢下雪天。记忆中那时的雪下得很大,有时连续下好几天,积雪有一尺多厚。几个小伙伴在雪地里堆雪人、打雪仗,滑倒了也不觉得痛,有时相互倒在一起,在雪地里搂着翻滚,累得满头直冒热气,浑身上下沾满了雪,直到玩累了才想起回家,免不了受大人的一顿训斥。可过不了几天,遇上下雪天,大家又在雪地里玩耍、嬉闹,快乐极了。那时,每到冬天就盼望着下雪,因为在那一片白色的世界里,充满无数的梦幻,寄托着我天真烂漫、无忧无虑的美好向往。童年的记忆是那么遥远,但又非常亲近,每当回首往事,好似一缕阳光照射进我的心田,倍感温暖和留恋。

岁月流逝,虽然我慢慢长大了,走上了工作岗位,但童心未泯。每当遇上下雪天,我喜欢在雪花飞舞中独自欣赏这人间美景。飞舞的雪花将我带入一种扑朔迷离的境地, 牵着我的思绪向着那广袤的领域漫游,使我的想象力任意奔腾和释放。那种感受只可意会,无从言说,是一种精神上的极品享受。这种享受没有平和的心态和身临其境是体验不到的。

我非常留恋曾在军工企业工作和生活的那段岁月。当时出于战争和保密的需要,工厂设在一个鲜为人知的深山老林里,近千人在这里为国防事业默默无闻地奉献着青春,过着与世隔绝的生活。工厂四周群山环抱,树木茂盛,环境幽静。春天里漫山遍野鲜花盛开,小溪流水潺潺,到处鸟语花香,给生活在寂寞、枯燥中的人们带来一丝新意。但最令人难忘的还是冬季。一场大雪下来覆盖了整个山谷,到处银装素裹,高耸的山峰在雪的映衬下,挺拔俊秀,起伏的山脉像一条横卧的白色巨龙,在阳光的照射下闪闪发光,山坡上的松树挂满了冰花,在呼啸的北风中摇动着,含笑挺立,宁折不弯。那时的雪,在我心中是圣洁、美丽的化身,她的降临,带给人们的是喜悦和对美好生活的向往。

岁月流逝,斗转星移。人类在不断创造社会财富的同时,也极其残酷地破坏了大自然的生态平衡,青山变秃了,溪水变黑了,湖泊干涸了,那种雨水充沛、瑞雪盈门的年景已经非常罕见了,看见的只是人类在同大自然的报复做抗争,但在自然灾害面前,人类的能量又显得那么软弱无力和微不足道。人类在经历过无数次的自然灾难洗劫后,终于从疯狂的索取中醒悟过来,明白了一个哲理:爱护大自然就是爱护人类自己。

前年,我有幸来到了美丽的云南。丽江的玉龙雪山以她大家闺秀,不肯轻易向人展示自己的娇容而享誉中外。这是一座处女山峰,海拔五千五百九十六米,山顶终年披着积雪,云雾缭绕,这更为她增添了一份神秘与魅力。因为她山壁走势陡峭险恶,据说至今无人踏入她的闺房,近距离欣赏她的美貌容颜。许多中外游客为了一睹玉龙雪山的风采,多次攀登,但都无缘相见,有的甚至命归雪山,长眠此地,终生相伴。据说当年徐霞客为了一睹玉龙雪山芳容,滞留多日未能如愿,最终扫兴而归。今生有幸来此,岂能坐失良机。从山下坐索道至海拔三千米处,开始徒步行进。崎岖的山路全是用厚厚的木板铺设的，弯弯曲曲在原始森林中穿过；路边的树又粗又高，树皮上长满了绿苔，记载着百年的风雨沧桑；丛林中倒着一些树木，地上堆积着厚厚的枯枝和树叶，可以想象出原来荒无人烟的景象。玉龙雪山的气候变幻莫测，一会儿下雨，一会儿云雾缭绕，加上海拔的不断增高，空气越来越稀薄，呼吸越发困难，浑身无力，头晕脑涨。我大口喘着粗气，步履艰难地沿着山路缓慢地向前移动，几乎是一步一喘，几步一停。擦身而过的人群中，不乏男女老少，神情是那么的虔诚，那种场面令人震撼，又令人百思不得其解。人们从喧闹的都市来到这里，所追求的、所向往的，难道就是为了目睹玉龙雪山的风采吗？人们渴望的是见到这块世间稀有的净土圣地，让心灵回归到最原始的单纯和善良。置身于天地合一的境界里，人们可以无所顾忌地倾诉隐藏在内心的悲哀、忧伤和隐私，使身心得到极大的放松和舒展，尽情享受大自然所给予的恩赐，沐浴阳光雨露，滋润受过创伤和几近干涸的心灵。

走着走着，眼前出现一块较大的开阔地，旁边一块牌子上用红油漆写着："此高度为海拔 3800 米"。这是游人攀登玉龙雪山的限制高度，也只能在此等候玉龙雪山一展玉容了。我精疲力竭地躺在草地上，眼前一片云雾，什么也看不见，四周异常安静，只能隐隐约约听到阵阵的松涛声。俗话说，看景不如听景。听景能在幻觉意识蒙眬中使想象趋向完美，如同热恋中的狂热与盲目。一旦走近了，原来的那种神秘感也就消失了。我仿佛感到自己在云雾中飘游，飘向了高原和雪山，似乎聆听到了李娜的那首《青藏高原》在山谷中回响，那激昂的歌声，让人热血沸腾，浮想联翩，切实感受到人间的孤独、苍凉和悲壮，强烈撞击着麻木的心灵，震撼人们的灵魂，呼唤着人类的本能和良知的回归。

天公不作美，云雾始终不散，看来真是同玉龙雪山无缘相见了。这不能不说是人生一大憾事,但这也正是她的魅力所在,因为她太含蓄了,她太羞涩了,惹得人们欲见不成,欲罢不能,只能遗憾而去。山下的人群仍然在向上涌动,大有“不到长城非好汉”的英雄气概。路边到处散落着许多游人丢弃的垃圾,挂在树上的废弃塑料袋随风飘荡,与这圣洁的雪山是那么的不协调。目睹此景,不能不令人思索:人们在尽情欣赏大自然优美风光的同时,殊不知也在破坏、摧残着她的美丽,直至她面目全非,失去了往日的风姿。中国地大物博,山川众多,尤其是那些以险峻和神秘著称的雪山,已日渐成为一些登山爱好者和旅游观光者纷纷攀登和征服的对象,以致不时在雪山上发生葬送性命的悲剧。人类挑战生命极限的方式很多,为什么偏偏热衷于选择攀登那些高大的雪山呢?除了说明登上了某某高山之外,还能说明什么呢?我国的登山队员曾多次登上过世界第一高峰——珠穆朗玛峰,国人为之自豪。随之而来的“登山热”引来了国内外无数的登山探险者,但给这座雪山留下的却是需花巨资才能清理干净的众多垃圾。我国藏族人民世世代代生活在雪域高原,虽然生活环境恶劣,但这个民族与雪山为伴,高原为伍,和谐相处。他们把千年不化的雪山当作不可侵犯的神山,他们把四季清澈的湖水和江水当作不可污染的圣水,他们把栖息雪山的雄鹰视作雪山神灵,因而在世界屋脊上得到了大自然所提供的应有的生存条件和生活环境。对于这个世界,人类是否应当更理智一些,更克制一些,从而多留下一些始终有益于人类延续的净土、净山和净水?可以想见,如果有一天我们借助现代化的手段把大地上的所有高山、江河都统统践踏在脚下,那么从源头启程的生命之水最终到达我们的家园时会被污染成什么样子?我们将何以生存?

雪,美丽而无私,她给严冬中的人们带来了喜悦和浪漫,也在用自己独特的方式时时警示世人:请爱护环境,人类与大自然是命运共同体。

杏花盛开

胡容尔

“杏花”一词自带画面感，与木、与口、与草、与人，都有关系。人在干吗？人在杏花下站着，占一小块侧面位置，抬头看花呢。人并不闲着，赏花的同时，还带着一张嘴，垂涎着日后杏子的美味。

沉睡的杏花是被什么东西惊醒的。什么东西呢？也许是一阵风，也许是一阵雨。它隐约听到一个声音对它说：“醒醒，咱们是同乡。”——春风也好，春雨也罢，杏花对它们都有好感，信赖它们。于是它睁开蒙眬的眼睛，伸伸胳膊伸伸腿，打开五瓣花朵，像摇曳在绢帛上的绣品——十分美好的事物，总是让我们在现实生活中存有疑虑和警惕，仿佛是一个虚构的比喻。但实际上，它真的存在，富有生机，以活生生水灵灵的生命样式存活着，轻盈而坚韧。

杏花粉，桃花红，梨花白，作为春天的代言人，三芳中，杏花是开路的先锋，需要它在料峭春寒中适时地挺身而出，奋力撕破黎明前的黑暗，让光亮照进来。它是探索者，它献出的淡粉和粉白的花朵，就是让温暖的光亮照进来的一道口子。它是柔软的，也是坚硬的。它像火种，以一己之力，点燃花木的春天，势如燎原。

杏花一开，春天就有底气了，得寸进尺，一朵接一朵，停不下来的样子。光秃秃的枝丫相继失陷，被喧闹的花团锦簇占领了。“日日春光斗日光，山城斜路杏花香。”随着杏花消息的传播，日渐深浓的春光，才有了跟温煦的阳光一比高下的信心。

盛放的杏花，穿戴一新。道白非真白，言红不若红，清秀、典雅、大方。

底部的花蒂呈深红色，像唇红点染的樱桃小口，把吐出的花瓣衬托得越发素净。花开满枝，一层层，一叠叠，堆砌成壮观的花帘，从顶峰倾泻而下，若飞流直下三千尺的花瀑，声势浩大，独占春风。

“屋上春鸠鸣，村边杏花白。”“歌声春草露，门掩杏花丛。”古往今来，杏花是守村花、家常花。在乡村人家的墙里墙外，时常可见安静的杏花，鲜少见到热烈的桃花。杏花是内敛的，懂事的。即便“一枝红杏出墙来”，它的心也没走远，在墙外探头探脑地替主人看家呢。杏花树下，常会看到一条摇头摆尾的看门狗。它们彼此懂得，彼此欣赏。因为杏与“幸”谐音，也因为杏花又叫“及第花”(古时一年一度的进士考试，恰逢农历二月杏花开放时)，所以人们愿意相信它是幸运花，能给全家带来幸福吉祥。

桃花则不同，长相妖娆多情。桃花离人家远，它的心是野性的，热情奔放，不喜欢被拘束，追逐随心所欲。赏桃花，得专门出去看。许多人认为桃花生性不安分，浮花浪蕊，因此房前屋后、门里门外，通常不养桃花，免得家门出风流浪荡子孙，随了桃花的心性。

看来，人有人相，树有树相。杏花因品相端庄，倾慕者众多。人们把感受和意识倾注其中，赋予它一些象征意义，比如杏坛、杏林、杏眼之说。杏坛，因为曾是孔子聚众讲学之地，从而引申为教育的代称。《庄子·渔父》云：“孔子游乎缁帷之林，休坐乎杏坛之上。弟子读书，孔子弦歌鼓琴。”圣人也以幽芳自持的杏花为友，观照内心，清心养性。杏林，则因为三国时期“董仙杏林”的典故而闻名。据说，吴国名医董奉治病救人，从不收取报酬，只要求被治好的病人在其园中栽杏，久而汇聚成林。凝结医者仁心的杏林，后来成为中医界的别称。杏眼，是女子温润明亮美眸的借指。《平鬼传》第三回写：“幸遇着这个小低搭柳眉杏眼，唇红齿白，处处可人。”同时拥有杏眼、桃腮、柳眉和葱指、藕臂，当是美丽清纯女子的理想吧。

作为中医之花，杏花有美容养颜的功效，可治痤疮，可祛斑，令人肌肤红润细腻。据宋时医典《太平圣惠方》记载，用杏花和桃花洗脸，能祛雀斑。传说执掌杏花的二月花神杨玉环幼时姿色平庸，脸色白而不嫩，肌肤细而不润，但因每年食用自家庭院中一棵杏树的杏花、杏子和杏仁，日久竟出落得冰肌玉肤，美若仙子。在她成为贵妃之后，这种杏儿的身价倍增，有"贵妃杏"的美誉。她和它，互相成就了彼此。

在我读过的古诗词中，没人比宋徽宗描写杏花更细致的了。"裁剪冰绡，轻叠数重，淡著燕脂匀注。新样靓妆，艳溢香融，羞杀蕊珠宫女"，富有画家敏锐的审美。词中的杏花，俨然有工笔画感，由近及远，被"画帝"一遍遍精细地勾线、敷色、渲染。前面细腻地刻画近处花瓣的白绸质地、重叠姿态和胭脂色泽，后面则精巧地整体表现杏花飘逸清香的衣饰容貌，犹如赛过仙女的美人。如此一来，超凡脱俗的杏花神韵从字词中跃出，生动逼真地浮现在眼前，清晰地摇曳在春风中，多么迷人。

宋徽宗对杏花的钟爱，还体现在他的设色绢本《五色鹦鹉图》中。陪衬五色鹦鹉的，正是杏花。从卷上的题诗中可知，这只来自岭表的珍禽贡品，趁春光明媚，侧立在御花园盛放的杏花间。赵佶见此"非凡质"的异种鹦鹉，龙颜大悦，认为这是预示江山社稷稳固的吉兆，因而彩绘画作并赋诗其上。画法工笔，重彩，却无呆板涩滞之感，厚薄适宜，观之有沉着清透之气。鹦鹉深沉的眼神、层染变化的羽毛和健硕的体态，以及婀娜多姿的杏花和花苞、苍劲瘦硬的枝条，像他自创的瘦金体一样，用笔细劲巧妙，风姿绰约。杏花先勾后染，层次分明。在华丽的绢质画本中，花鸟搭配，两枝盛开的杏花比气定神闲的鹦鹉占据着更多的比例，有些喧宾夺主的感觉，但又恰到好处地传递了欣欣向荣的春信，正是人间好时节啊。只可惜，这位极有艺术天赋和造诣的帝王，治国平天下的能力实在糟糕，最终成为受尽屈辱的亡国之君。但杏花和鹦鹉,却因他高超的绘画才能,得以传世,备受赞誉。

失之东隅,收之桑榆。或许,历史是借杏花之口告诉我们,人生天地间,并没有真正的赢家或输家。

我书房的地毯上,绽放着永不凋谢的杏花。这是我特意挑选的图案,因为喜欢,因为没法不被打动,它是凡高所绘的《盛开的杏花》的工艺复制品。那些恣意繁茂的花朵每天与我对视,毫无保留地呈现着向上的生命力量。

1890 年春天,是凡高生命的最后一个春天。他弟弟提奥的儿子威廉姆出生了,这带给精神疾病缠身的凡高极大的惊喜。在法国圣雷米精神病院里,这个怀才不遇的荷兰画家决定创作《盛开的杏花》,给纯洁的新生命一个贺礼。他在给弟弟的信中写道:"我已经开始画一幅画了,可以挂在婴儿的卧室里:大幅白色的杏花盛放在蓝天下……工作进展不错,很快你就会看到这幅画,盛开的杏树枝条,这也许是我最好、最细心的作品,画画时我感到很平静,下笔也没有丝毫的犹疑……"(《凡高手稿》)。

与凡高以往色彩明艳喧哗的向日葵不同,布面油画中的杏花呈淡米色,镇静而坚定,朝气蓬勃地盛开在湖蓝色的天空底色下。虬枝盘曲,铁骨铮铮,举起大片洁净的花盏。三三两两的杏花,生机盎然,展翅欲飞。旺盛的生命气韵,无法抑制地充溢其间。寂静的天幕,留白的空间,将生命之心带向深邃、辽阔和永恒。整幅画面像悬挂的镜子,折射出画家内心对生命的热爱,对美好生活的渴望,意境幽深淡远。

凡高绘画的杏花是送给侄子的,也是送给世界的。它是每个人的杏花。

同年七月,凡高三十七岁的生命被一颗子弹终结。世上已无凡高,世上依然有凡高。他的名字在《盛开的杏花》中,获得永生。

农历二月是杏月，杏花是二月封面的花魁。杏花开了，天地间仿佛发出一声响亮的指令，打破田野的寂静。麦苗神采飞扬，相互追赶着拔节生长。歇了一个正月的农人，开始在田间耕耘、忙碌，浑身是劲儿。沉闷了一个冬天的孩子们，吹着柳笛，你追我赶，在田埂上踩出杂乱的一长串脚印。春日的生命河流，在他们幼小的体内涨起，欢快地流淌。

老船

黄昏时分，我看到了它。它像一尾搁浅在沙滩上的鱼，丧失了吞吐海浪、回归大海的能力。夕阳西下，落日的余晖浸透它枯竭的身体，使它发散出一种类似包浆的柔和的光泽。但这只是我的错觉。包浆是一种礼赞时间的温润的旧味，而它摸上去粗糙干涩，失去了油润的生机和活力。

海滩用淡黄色的手掌托起了它。莹白的贝壳在它的身旁闪闪发亮。它上了年纪，肢体残缺不全，曾呼风唤雨、威风凛凛的桅杆从中间折断，白帆不知所终，像一段没有结尾的故事。原本涂着绿色油漆的侧板，看起来斑驳陆离，颜色混杂难辨，像一堵被风吹日晒有些年头的旧墙。它活成了几块朽木的组合体。离开海水的浸润，它的光芒消隐，孤独地静止在时间里。

还有属于它的时间吗？它来自哪里？面对着它，我充满困惑和迷茫，不知该怎样给它命名——一艘来历不明的船，一艘年久失修的船，抑或一艘废弃的、没用的船？如同一位没有身份证明的可疑老者，已迈不动前行的步子了。在这远离渔村的城市海岸线上，它的出现显得突兀、奇怪和多余，没人说得清它的来龙去脉。

即使衰老，即使残缺，这位昔日征战海上的王者，仍然是骄傲的。它的龙骨还在，它的脊梁就还在，它的魂魄就还在。它尖尖的头颅依然翘起，面向大海，目光深情，追逐着浪花朵朵、潮起潮落。船恋海，宛如蝶恋花。这是它的命。

几只海鸥飞来，扇动着翅翼在它的头顶上盘旋、审视，继而栖落在它破旧的船头上，梳理着雪白的羽毛，发出“欧欧”的欢唱声。它们不嫌弃它，相反，它们有一见如故的惊喜。它们从它的身上，嗅出了残留的海水气息。这种熟稔的、饱含盐分的气息，咸腥而甜蜜，已深入它们的血脉中，让它们轻易地分辨出共同的属性，并相互吸引。它们依偎在一起，肌肤相亲，窃窃私语，倾听彼此相悦的心跳。

船向水而生，它本就是为水而生的，一如鱼儿离不开水、花儿离不开阳光。挪亚方舟的传说，便是人类遵照神谕，运用自己的智慧造船，并借助其征服洪水、逃脱浩劫的成功典范，由此开启繁衍新生的创世纪进程。船，是人与水的对白，是人与水的重要沟通方式。水能载舟，亦能覆舟，这对纠缠不休的欢喜冤家，相爱相杀——恩爱或者反目，和解或者对抗，演绎种种恩怨情仇，世代沿袭，从未停歇。

与江南水乡纤巧雅致的乌篷船不同，北方的渔船天生带有一种彪悍的凛然之气，恰似北方顶天立地的汉子。它深知，它的心上人是承载它的大海，是天地间气象万千的汤汤大水。它必须具备配得上这万千气象的霸王气质：直挂云帆济沧海——一艘经过手艺人精心打造的渔船，只有驰骋在海中，感受大海耳鬓厮磨的柔情与力量，穿越浮沉，经受住一次次风吹浪打的考验，在波澜壮阔的征程中，完成庄重的成年典礼，拥有勇士的意志和品质，才算成材。

许多个黄昏，我走近它，这弯弯的弦月似的老船。海风围着它吹起舒缓的口哨，浪花打开纷飞的翅膀，岛屿浮起巨鲸般的脊背。大海曾被它反复地耕耘，这块巨大的、比天空更蓝的蔚蓝色田野，浮动着诱人的芳香，而它是一只勤劳的犁铧。《渔舟唱晚》的旋律在它的耳畔温柔地吹过，或许让它想起了从前傍晚归航时的盛大壮美：成群结队的渔船结伴而行，海面上的渔歌和号子粗犷嘹亮，粼粼的波光被劈成千万个洁白的箭镞，海鸟追随在船头船尾，引领着回家的方向。渔夫们全身披着晚霞烧红的光晕，黝黑的面庞上流动着丰收的光彩。舱内鱼虾蹦跳，海鲜肥美。岸上欢声喧动，人影幢幢，站着焦灼等待晚归的商贩和渔村的女人与孩子们……

一个个白昼和黑夜里，天上的太阳、云朵、月亮和星星轮流关照着它。它像老牛一样静静地卧在沙滩上，反刍着那些与惊涛骇浪相亲相斗的日子，明白一阵，糊涂一阵。有时它会想起它的主人姓甚名谁，有时又忘记——也许它的主人，身材魁梧，胡子拉碴，头发蓬乱，双手皴裂的波浪状的褶皱里，收藏着海上生活的五味俱全。他捕鱼为生，熟谙海性，经常三更半夜出海，蜗居在船上巴掌大的空间里。他喝高度呛人的老白干，抵御海上的寂寥、潮湿和风寒。他熟练地掌握斩网、砍桅、斩锚等应急求生技能，靠海生息。现在，它老了，他也老了，饱受风湿病折磨的他，再也顾不上心爱的它了；有时他还会想起它尚是一棵树时的模样，枝繁叶茂，躯干坚硬挺拔，有时又记不清自己的原名和长相。年月不停地生长壮大，而它停滞在模糊的过去里，离鲜活很远，离未来遥不可及。它被抛弃在岁月的边缘。

我猜测，这艘犹如一截落地之虹的老船，它的前身曾是深山里的杉树，依清风明月，傍山泉奇石，听鸟语虫鸣，原本过得逍遥自在。但这种平静安宁，却因人类的入侵砍伐而被剥夺。等它从疼痛中醒来时，发现自己已变成了一艘陌生的船。是它,也不是它,面目全非。当然,这艘船,也可能是多种树木的结合体。《天工开物》有云:“凡木色桅用端直杉木,长不足则接,其表铁箍逐寸包围……梁与枋樯用楠木、楮木、樟木、榆木、槐木(樟木春夏伐者,久则粉蛀)栈板不拘何木。舵杆用榆木、榔木、楮木。关门棒用桐木、榔木。橹用杉木、桧木、楸木。”——大约有不同名字的木材,分别做了它身体的五脏六腑。它混血而生,采众木之精气,集天地之灵气。甘心,也不甘心;欢喜,也不欢喜。一棵树最后变成什么,怎么变,它并不能做出自己的选择。

有一天,当我再次走向那片海滩时,却蓦然发现,老船已消失不见了,跟它起初的出现一样,让我惊诧。我试着打探它的消息,但没人像我在意它,一艘碍眼的旧船。仿佛一滴水珠悄然地融入大海,激不起丝毫涟漪,四处无迹可寻。

如同命运刻意设下的一个局,无法破解,令人怅然。

长夜漫漫,我做过一个与老船有关的梦:在落日熄灭光辉、跌落山尖的瞬间,它一跃而起,跳入海中,缓缓地沉入海底,化作一颗蓝宝石形状的心脏,跳动不息。海水在它的周边流淌,鱼群在它的身边滑翔,它被簇拥其中,一闪一闪,发出星子一样幽蓝的微光。

我相信,这是老船给我的一种暗示,它终究魂归大海了。就像它从不曾被伤害过,就像生命最初的纯净美好。

走过绍兴

小非

我似乎是摇着一条乌篷船走过绍兴的。与我同行的,是一位原名戚本禹,现称戚文的老人。我们到达绍兴,已是除夕之日。这是一座慢条斯理的城市,景色很美,一切好像都漂浮在水上。远方的山影、田野、村落,近处的堤岸、舟楫、房舍,似乎都镶嵌在闪闪发光的大小河道之中,人们如同生活在一幅浓郁的水墨画卷里。

也许是要那种感觉,我们雇了条乌篷船,沿着说不出名字的河流划向了鲁迅故居。舍舟登岸,咸亨酒店的老板娘将我们拦下。

除夕中午生意清淡,我们是唯一的客人。口衔孔乙己先生喜欢的茴香豆,我们开始品味老板娘力荐的太雕。我有些孤陋寡闻,只知道绍兴有花雕。老板娘告诉我们,花雕现在是哄外地人的,本地人喝的都是太雕。她卖弄说,绍兴一带,家家户户每逢生育了女儿,都要精选上好的糯米酿酒,待闺女出阁时款待亲友。三年以上的酒称为“雕酒”,取“雕琢”之意;由于酒坛一般饰以彩绘,故曰“花雕”。嫁女之外,女方家还要将花雕作为回礼送到男方家;待男方家小姑出嫁,这酒就改称“大花雕”了;等到孙女出嫁,则成了“太雕”,“太”为“极”意。她一忽悠,我们不禁多喝了几杯。

腊月里黄酒暖了身子,我们摇晃着来到了鲁迅故居。徘徊在院子里,《秋夜》里那两棵枣树在我脑海里萦绕:“一株是枣树,还有一株也是枣树。”但我却寻不见它们那虬龙舞扎般的枝干。

它们在“百草园”吗?而“百草园”又在哪里?鲁迅分明说:“我家后面有一个很大的园,相传叫作百草园……”

戚文笑了，他说那两棵枣树在鲁迅北京的院子里，你在这里是找不到的。我不禁汗颜。

鲁迅 1949 年后声誉日隆，故居应该保持了旧时的模样，但我们从鲁迅文章里读到的许多景物，居然了无痕迹，也许不应该把文学作品的描写太当真了。倒是平房墙根下，几畦小白菜的绿意为故居添了几分鲜活。

陈丹青在《我看大先生》中说："从上世纪五十年代开始，鲁迅在中国被弄成一尊神，被过度谈论了……鲁迅一再说，他只有一支笔，可是我们偏要给他背后插上许多军旗，像个在舞台上凶巴巴唱独角戏的老武生……倒是那个彻底的失败者胡兰成点评鲁迅最为中肯。他说，那些研究鲁迅的人'斤斤计较'，一天到晚根据鲁迅的著作'核对'鲁迅的思想，这'核对'一词，说得准确极了。最近二十多年，'鲁迅研究'总算比较平实，将他放回了生存的年代和语境中去，不再像过去那样，给他涂上了厚厚的涂料。"

太多的人在谈论鲁迅，轮不到我。我只想找到点别的东西，比如周作人。不过，关于知堂先生的遗迹几乎没有，周作人侍敌固然不齿，但这里毕竟是他们兄弟共同生活过的家园。知堂先生的散文小品，在现代文学史上还是很有地位的。

鲁迅的另一个弟弟周建人，新中国成立后位居浙江省省长直至全国人大常委会副委员长，恐怕与其兄的地位不无关系。

院子里很宁静，四周噼啪炸响的爆竹显得遥远。一个管理员模样的人用扇子扇着煤炉，缕缕青烟不断融入天空。

我趋前询问，先生可是姓鲁？他一脸茫然。我突然想起，鲁迅本姓周。他的手也很粗糙，有如闰土，生火许是取暖。我久居北方，很难体会南方冬日的难挨，我不知道鲁迅当年怎么会想到干裂的松树皮。

戚文言语不多，大概当年说多了。但走到沈园，他的兴趣来了。这个私家花园面积实在太大了，盛时规模接近百亩，现在也有六七十亩。而它的出名，则始自1157年那个春日，分别十年的陆游与唐婉在此相遇。

一千年快要过去了，漫步其中，眼前破旧、衰败，物是人非。但当年的画面似乎就在眼前，心中不免凄楚。

金兵大举入侵汴京之际，宋徽宗赵佶禅让帝位，长子赵桓当上了皇帝，他就是宋钦宗。赵桓听信谗言，罢免了抗金将领李纲，最终"徽钦二帝"被金人掳去贬为庶人，于是钦宗的异母之弟赵构即位，成为宋高宗。

宋高宗绍兴十四年（1144），十九岁的陆游与表妹唐婉结为伉俪。绍兴二十三年（1153），陆游进京参加现任官员及恩荫子弟的锁厅试，主考官陈子茂阅卷后取其为进士第一，秦桧之孙秦埙则位居其下，这让秦桧感觉脸上无光。翌年礼部考试，秦桧借故将陆游的试卷剔除。因此，高宗在位期间，陆游仕途始终不顺。

戚文说，"暖风熏得游人醉，直把杭州作汴州"这两句诗写得太到位了。偏安江南的赵构，首先要保住的是皇位。至于说皇帝的疆土限于东南半壁还是一统江山，要围绕皇位这个主题展开。

北定中原、迎回二帝的抗金主张虽然冠冕堂皇，却不合赵构的心理。"徽钦二帝"回来后，赵构往哪里摆？于是则有了岳飞父子的风波亭，陆游才受了多少委屈啊。

"王师北定中原日，家祭无忘告乃翁"是陆放翁的名句，这种力主抗金的思想，才是导致陆游当不上官的原因，也是秦桧收拾陆游拿得上台面的理由。

陆母当初认为唐婉整日和陆游缠绵，耽误了陆游的学习，硬是以死相逼，生生拆散了这对鸳鸯，实在荒唐。其实，唐婉亦是一位才女。他们诗书唱和，相得益彰，远比“红袖添香”高了不止一个层次。

沿着园子的曲径，穿过端居园中的孤鹤轩，在正南的残垣断壁前，我们见到了陆游的《钗头凤》，也读到了唐婉的和词。

“错错错……莫莫莫”，里面深藏了多少说不尽的感伤和惆怅！而“难难难……瞒瞒瞒”，又蕴含了多少数不清的无奈和哀怨。

沈园邂逅不久，唐婉就在悲伤中离世。许多人只在戏文里知道了《钗头凤》，却并不知道唐婉的和词。

戚文说，没有和词，故事就不完整了。其实，有了和词，故事也没结束。四十年后，当七十一岁的陆游故地重游，又含泪写下了《沈园》，只是斯人已逝：

城上斜阳画角哀，沈园非复旧池台。伤心桥下春波绿，曾是惊鸿照影来。

梦断香消四十年，沈园柳老不吹绵。此身行作稽山土，犹吊遗踪一泫然。

一首哀歌，转眼已近千年，俱往矣！但沈园依旧，枯树衰草中偶尔窜飞出来的昏鸦，想必阅尽了人世的沧桑。

初一上午，当地人还在拜年，我们驱车来到了兰亭。迎面就是脍炙人口的“鹅池”碑。戚文告诉我，某日王羲之饱墨临书，刚写完个“鹅”字，忽闻皇帝诏至，急忙出去接诏，于是八岁幼子王献之毫不犹豫地提笔续上了一个“池”字。

“鹅池”二字，一“瘦”一“肥”，成就了书法史上著名的“父子碑”。而康熙的御笔“兰亭”碑，则与“鹅池”碑交相辉映。

戚文讲完这个故事，我们像骑上了四蹄生风的快马，来到了一千六百多年前的东晋。

晋穆帝永和九年(353)，农历三月初三，春和景明，王羲之与朋友们来到兰亭。茂林修竹之下，他们散坐在溪水两旁，谈笑风生，潇洒自在。

书童取来羽觞，众人玩起了“曲水流觞”的游戏。羽觞在溪水中顺流而下，停滞在谁的面前打转，那人就得赋诗；若作不出诗，则要罚酒三杯。

那一天，得诗三十七首，大家将其汇编为《兰亭集》。王羲之则乘着酒兴，用鼠须笔在蚕纸上写下了被誉为“天下第一行书”的《兰亭集序》。此后，据说王羲之又多次摹写，却始终无法超越首稿。

《兰亭集序》后来传到了王羲之七世孙智永手上，这位出家后的和尚临终前又传给了弟子辩才。辩才将其密藏在阁房梁上，从不示人，后来却被监察御史萧翼花言巧语骗走。

唐太宗得到《兰亭集序》后，欣喜异常，命欧阳询、虞世南、褚遂良等书家摹写，又命冯承素将原迹双钩填廓摹成数个副本，分赐皇子近臣。唐太宗死后，据说真迹按遗诏随其葬在了昭陵。

戚文说，唐太宗是一代明君，真的会把书法艺术珍品藏于暗无天日的地下？五代十国，耀州刺史温韬打开了昭陵，但是没有找到《兰亭集序》。有人推测，真迹应在武则天和唐高宗李治的合葬墓里，很可能就枕在武则天的脑袋下面。这是一个永远的想象与遗憾。

在兰亭，我们还看到了康熙和乾隆祖孙分别书写的《兰亭集序》，字体同样秀美遒劲，显示了雍容华贵的帝王之气，但缺少了王羲之那种独特的气韵。

如今,喜好书法艺术的人不少。不过,有的却是附庸风雅,有的甚至是敛财。王羲之是大自在之人,因而才有大自在之作,那种魏晋风度颇值得玩味。那是一种与生俱来的潜质,后天难以效仿。

离开兰亭时,我买了十把印有《兰亭集序》的折扇,准备送给友人。

在轩亭口,我们看到了秋瑾烈士纪念碑,碑名是民国元老张静江题写的,这里是秋瑾遇难的地方。民国时期绍兴的故事不少,鲁迅小说《药》的背景就与秋瑾和徐锡麟有关。他们的故事人们耳熟能详,但同时期的陶成章,许多人却并不了解。

陶成章 1904 年与蔡元培组织了光复会,翌年与徐锡麟创办了大通师范学堂。徐锡麟事败后,陶成章避居东京,1910 年又与章太炎重建光复会并任副会长。浙江光复后,他被推举为省临时参议会议长,1912 年被暗杀于上海广慈医院。孙中山曾专程前往吊唁。

走到城区的飞笔弄,我们看到了蔡元培故居。首先映入眼帘的是大门两侧的八个大字:学界泰斗,人世楷模。这是 1940 年蔡元培在香港去世时毛泽东的唁电。蔡元培 1868 年出生,二十五岁考取进士,官至翰林院编修,是一位令人仰慕的学者。

北京大学百余年的历史上,有两位校长出自绍兴,而他们又是诸多北大校长中的翘楚。一位就是蔡元培,另一位则是马寅初。

一般人对蔡元培的了解,主要是他在教育上的成就。殊不知,他的革命经历也十分显赫。1904 年,他在上海被推选为光复会首任会长;1905 年,又被孙中山委任为同盟会上海分会负责人;1916 年,《临时约法》恢复后,一些浙江籍议员发电推选远在法国的他任浙江督军。

不过，尽管他一直有着许多官职，但那都是他的“副业”，他始终离不开的是一生钟情的教育事业。1916 年，他担任了北京大学校长。

《南渡北归》的作者岳南先生说：“自此，故宫脚下那个日渐腐败的原京师大学堂，渐成一块民族文化的精神的圣地，一代又一代人类的梦想，都羁系在这片风雨迷蒙中升浮而起的圣地之上。”北京大学由此成为“独立之精神，自由之思想”的摇篮，散发着人性的光辉，凝聚着冷静的科学理念。

在绍兴，还有一位名人，叫孙越崎。他是一位实业家，不如文人那样容易为大众熟知。他是中国石油工业的第一人，一生都在能源领域奔波。

孙越崎 1921 年在北京大学获得工科学士学位后赴美留学，先后在斯坦福大学采矿系、哥伦比亚大学研究生院学习，并多次考察了洛杉矶、休斯敦的油矿，归国时又绕道欧洲考察了英、法、德等国的采矿业。这些经历，使他受到了时任北京地质调查所所长翁文灏的赏识。翁文灏出任国民政府资源委员会的前身——国防设计委员会的委员长后，邀请孙越崎担任专员兼矿产资源室主任。

1933 年 9 月，孙越崎在陕西勘探石油并取得成果。为此，国民政府成立了陕北油矿勘探处并任命其为处长。他在延长县组建了中国第一支油矿钻井队，打出了石油。说来有意思，没有多久，陕北红军占领了延长，油矿成了共产党领导下的陕甘宁边区的重要工业资源。1934 年冬，他接管了中英合办的焦作中福煤矿，不到一年就使其扭亏为盈。“七七事变”后，他费尽周折，敏锐果断地通过民生轮船公司，将该矿的重要设备全部迁往四川，创办了四个新的煤矿，受到了国民政府的重视。

孙越崎灵活通变，善于周旋。为了妥善处理矿界纠纷，防止地痞流氓干扰，他聘请当地袍哥大爷为煤矿顾问，按月奉送礼金，与地方相处得游刃有余。

1941 年 3 月，孙越崎又受命创建玉门油矿，年产石油达到一百八十万加仑，为抗战提供了重要的能源，被誉为“煤油大王”，中国工程师学会为此授予其“金质工程奖章”。蒋介石也在胡宗南的陪同下到玉门油矿视察，当面听取了孙越崎的介绍。

1948 年 5 月，孙越崎担任国民政府资源委员会委员长。这一次，他违抗命令，没有将重要工厂的设备拆解运往台湾，被国民党开除了党籍，并被国民政府以叛国罪通缉。

1949 年后，孙越崎长期在唐山的煤矿工作，后来成为煤炭工业部的顾问，这是后话……

在绍兴，我们只能走马观花，但我的思绪常常信马由缰。古往今来，有多少事情和绍兴有关啊！整个华夏，恐怕也找不出第二个像绍兴这样名人荟萃的地方了。

在这块古老的土地上，我经历了一次难忘的文化之旅。不仅巍峨的寺塔、苍劲的石刻、轩昂的府第、雄伟的殿宇可以作为过去时代的见证，就是一条深巷、一条小河、一座石桥、一个台门，也往往能唤起人们对历史的回忆。

秋游湘江

宋新民

来到长沙,最想做的事,就是游览一下湘江。这种愿望由来已久,因为我打小就对江河情有独钟。那天早上,我和朋友由长沙乘坐 2 号线地铁赶往橘子洲,地铁风驰电掣,可我还是觉得太慢,我的心激动得几乎要跳出来。

橘子洲西望岳麓山,东临长沙城,四面环水,绵延数十里,狭处约四十米,宽处约一百四十米,犹如湘江中一艘永不沉没的巨舰,让长沙"山水洲城"的美誉名不虚传。时值初秋,橘子洲没有"漫江碧透,层林尽染"的景色,却依然烈日当空,游人往往汗流浃背,可热情不减。此时的橘子洲林木葱茏,绿草如茵,橘树柚树,青果累累,躲在枝叶间匿笑。一丛丛挺拔的翠竹随处可见,置身其中,顿感神清气爽。

初秋的湘江是最美的。驻足江畔,凭栏远眺,但见江面清波粼粼,阳光点点。薄雾隐隐,微风徐徐,让人心随水波摇荡。难怪美国作家斯诺在他的《西行漫记》中,把湘江称为"中国南方一条绝美的河流"。

江风撩人,花香扑鼻。人们三三两两,在江边漫游。有的看着江水发呆,仿佛追思悠远的往昔;有的神情陶醉,眉飞色舞,看得出他心中的欣喜与快慰;有的面色沉重,一语不发,似一个饱经沧桑的老人;而孩子们却脚步轻盈,笑语阵阵,好像快乐的天使。行走江畔,每个人都尽情释放自我,秀出最真实的自己。

像许多住在湘江边的孩子一样,我出生在松花江畔,也是在江水里泡大的,因此,对江水有着特殊的情感。犹记儿时,夏天的午后,酷热难当，热得叫人喘不过气来。大人们都躲在家里不肯出门，我和几个小伙伴偷偷溜出家门，来到江边，看着江里的微波，阵阵凉意打心底涌出。这时，我们脱个精光，不顾一切跃入江水中，那突如其来一激灵，那才叫一个爽！我喜欢江水沁入我身体的感觉，喜欢江水扑打在脸上的感觉，偶尔有几尾小鱼从我面前跃起，我就会发出一阵惊呼，可就是抓它不到。累了，我就会躺在水面上，数天上的云朵，会觉得尘世的喧嚣和烦恼离我远了，远了。

美国作家梭罗曾经说过："湖是风景中最美丽、最富于表情的姿容。它是大地的眼睛，观看它的人也可衡量自身天性的深度。"因此，在瓦尔登湖，梭罗完成了他精神上的一次洗礼，其思想得到了彻底的升华。其实，江河湖海都一样，美的就是水。也正是水，能让人超脱、达然、纯净和飘逸，能让人忘却尘世的纷扰，去触摸自然的圣洁美好。面对浩荡北去的湘江水，也会使人心潮澎湃，豪气顿生，心情随之豁然开朗！

天渐渐暗下来了，江岸上人来人往。"卖巧克力，卖冰激凌喽……""有矿泉水、西瓜买喽……"各种吆喝声随着习习凉风飘入耳中，那些深情弹奏吉他、唱流行歌曲的小伙子们，摆地摊卖小商品的大姐大哥们，悠闲摇着蒲葵扇的大爷大娘们，愉快地玩扭扭滑板车的小孩儿们……五花八门的人各取其乐，好不热闹！

江边的一个平台上，悠然坐着一对青年男女。那女的不停地用手将水撩起，顽皮地看着水花在远处落下，不时发出银铃般的笑声。那男的正吹着一支洞箫，箫声宛如天籁，与江水的呜咽融为一体，委婉缠绵，如泣如诉，听得我如痴如醉，久久不愿离去。

继续沿着湘江漫步，我渐渐地对这个城市和这条江产生了一种特别的亲近感，仿佛迎面而来的是位老朋友，面容渐渐清晰的那种喜悦。不知不觉，我也在临江的一处平台坐下来，脱掉鞋袜，满心欢喜地将脚伸进江水里。江水的清凉浸润了我的周身，我像一个顽皮的孩子，用脚掌把江水击打得水花飞溅。

月亮升起来了，天上一个月亮，水里一个月亮，水波粼粼的江面浮动着片片银鳞，两只沙鸥在水面上追逐嬉戏，久久不肯离去。这一切，仿佛幻境一般。

我与少年的时差之旅

周克

记得那年初春的一天下午，寒意渐退，柳芽初露。我乘东航航班从烟台起飞到浦东机场，然后转机乘零点时分的东航国际航班向南跨过赤道，向东再越四个时区，直抵南半球正值夏末的奥克兰。

中国在时差上要晚于新西兰四个小时，若赶在新西兰夏令时期间，时差则扩大到五个小时。我来到国际出发候机大厅时看了下表，刚过晚上十点，大约一小时后登机。而奥克兰此刻已是第二天的三点多，晨梦很快就要被鸟鸣唤醒。想想很有意思，当我十多个小时后抵达奥克兰，在时差这头吃着晚餐时，时差那头我的烟台朋友却在经历着我曾经的下午；或者，当时差那头我的朋友清晨在烟台山灯塔之下看蓬勃日出之际，时差这头的我正在手持汉堡兴奋地“乱吃”（lunch：午餐）。

我在候机大厅找到一个空位，旁边是一位少年。他轻点手机按键，似乎刚刚结束通话，见我落座，礼貌地欠身点头，招手致意。他的动作让我略感意外，却顿生好感。再看少年，英气勃发，阳光灿烂，便报以微笑并问候。短暂的“邂逅仪式”拉近了我们的距离，我看他年纪不大，应该还是一位中学生，便友好地问：“是学生吧，一个人旅行？”

少年大方回应：“是的。学校假期我回中国看望爷爷奶奶。现在要开学了，今天回奥克兰。”

从语言上判断，他的母语已经不是汉语了，对汉语虽听得明白，却说得不“溜”，但交谈无碍。接下来我得知，他出生于奥克兰，正在读初中，以前每年圣诞大假都会跟父母回中国探望长辈，这次是他第一次独自旅行。他的奶奶是退休教师，这位奶奶对孙子的“探亲”用心良苦，实在令我敬佩。她舍弃了享受天伦之乐，利用这个短暂机会让孙子参加学校组织的冬令营活动，这次是去的西安，感受华夏历史。少年已去过多个地方，告诉我喜欢中国，也非常乐意参加这样的活动。

正聊着，候机厅广播通知去奥克兰的旅客开始登机，登机口上方的显示屏也在滚动播放着同样内容。我们起身准备排队，看到少年不止有一个手提行李，因为已经过了安检，我自荐举手之劳，代提一件，顺便提醒道：“不是食品吧？奥克兰海关可不允许啊。”

少年没有拒绝我的好意，道谢之后说：“这个包里是奶奶给我准备的中文辅导书，我回家要读的。”

少年这番话，使我对他在好感之上又加了一层喜欢。登机口工作人员查照验卡时，我们发现彼此竟然座位相连，便相视而笑，毕竟我们已经是朋友了。我还隐约预感并期待，将要开始的“追赶时差”之旅，会很有意思。

今夜晴空无云，虽是初春，仍有星光簇拥着弯月，星空不冷，心境温润。我注意到飞机从离开廊桥开始滑行，再到刺破夜空冲入云端，少年始终把脸贴在舷窗上凝望星月，似乎开始了某种遐想。

待飞行状态进入平稳，有的旅客在座位前的显示器上挑选节目，打发着漫长旅途。少年也把目光从窗外收回，揉了一下眼睛，告诉我感觉是在时差中旅行，星际间漫游。

说到时差，他似乎被唤起了回忆，接着跟我分享了一个“时差这头和那头”的故事：“这次西安的冬令营，有一个参观兵马俑的活动。那天上午，在兵马俑博物馆看到那些两千年前的兵马俑时，我被震撼了。出来后接到我同学皮特的语音通话，巧的是他告诉我，他和几位同学也刚刚走出奥克兰博物馆，正在模拟从惊险刺激的火山喷发中如何逃脱。有意思的是，当时已是奥克兰的下午，皮特还开玩笑说我落后了他们半天。”

听完少年讲的故事，飞行的物理高度抬升了我的思索维度，我想把这个“有意思”升华成“有意义”。我说：“你讲的是一个客观物理上的时差问题，确实很有意思。还有一个历史文化上的时差也很有趣，但它的主角不应该被忽略，那就是出生于两千多年前、列队站在你身旁的那些威武的兵马俑们。”

我的话他没有料及，露出些许惊讶。我告诉他，这些兵马俑的主人，后人称之“秦始皇”，他在两千二百多年前统一了中国。你现在能讲会写的华语中文，就是因为他当时定下了读写规矩，才得以延续并传承至今。

少年显然没有想过这个问题，他思考着，又认真地问我：“中国文字存在了两千二百多年？难道比《圣经》还早？”

我笑着纠正他，中国文字至少存在三千六百多年了。那时没有纸，我们的祖先就把字刻在龟背上，这就是最早的文字，后来被称为甲骨文。以后又经过历代的演进和发展，到了秦始皇的时代，他为了便于治理国家，统一了一系列治理政策，其中涉及文字的读音和写法。

秦始皇统一了文字，中华文化得以世代传承。现在的年轻人只要愿意，静下心来，可以倾听老庄，对话孔孟，而时差这头的年轻人还能读得懂莎士比亚，却是不可想象的事情。

我还跟他说，如果从人文“时差”来看，中国的文字以及这些兵马俑们确实比《圣经》的记载要早两百多年，更比新西兰建国要早两千多年。

远道而来的历史和不期而遇的文化吸引着少年，此刻他兴致盎然，毫无倦意。

飞机在夜空中平稳飞行，我在座位前的显示屏上找出即时航迹图，此刻我们即将越过祖国的陆地边界，进入浩瀚的太平洋，向东南飞去。少年显然也注意到了，再转头看窗外，深夜无际，大海隐容。但星空可见，而且斗转星移。自然地，他转身告诉我，奶奶曾教过自己怎样识别北斗星，再根据北斗星找到北极星，但遗憾今天没有观察到。

我告诉他由于飞行方向朝南，同时又受机舱视角限制，所以北斗星无法看到。少年又说，学校老师也曾教他们识别新西兰上空的南十字星，那也是方位星。

时间已近凌晨两点，我们的聊天继续着。我说，由于地理原因，南半球看不到北斗星和北极星，但时差这头的大洋洲（澳大利亚、新西兰及南太平洋岛国）有自己的方位星，因其形状像一个横置的十字架，方位正南，被称为“南十字星”。欧洲人在大航海时代利用它找到了大洋洲，称它为方位星也是实至名归。南十字星有其精神内涵，澳大利亚的国歌里有它的名字，新西兰的国旗上有它的图案。北斗星是北半球的方位星，这是自然知识。但在“时差那头”的中国文化里，北斗星还被视为崇高和尊贵的象征，是中国人的精神指南与情感寄托。

但还有一层意思我没有讲，期待他学历增加、阅历增长之后自悟懂得。这就是“时差两头”对各自方位星的“精神赋义”，它来源于各自所处的地理位置、客观环境和生存逻辑。

写到这里，请允许我暂停此刻在云端的“空聊与空想”，因为我想起了在《再聚 Browns Bay 海湾》一文中，烟台老乡国强曾经对“时差这头”的生活有过一段叙述。那天在海边咖啡馆里，他跟我说了一段感受：刚来时很羡慕这里的人们工作轻松，生活悠闲，甚至可以自定工时，自主假期。等自己加入了这种节奏，工时、假期自主之后，日复一日、悠闲自得地修剪草坪、侍弄花丛时，有一天突然沮丧地感到，这种类似于国内某些“小富即安”的生活，就是“三亩耕地一头牛，老婆孩子热炕头”的新西兰版本。当初悬梁刺股、废寝忘食地赢在了起跑线，就是为了赶到这里，打开铺盖卷儿，“面朝大海，春暖花开”，再生上一堆小孩？

有个流传较广的故事很形象。一位每周两天工作、三天钓鱼、其余时间休息的男子，某日在海边“撑杆作业”时遇到一位外国游客，他们的对话很有意思：

“你没有工作吗？”

“一周两天。”

“为什么不多工作赚钱？”

“赚钱干吗？”

“赚钱可以买房、买车、买游艇啊。”

“然后呢？”

“休闲、钓鱼、潇洒啊。”

“我现在不就是吗？”

这种悠闲的底气，来自于土地的赋予、大海的慷慨，大自然对这里倾注了太多的关爱。但事物好比硬币，总有两面。正面是悠闲与舒适，反面就是懈怠和慵散。如果将这种悠闲的因子注入到社会运行的机理中，变为共识，形成定式，极可能带来弊病，就是行为上的慵懒与木然，精神上的贫血与失重。久而久之，时差这头的领先起跑终将落后于时差那头的锲而不舍。

航迹图显示,我们即将飞跃赤道,进入南半球,航程近半。此时再看窗外,月亮转移,星空淡出,云海之上,蓝天如碧。我和少年也将休息,养神蓄力。我知道,此刻时差这头的奥克兰已是上午,而我们正在迎头赶上。

辑 二

也说读书

林深

我是一个没读书却又一直在读书的人。说我没读书，是小时家穷，没上几年学。但六十余年来我一直在孜孜读书，所以说我又是个读书人。

我从儿时就读书，那是孩童们玩的画帖，三国人物，梁山好汉，金陵十二钗，八仙过海，唐僧、沙僧、猪八戒、孙悟空，等等。说是读书，其实是在读画，让我更想知道这些画的更多故事。一个小屁孩，天天去租小人书，乐此不疲，像只不停啃草的小羊。渐渐不过瘾了，好像吃的都是一些小草，于是就想啃棵“大树”，《三国演义》《水浒传》《红楼梦》《西游记》都啃了个稀烂。那时觉得《西游记》最好，像三伏天吃冰棍。《红楼梦》最不怎么样，像吃艮萝卜，耐不得烦。现在才知道，《红楼梦》是最伟大的，它诠透了人类某种本质的东西——人生虚无主义，这是说到根儿的东西。读书和读书大不一样，要紧是会读。军事家同样读军校、读兵书，为什么有败有胜？就是会读与不会读的问题。

少年读书时我是一只狼，青年读书时我是一只虎，壮年读书时我则是一头牛了，吃进去就慢慢倒嚼了。读到中年，我就是一只蜜蜂了。万卷丛中，我从一朵朵花蕊中采集精华，提炼纯粹。也就是说，儿时我读书是读书表，少年读书是读书体，青年读书是读书骨，壮年读书是读书味，中年读书则是读书心了——读书直插核心。老一点我又成了一头穿山甲，从书心直穿透到书的背后。书背后是什么？是人生，是社会，是事物，是自然，是规律，是法则，这是一切书的大背景。

书读到这份儿上，在我眼里，什么都是书了。别人看电视，我是读书；

别人看风光，我是读书；别人旅游，我是读书；别人闲聊，我是读书。一个人，我端量一眼，就是读一本书，他的得失，他的命运，我大体能读得出。一草一木，一山一水，一言一歌，甚至一声狗叫我都能读出学问来，这是一叶知秋，于无字处读书。

当下很多学生读书只是为了考个好大学，谋个好职业，只讲为什么读书，不讲读书为什么。也有人说知道，是为了增加知识。但仅有知识是不够的，要把知识变成智慧才最为重要。智慧是书背后的东西，她在书海深处等着你，潜入越深，智慧越大。浮躁是得不到大智慧的。大智慧是什么？穿透一切的大彻大悟。

进入信息化时代，人类面对的是多元化阅读。读书的根本是人人读书，全民读书。读书没什么诀窍，网上教人读书的方法，十有八九是误人的，读书需常读、深读、不间歇地读，读到一定程度你就明白了。这像豆子要磨成浆，滤去渣，熬熟，才可能卤水一点成豆腐。现在劝学、劝读总是说颜如玉、驷马车、千钟粟……家国情怀不知哪儿去了。读书的出发点不良，效果能好吗？但我坚信，只要你一直读书，书会校正你的。

现在的书很多，多到庞杂，泥沙俱下。有些书是教人越读越浑蛋，还有的书是教人越读越糊涂。比方，有些教人健康的书，貌似有理，实则千头万绪让人无所适从，甚至让人吃了大亏。

我十九岁那年，支援三线建设到四川。当时，报刊和广播成天宣传游泳的好处，更为奉扬的是冬泳，说它如何如何有益健康。我就去冬泳。那天极冷，我跳进水里就不会动了。大家把我弄上岸，我发高烧说胡话，昏迷几天才抢救过来，落下了肾病。年纪轻轻的，还有法活吗？我悲观至极。

朋友开导我说：人吃五谷杂粮，没有不得病的。人生之要，不在病不病，而在健康的思想和正确的方法。比方说，你本年轻健康，非往冰水里钻,这就是病!人有病了,要以健康的思想对待,以正确的方法处置,照样长寿。

我深以为然,说:我一定按大夫的话去做,好好保护自己。

朋友笑道:按大夫的话去活,你一辈子就是病号。你要按自己身体状况去活,痛痒心自知嘛。比方说,大夫让你忌蛋白少食盐。其实,人的身体构成,主要是蛋白质、盐和水。没了蛋白和盐,光剩下水,人怎么活?肾病主要是流失蛋白,光流不添终究要灯枯油尽。你要听大夫的,也不能全听大夫的。要适量吃盐、吃蛋白,这“适量”力求合适,不多不少刚够身体用的,这是一条保命的基本法则,够你一生受用的。

我如醍醐灌顶,感慨朋友哪来这么大的学问。他说,所谓学问,不外乎是一学二问,多学多问多学问,多读书吧,读到份儿上你自然就明白。

我落这一身病,还能读书吗?

正因有病才多读书。书是人类的“大处方”,告诉你处事之道、治世之方、疗人之方和养人之方。古人说的“腹有诗书气自华”,“华”是非凡气质,更是健康的气色。读书是内外双修,心身共益。

我把朋友的话当作人生指南,适当摄盐,适量食用蛋白食品,果然活得健康。二十余年过去,身体安好。后来,我放松了警惕,又赶上大吃大喝的年代,整天参与宴会酒局,吃成了血压高、血脂高、血糖高,成了“三高人物”。到六十八岁那年,五十年来一直保护得很好的肾不行了,人也够呛。我这时想起朋友的“生命法则”,冷静处置,当机立断选择了最好的治疗方案——移植肾脏。二十几天后我移植上了一颗青春的肾,犹如凤凰涅槃。得肾病还活了五十年是个生命奇迹,六十八岁移植新肾,更是一个奇迹。这得感谢朋友的“生命法则”和现代医疗技术,也得感谢读书让我明白了怎样对待生命。读书让你有辨别和选择的能力,在纷杂中能做出正确的选择，不迷失、不彷徨、不徘徊，让人生健康，命运结实。

换了肾以后，我知道自己会长命的，因为书读透了，事看开了。有人问我：你都七十岁了，今后还读书吗？

读，读天下书，亲天下事。

还写书吗？

写，那是读书的作业。

山似换来天似洗

于海武

在《博物》杂志上看到介绍“蜀道难”的文章，无意中读到这样一段绝美的诗句：“商山半月雨漫漫，偶值新晴下七盘。山似换来天似洗，可怜风日到长安。”

山似换来天似洗，多么优美而空灵的诗句！虽相隔千山万水，虽埋没亘古千年，却像洪钟阵阵敲打心田。

这句绝美的诗词来自唐朝诗人裴夷直。他履新路过剑门关一带，翻越七盘关后突然灵光闪现。我没有去过七盘关，但也能想象得到诗人在穿越秦岭之后，在跨过叩关四川的第一道大门时的慷慨与感喟。查阅资料得知，川蜀大地的北大门依次为七盘关、白水关、葭萌关、剑门关。冲破了这四道关隘，就到了利州（今四川省广元市），四川门户大开。广元因出了杨贵妃而地灵，剑门关因“姜维降魏”而闻名，蜀道则因秦岭的阻隔而大名鼎鼎。

穿越秦岭的奇妙幻变，我曾多次感受过。尤其是在冬季。火车在关中平原穿行，甚至来到秦岭北麓，天空还是灰蒙蒙、阴沉沉的，草木凋敝，山石裸露。从穿越秦岭的隧道里一出来，便是蓝盈盈的天、绿油油的草、湿润润的山，甚至连河水也宽广清冽起来，像一条巨大的玉带在山谷间环绕。那种感觉非身临其境不能感受，山就像换的，天就像是洗的。

在我看来，“山似换来天似洗”这句诗的艺术价值，丝毫不亚于“日照香炉生紫烟”或者“夜半钟声到客船”。素净直白，而又充满想象，可以寄寓不同的感想。可以说是艺术性与思想性俱佳。唯一遗憾的是，它没有入选中小学课本，不然现在可能已风靡中华大地，甚至引领风骚数百年了。但历史就是这样，必然性与偶然性交织错乱。星汉灿烂、洪波涌起是必然的，遗珠弃璧、挂一漏万也是必然的。而且因人的时间和精力有限，我们面对浩瀚的中华瑰宝只能触其一角，弱水三千只能饮一瓢。

幸运的是，《全唐诗》中收录了裴夷直的这首《上下七盘》，使其得以流传下来。还有很多的美文绝句，已经永远地湮灭在了历史的长河中。比如李贺、王之涣、张继的一些诗句，还有留下“劝君莫惜金缕衣，劝君须惜少年时”这样诗句的无名古人。更有一些我们不知其人、其句、其物、其神的东西，譬如与《高山流水》难分高下的千古绝唱，与《兰亭集序》真迹不分伯仲的艺术珍品，与候风地动仪、木牛流马旗鼓相当的匠心绝活，再难重见天日。

凡高的画作在其死后八十年才得到追捧，他本人被后人奉为表现主义的先驱。卡夫卡生前默默无闻，死后数十年才被奉为西方现代派文学的主要奠基人之一。如果有兴趣到百度上搜索，你会发现有许许多多这样被历史湮灭而又复出翻盘的名人伟士。但是还有多少至今仍在沉默的先驱和大师呢？这是没有答案的，有的也许永远也不会出现答案。

与人一样的还有城市和风景。北京、南京、西安、洛阳这些历朝古都，因官修的史志记载而闻名，几无悬念；长勺、官渡、山海关、台儿庄这些地方，因重大战役而被历史记住；麦城、梁山、雷峰塔、八仙镇这些地方，又因小说、戏剧、评书等通俗艺术的流传而名噪千古，赤壁、香格里拉等地被人寻找和争夺得炙手可热，前不久才有了定论。就四川举一个简单的例子：古蜀国的都城在哪里？在成都吗？显然不是。有的说是广汉（因三星堆遗址而闻名），有的说是双流，还有的说是温江，而《博物》上介绍的是郫县（今成都市郫都区）。还有许许多多的国家在历史的车轮下被忘记或者湮灭了,除了因“自大”而闻名的夜郎国,因“白眼狼”而闻名的中山国,因“夫人游春”而闻名的虢国。周王分封的上千个诸侯国,目前能够确定遗址的能有多少呢?历史上是否有过一个妫国?留下悬棺的僰族又去了哪里?

撇去这些远的不说,单说诗人裴夷直笔下的七盘关。客观地说,除了当地的居民和一些学者,包括笔者在内的许多人都不清楚这个地方。说到剑门关,大家还似是而非地熟悉。查阅资料我才得知,七盘关,又称棋盘关,位于川陕交界咽喉处的七盘岭上,号称“西秦第一关”,是四川连接秦岭以北的东北、华北、中原以及西北的唯一道路枢纽。自古以来,七盘关都是四川北部与陕西交界的一处重要关隘,它与白水关、葭萌关、剑门关一起,被称为“川北四大名关”。险隘名关,自然赢得名人墨客的青睐。沈佺期的《夜宿七盘岭》、岑参的《早上五盘岭》、杜甫的《五盘》、吴融的《登七盘岭》、张问陶的《出七盘关踏雪抵宁羌州》……据有心人收集整理,描述七盘岭的诗词多达一百余首。一些帝王将相、文星巨子也在这里留下了很多优美的故事传说,比较著名的有蜀王夜渡七盘岭、五丁拖道七盘岭、张大千写七盘关等。

尤其是沈佺期所作的这首《夜宿七盘岭》,值得我们好好鉴赏。因为这首诗是初唐五律的名篇,格律严密,声律整齐,通首对仗,工于骈偶,当时就被文人学子竞相学习模仿。全诗如下:“独游千里外,高卧七盘西。晓月临窗近,天河入户低。芳春平仲绿,清夜子规啼。浮客空留听,褒城闻曙鸡。”

还有清代诗人师范所作的《七盘关》,也是可圈可点:“蜀道雄千古,严关峙七盘。霜搜红树直,山锁白云寒。”看这位不知名诗人的手笔,一搜一锁间,多少文学的元素在弥漫。倘若此诗早诞生一千多年,恐怕《现代汉语词典》中的“推敲”就要被“搜锁”而取代了。

很遗憾，这两首诗也未被选入中小学课本。如果哪一天由我推荐中小学课文，我一定推荐《上下七盘》《夜宿七盘岭》《七盘关》这几首诗。

川陕公路的修筑和通车，改变了七盘关的命运。之前，川陕之间的人们要相互来往，必须从远古的金牛古道跋涉而过，而位于川北门户的七盘关则更是必经之地。1936年，当川陕公路修至七盘岭时，因为山势陡峭险恶，来自美国的公路设计师们一筹莫展，只好退避三舍，绕开这座险关另辟蹊径，蜿蜒连绵数次弯曲，开山凿石，顺剑门关而出。自此，七盘关这座辉煌千年的古道名关黯然失色，再也无人问津。

如果美国工程师没有放弃，那么七盘关可能还在延续它的千古风流，今天就会有来自四面八方的学者游客，摩肩接踵，趋之若鹜。如果七盘关还在众人脚下盘桓、口中传唱，那么裴夷直、师范等人也有可能像因寒山寺而“钓誉千年”的张继一样风风火火一把。

除了与宋之问齐名的沈佺期及其作品尚被后人传诵，裴夷直、师范的名字并不响亮，就其描写七盘关的文学造诣而言，并没有达到“名气等身”的效果。在是与不是、名与不名之间，引起笔者的若干思考。

命运的捉弄或者说是命运的安排，似乎有些不公道的地方，但换个思维方式，又会得出不同的答案。如果诗人没有创造出大量优秀的诗句，诗作则无被人阅读、被人传诵的可能，而且诗句必须是优秀的，否则连皇帝的面子也不给。如果诗人混得穷困潦倒，连将自己的诗句誊抄、刊印、勒石的能力都没有，那么诗作也就没有保存直至流传下来，以及若干年后“翻盘”的可能。

不知道诸位看官有没有发现，唐诗也好，宋词元曲也好，明清小说也好，其作者无一布衣。且不说韩愈、王安石、司马光、欧阳修这些官场大员。只说“悲情诗圣”杜甫，他本人出身地主家庭，祖父杜审言是武则天时期的著名诗人，父亲曾任兖州司马和奉天县令，因此他也享有不纳租税、不服兵役等特权。杜甫当过什么官？左拾遗，就是专门给皇帝提建议、堵纰漏的。后来他因为心直口快被贬斥，之后又做过剑南节度府检校工部员外郎，所以后人称之为杜拾遗、杜工部。念诗给洗衣老婆婆听的白居易是什么官？官至翰林学士、左赞善大夫，晚年官至太子少傅，资料显示为从一品。

以“兴，百姓苦；亡，百姓苦”而颇受爱戴的元代散曲家张养浩，先后做过监察御史、翰林学士、礼部尚书，后辞官归隐。天历二年(1329)朝廷封他为陕西行台中丞，派到陕西去赈灾。张养浩不顾高龄体弱，“散其家之所有”登车就道，星夜奔赴任所，到任仅四月就“劳瘁而卒”。据其创作的《西番经》记述：“累次征书至，教人去往难。岂是无心作大官？君试看，萧萧双鬓斑；休嗟叹，只不如山水间。”他对自己星夜赴任的解释是“无多惭，此心非为官”。综观，张养浩本人是极有同情心和责任感的，而且不掩情、不诳语，如果不是“无多惭”，而是“无惭”，这个人物形象应该多完美啊。

特立独行的只有柳永、蒲松龄两位。前者中进士后做过屯田员外郎，后来因在任上写下一句“忍把浮名，换了浅斟低唱”而被皇帝罢黜，“奉旨填词”，永未录用；后者，一生不坠青云志，七十一岁时终于考取贡生。同样，两人的出身均不是布衣，不用狩猎稼穑，以两人的艺术才华，均在有生之年得到了市井以及高层人士的青睐。且其作品形式诡异，思想性与艺术性俱佳，类似现在火得一塌糊涂的前卫写手，作品流传下来也不意外。

所以，作为一名文人，在为与不为之间，必须要选择“有为”，有为才有机会；在位与不位之间，有机会的话还是要选择“位”，有位才有气场。这个观点，尽管卑俗一些，但是实用。凡人快语，圣者勿怪。

宽恕如何成为可能

陈少敏

进入二十一世纪的阿米什人似乎仍然生活在十八世纪，他们身上的特征太明显了，且不说一律素朴、简洁、古韵、低调的服饰，手工劳作的种植与养殖方式，他们的社区甚至不用电。与此相应，近代科技与文明所带来的一切便利与娱乐似乎都与他们绝缘。“谦卑”与“简朴”可能是最浅显的解释吧，他们拒绝电气机械，是因为由此产生的效率提高可能使他们不再需要邻人间的互助，这会使人骄傲冷漠；能力提高之后可能会驱使他们买卖占有更多土地，这不但使人骄傲，还会刺激欲望；他们不看电视，因为外界的野心和娱乐会扰乱他们追寻真理的心。简朴，才能使他们向往的路更宽广。

他们甚至不照相，以免平添个人和家庭的虚荣心；他们的孩子除了在社区学校上学之外，也不会接受社区外中学以上的教育……哦，我们该问了，他们幸福吗？他们是否蒙昧？呵呵，他们的孩子像小马一样茁壮，像小鸟一样快乐，他们有可以上达天听的唱诗音乐，男人都是绅士，女人都是淑女。

玛瑞贝斯十四岁了，她早起会帮爸爸给奶牛挤奶，日间陪妈妈说话，帮妈妈烤饼，她还打算申请社区学校的助教。父亲吉迪恩甚至说，玛瑞贝斯是神的孩子，她已经拥有她需要长成的一切了。妈妈艾达有一次在给孩子们的故事中讲道：“德克终于有机会逃脱了，可是他突然听到身后的冰层断裂，回身正好看到追捕他的卫兵掉进了冰窟，虽然知道更多卫兵正在赶来，德克还是回身救起了卫兵。”大点儿的孩子说“德克被处火刑了”,小点儿的孩子说“可是他是多么好的人”,玛瑞贝斯说:“德克在平安中死去,因为他知道自己做的是对的。”

我们不能不爱玛瑞贝斯这些孩子，不仅仅是对孩子的天然喜爱,还可以看到真理智慧在她们心底里生根发芽,生命在顺服、仰望和有盼望的光照里完美生长,平安宁静里,有自持、尊严和圣洁。

但这一切,竟然也是可以被打破的。

查理,一个经常进出社区的牛奶工,几个孩子的父亲,携枪闯入阿米什的学校,以行刑方式,挨个儿枪击了十名女孩儿并自杀。

在母亲们猛然爆发的哀咽中,在父亲沉重拖动的步伐里,在希望最终破碎时无法抵制的窒息颤抖中,阿米什的天空坍塌了。

但就在现场,几位社区教长,包括父亲吉迪恩,一起拜访了查理的妻子艾米。在外人看来像一次普通茶宴的气氛里,阿米什人安慰了艾米。眼睛上蒙着水雾,吉迪恩哽咽道,玛瑞贝斯已经安息了。他同样为艾米失去了丈夫、为她的孩子们失去了父亲表示哀悼。不仅如此,教长们继续说,他们并不怨恨查理,他们原谅了查理……

但真的可以如此吗？谋杀不同于竞争嫉妒一样的个人私欲,是世俗律法都决不允许的重罪,何况是针对一群无辜柔弱的少女。艾米自然无罪,但可以如此这般原谅查理吗？宽恕难道都不需要一个认罪悔罪和公义伸张的前提?

艾达不能原谅吉迪恩了,因为他去了凶手的家里。

吉迪恩说:“我这样做是出于义务。”

“但没有了玛瑞贝斯,我不知道该如何继续生活……”艾达连夜亲手为女儿做了一条新裙子,她不能让自己亲爱的女儿躺在那里却连一条干净裙子都没有。她还说:“如果我们也有一张女儿的照片来作纪念的话……”

“我们不需要照片来纪念女儿。”

“是不需要。但这却能安慰我。看起来你不需要安慰是吧?”

“我当然需要,我爱女儿胜过自己的生命……”

“但是你仍然去了凶手的家里！还向他的妻子伸出手……”

“因为这样做是对的……”

“我永远不会背叛我们的女儿，去原谅那个杀害她的凶手……我不会的,我不能……”

我们不能居高临下地搬弄常识规约的道德标准来要求艾达,她有权利发问。要怪吉迪恩不爱女儿吗?不,独自一人时,他佝偻颤抖的身躯里埋藏着不输于任何人的爱与悲痛……

政府为受害者家庭准备了心理干预与疏导，吉迪恩希望艾达也能参加。

“或许,你比其他人更需要。”

“为什么?因为我过头了吗?”

“我没这么说。”

“是没有。但你对我很失望,因为我竟敢憎恨夺走女儿生命的人！”

艾达宣战了!

小女儿凯蒂还是可以和父亲交谈的。

“我也最痛恨他了。他做了非常邪恶的事情。”

“他是做得很邪恶。我也不会因为你恨他而责怪你,恨多久都可以。但是,心里怀着对他的这份恨,感受如何?会感觉很好吗?”

“其实并不好。”

“是不好。恨恶是一种极度饥饿带着许多锋利齿牙的东西,它会蚕食整个心灵,最后让爱无处可置。”“我们是幸运的,我们选择原谅的话就无需将可怕的仇恨记在心里。”

“或许我也可以原谅他……只恨他一点点……”

凯蒂是个孩子,有着白纸一样的心地。艾达却有着自己的判断和意志。在救助站,她不想只温情地缅怀女儿们,她还要控诉,为吉迪恩没能同意女儿到外面上中学。她还故意提起了姐姐,一个被社区“闪避”绝交了的妇人。“为什么可以原谅凶手,却不能原谅一个陷入情网和外人交往的寡妇?”

艾米申请了一些义工的工作,比如义务开车,希望可以在一定程度上帮助到阿米什社区。但艾达同样不能原谅,她甚至不愿给艾米基本的交往礼节。她认为雷切尔像绵羊一样懦弱,因为雷切尔家的莎拉同样被枪杀,丽贝卡还昏迷在医院里。她说:“玛瑞贝斯因她的丈夫而死,我一次都不想见到她!”

雷切尔说:“我的女儿也死了,我也想对着世界大喊大叫,但我更不想让心成为爱和恨的战场,那样只会伤得更深重。我们已经伤得够重了……”

“女儿的葬礼就在明天,我有太多事情要做,我不能陪你去医院了。”

让我们回到艾达之前的质问吧。“不信”可能更多出于个人“信”的能力缺乏或者表达惯性。“不信”和“怀疑一切”这样的宣告会让人笼上类似智者的光环,但这也可能是思维上的自负懒惰,是对深入思考挑战性的回避。

这是典型的逻辑上的自我否定,“怀疑一切”也怀疑自身吗？变换一种表达方式,我们则可以用无数的追问与质问来进行怀疑,就像艾达一样,但无数的“不信”之后,我们的困惑是否会减少？不,“不信”只能让人继续在风中横逆飘摇,却仍然没有可以立定的信仰根基。

既然如此,就选择“信”？信什么？凭什么？看到了还是摸到了？还是有什么来证明?这也是不可能的。信仰是基于心灵需求的精神冲动,是对至高价值的无条件仰望,而人类的实证能力只限于物质世界的有限认知集合。她即使被分享,也要经过归纳与表达的瓶颈。还是暂时“不可知”吧,让我们先继续注视阿米什的困境吧。

艾达要离开阿米什,她说痛苦让自己清醒了,她不属于这里,她不能做一只恭顺的绵羊,她指责丈夫:“我不能像你一样把女儿作为信仰的祭品！”

“你要嘲笑我们的信仰吗？信仰是我们唯一的财富！”

“不。我们本来拥有更多的财富,我们的女儿！她才是无价之宝,而你,却用轻易的原谅来贬低她！”

“原谅别人并不容易！我所知道的是,当一切如意时,信仰,并不是真正的信仰。唯有当生活轰然崩塌之时,我们才有机会树立真正的信仰……如果你没有真正的信仰,或许你真的不适合这里……”

艾达答应丈夫在走之前再去一次心理救助站，她冷冷地注视着艾米的忏悔与歉意。

“我们的宽恕并不仅是关于查理的。原谅并不意味着忘记，也不是赦罪。我们也相信，如果我们坚持自己的愤怒和怨恨，那我们就是唯一受惩罚的人。”

艾米面对一位母亲的泪水失控了。“我无法原谅，我无法理解为什么查理会那么做，即使因此就无法呼吸我也不在乎，我无法原谅……”母亲们聚拢过来安慰艾米，艾达直接起身，留下事实上需要却得不到原谅的、绝望的艾米直接离去。

艾达没有走。丽贝卡在医院苏醒。她告诉了艾达关于玛瑞贝斯的事情。

“那人掏出枪，我怕极了。玛丽安说：‘先打我吧。’那人就走向玛丽安，说：‘你们应该为我祈祷。’莎拉说：‘你应该为我们祈祷。’而玛瑞贝斯说：‘我会，我会为你祈祷。’她说她会为他祈祷——即使知道他马上要开枪打我们——她是我们中间最勇敢的一个。”

艾达抱着丈夫哭了：“带我回家吧，我要回家。”

阿米什人参加了查理的葬礼，艾达握住艾米的手：“对您的损失我也很遗憾。在死之前，我的女儿已经原谅了查理，我不能辜负她。”

音乐再次响起。

“在这里，在任何地方，我们都不能否认邪恶的存在。即使怀有敬畏的人也会被黑暗所动摇而犯下罪行，罪行留给生者难以承受的悲痛。但就如阿米什同胞所展现出的，当我们不再因为痛苦而寻求报复，当我们敞开胸怀迎接宽恕的治愈之光，黑暗便被放逐，邪恶已然不再……”

自文艺复兴以来，在人性解放的口号之下，社会和观念以前所未有的速度演变冲撞。回溯法西斯暴政的旷世悲剧，站在两次世界大战的触目废墟前，人是否仍有绝对的“万物之灵”的自信？面对窘迫现实的逼迫和世界新的不安动荡，善良的人当然要抛弃幻想，握紧钢枪，只是在夜深月明、闲暇静谧之时，我们不妨给自己一个罅隙，回望一下阿米什的恩典。

人性的光辉

酒娟

多年前就知道《拉贝日记》这部电影,但一直无缘观看。今日偶然一睹,便挪不开眼。一口气看完,只觉得星星点点的光在心中跳跃闪烁,越来越多的热在心中积聚冲撞,只想一吐为快。

《拉贝日记》改编自一个叫拉贝的德国人写的一本日记,影片内容是真实基础上的艺术再现。它讲了时任德国西门子总公司南京分公司总经理的拉贝,在即将离任回国时遭遇日军进攻南京,最终决定暂时放弃回国,并和一些国际友人建立了安全区,利用自己纳粹党员的身份,竭尽所能奔走斡旋,安置和保护了二十多万中国平民及大量中国军队伤员的故事。

与我想象的不同,通过拉贝的眼睛再现南京城当时充斥的硝烟、杀戮,以及种种强盗行为的人间地狱般的惨状,并不是影片叙述的重点,它只是像背景墙上一张漆黑的幕布,而这漆黑背景上闪烁的微小却耀眼的人性之光,才是影片要表现的主旨。这些人性之光正是冲击到我乃至更多人心灵的强烈一记,这恐怕也是类似题材影视作品最终情之所归的原因,毕竟,单纯再现,并不是影片的目的。

人性的光辉贯穿影片始终。它体现在拉贝毫不犹豫打开厂区大门,放进遭遇日机轰炸无处藏身的中国职员及其家人时;体现在拉贝急中生智,打开巨大无比的德国国旗,让拥入的难民藏身其下逃脱轰炸之时;体现在嘴上刻薄,却调动自己医院所有力量只为救助更多中国难民的德国医生身上;体现在他说起儿童被炮火击中,自己却无力救活他们,眼中流露出痛楚之时;体现在日本人闯入女校要求带走二十名女学生,负责人杜普蕾女士愤而怒斥并断然拒绝之时；体现在日军最后要铲除安全区，拉贝、杜普蕾女士以及许许多多中国人眼中的“洋人”们手拉手站在人群前边，对架起了机枪的日军说“要打死他们，就先打死我们吧”之时……

我一直在想，并没有责任与义务约束的拉贝们，到底是出于一种什么样的情感，能在战争那样极端的情况下挺身而出，以保护这些不相干的人的生命为己任，竭尽所能奔走斡旋，甚至不惜付出自己的生命。是教育？是信仰？或只是出于善良、同情心等最朴素的人的本性？或者是兼而有之？

我也试着自问，如果是我处在拉贝那时那样的环境，我会怎么想，怎么说，怎么做？答案是不知道。或者说，我没有底气知道我的答案。因为即便我受过教育，我心中有所尊崇，在极端情况下，我的人性也许会替我做出截然相反的抉择。

那到底什么是人性？哲人说自私、贪婪、怯懦是人的天性；我们的老祖宗说“人之初，性本善”，可你看那个未经社会这个大染缸浸染的婴孩，就知道用哭闹，甚至通过抢夺小朋友的玩具来满足自己的心愿；鲁迅先生对国民劣根性的剖析，至今对照自身依旧让人汗颜和胆战：对强权的不屑下，隐藏的是软弱甚至是膜拜；对本应同病相怜的同类，却是“文人相轻”般的恶言相向，对更弱小者甚至是无视和欺凌；当所有教育、修养、自我约束遇到利益时的纠结，甚至是土崩瓦解……这些根植于人性深处的巨孽，总是在下意识间探头探脑。

而拉贝们所作所为所闪耀的光芒，像猎猎寒风中竖起的一面大旗，让我们看到了人性的另一面——我们称之为“人性之光”。这束光芒到底源自何方，我还是不得而知，但这束光却让我看到生而为人该有的样子：那就是正直、勇敢、对是非善恶坚定的判断、对弱小群体最朴素的悲悯及关照……

影片的最后是拉贝要离开中国了，码头上的人群像在等什么。一双童真的眼睛看见了拉贝，奶声奶气地喊："拉贝来了！"人群转过头，高声呼喊："拉贝先生！"相信许多人在这一刻舒了一口气：这些被救的人，没有得健忘症，也没有心安理得地认为能活下来只是自己运气好。

被铭记，也许并不是拉贝的期待，而被人性之光温暖过的人们，被唤醒、被激励，让这光芒像火炬一样熊熊燃烧，照彻世间每一个角落，也许才是对拉贝所作所为最大的、最有意义的肯定！

登州最后一位太守

李美叶

到任五天，便要还朝！当接到朝廷要他进京的消息时，他潸然泪下。

自古人生无坦途。几年来，他的生活一直处于风雨飘摇之中，但他一直咬牙挺着：于湖州任上突遭逮捕，他没有哭；被贬黄州，他没有哭；泗州遇病，一子病死，囊中羞涩，饥寒交迫，他没有哭；离职居于常州，耕种为生，一生抱负不得施展，他没有哭；于逆境中被任用，知登州军州事，他也没有哭。他立志让登州成为密州第二，实现大治，不想朝廷的调令却随即而至。按日期推算，在他接到知登州令不久，朝廷便改变了对他的任用吧。

这一年正是宋元丰八年(1085)，朝廷中接连发生几件大事：宋神宗病死，十岁的小皇帝赵煦继位；宋神宗的母亲高太后垂帘听政；主张变法的王安石一党被罢黜，司马光重新为相，反对变法派又步入政治舞台。然而对于遥远的东北边陲登州这个小城来讲，这一切实在算不上什么大事。在登州人的记忆中，这一年的大事都发生在十月：十月十五日，太守来了；十月二十日，太守要走了。

朝廷信使到达登州时，太守正在农田里与老农一起劳作，此时已是霜降时节，海风凛冽，甚至有些刺骨。太守弯下身子，将露出地面的一颗麦芽细心埋好。看着两手泥土的太守和他苍老的面容，信使深深鞠了一躬，笑着说："大人，皇上等着您早日进京呢。"

太守却有些愕然。仅仅五天，他已经爱上了这块土地，爱上了这里的山海，这里的百姓。闲居多年，终于得以知登州，他自信终于可以一展抱负。为此,他急匆匆自湖北起程,八月底到达扬州,十月十五日即到达登州任所蓬莱。而今到任仅仅五天,便要离去,着实于心不舍。他拍拍双手,歉意地对信使说:“请禀告皇上,我将登州之事了结后,即迅速进京。”说罢转过身,两行泪水滴落于冰冷的土壤上。

登州是一个很小的城镇,太守即将进京的消息迅速传播开来。但登州人看到,太守没有随即离去,而是更加忙碌:他走遍登州治下的县所,微笑着坐到百姓餐桌上,尝一口水煮蔬菜,惊诧菜的无味,主人无奈地告诉他,官府低价从灶户那里收盐,再以三倍的价格卖给百姓,百姓根本吃不起;他走进以煮盐为生的灶户家里,灶户哭着对他说,煮出的盐只能低价卖给官府,所得无几,许多人不堪忍受这种盘剥,只得逃亡;他视察囤盐的官仓,官吏向他诉苦,官府囤积的盐卖不出去,时间一长就要融化或变质,只能自己掏腰包赔偿国家的损失,许多人为此而破产。这怎么行!这样下去官无一毫之利,而百姓却受害无穷,榷盐制度必须取消。他走进兵营,看到海防空虚,兵马短缺,军容不整。这怎么行!万一外敌从北方海上来,登州之兵不敌矣!夜里,他伏身于昏暗的油灯下,长思良久,在宣纸上写下《乞罢登州榷盐状》和《登州召还议水军状》两道奏折。

风和日丽的时候,太守从农家归来,经过丹崖山时,他慢慢踱上蓬莱阁。远远地看着这城、这海、这山,久久怅然无语。最终,他长叹一声,说,恐怕再也看不到如此美丽的景色了!于是就挥笔写下了那篇叫《蓬莱阁记所见》的短文:“登州蓬莱阁上,望海如镜面,与天相际。忽有如黑豆数点者,郡人云:‘海舶至矣’不一炊久,已至阁下。”

阴历十一月八日,登州百姓一如既往地过着自己的生活,却全然不知太守要离开登州了。没有惊动任何人,简单的车辆,简单的行李,面容平静的太守只是目光中流露出难舍和遗憾。没有看到万民伞,更没有离开密州的夹道相送，太守的车小心翼翼地避开摆摊的人，慢慢穿过街巷，吱嘎的轮轴声淹没在涨潮的涛声中。在某一个地方，太守挥了挥手，下了马车，慢慢走向海边。

有生之年，他恐怕再也不能来到登州了。作为一个文人，在登州逗留的二十个日夜里，他多么渴望能目睹传说中的海市蜃楼啊！为此，他曾专门到海神庙里，虔诚地祈祷。然而，即使在春夏也很难看到的海市，又怎么可能在冬天出现呢？他长长地叹了一口气，这或许会是他一生中的一大憾事了吧！太守的身影在空旷的海边略显孤独，他凝视海平面，直向远方，久久，久久。

或是上天为他的诚意所感动，海天交汇之际，竟然出现了淡淡的一幕：栩栩如生的人流、车辆、楼宇……

这是太守在离别登州前最大的慰藉吧，坐在颠簸的马车上，他微笑着，吟出那首著名的七言《登州海市》："东方云海空复空，群仙出没空明中。荡摇浮世生万象，岂有贝阙藏珠宫？……斜阳万里孤鸟没，但见碧海磨青铜。新诗绮语亦安用？相与变灭随东风。"

太守走了，登州人生活依旧。又一个新年过去了，朝廷下达了在登州废止食盐官卖的章程，登州府的灶户可以将盐以适当的价格直接卖给百姓，官府仅对灶户收税（这项造福百姓的政策，一直到清朝末年还在执行）。听到这个消息后，登州府内鞭炮齐鸣，所治的蓬莱、牟平、文登和黄县等各县纷纷立起《罢榷盐状》的刻石，以表达对这位太守的感激之情。《蓬莱县志》记道："蓬邑不食官盐，自宋代苏长公己条陈得免其累，洵所谓仁人之言，其利溥哉！"

公元621年，登州府随着唐王朝的建立而设立。一千三百年以来，登州迎来送往了多少位太守，谁也说不清，他们就像沙子一样，随着时间在登州人记忆的长河中消逝了。唯有他,这位五日太守,至今还封存在登州人的回忆中,成为人们记忆中登州最后一位太守。虽然登州今日易名为蓬莱,但我们对他的思念依旧。感谢上天!感谢当时哲宗朝廷一纸知登州的任命!如果没有这纸任命,我们怎么能读到《登州海市》这样美妙的文字?又怎么能知道古名登州今名蓬莱这个默默无闻的小城?登州人又怎么可能世世代代记住这位伟大的文学家?虽然这纸任命的有效期仅仅五天。

太守爱好写诗,他毕生写过多少首诗,谁也说不清。我们只知道流传在册的有两千多首。在这些诗中,有二十多首与登州这个小城有关。太守离去后,登州人在蓬莱阁旁建成卧碑亭和苏公祠,至今尚存。卧碑上刻着太守手书的《登州海市》和《书吴道子画后》。清朝重修的《登州府志》记载:太守于登州任上"在郡未一月即内召,士民感化,深惜其去之速也,后立祠(三贤祠)祀之,并祀名宦祠"。正是:五日登州府,千年苏公祠。

太守名苏轼,字子瞻,号"东坡居士",年五十而知登州,旋自登州返京任礼部郎中。十六年后,他逝于江苏常州,终生再未返登州。

大唐断章

许光

喜读经典。前段时间重读了《唐诗三百首》，既全面体味了唐诗的精华气象，又撷取了其间心仪的断句辞章。

这几日闲来细读这些断章，字字有清辉，似有残碑断碣之美。偶尔串读，气脉相承，颇具禅韵，足可穿越今古。于是便想做点小文章，揉进个人印象，成为关于时间的私人记忆。

通读《诗三百》，深感唐诗不只为诗，更为一种高旷雄浑的盛世意象。想想那时的大唐，实乃世界强国，远扬海外。现今外国人仍惯称我们为"唐人"，而东亚诸国亦完全按唐模塑国，为小一号的大唐。

大唐人大气，似乎生于山水间。世界最大都城长安，九天来仪，万国衣冠，唐人离天最近，可参得更大境界。而胡马边塞的狼烟，戍妇征人的离愁，更使《诗三百》满载人间真性情，平添衷肠不负、初心不改的生命大写意。

读《诗三百》注释发现，唐代科举"以诗赋取士"，可见唐诗并不止于阳春白雪的雅意，而是贴抵社稷民生的全民运动——唐诗实为唐风。故而，读《诗三百》，便不能偏居文学眼光，仅观诗人名气，而应专注其意蕴，平视其民风气象。同时，还应品味其可堪人类与神明同在的哲思，兼而"潮平两岸阔，风正一帆悬"的凛凛正气。

故而，唐诗文字清简明润，大气疏朗，品之如珠如玉，甘之若饴。

人到会心处，何必曾相识？知会《诗三百》，可分明见到各色性情中人。他们活在当下，阅历不同，际遇相异，或春风得意，或颠沛流离，摩登而保守，闲逸而忙碌，但好在有共同的爱好：虽被身外事包裹，却希冀以诗入禅，顿悟生命。他们骤然的灵光闪现，足可引领我们步入胜境，让庸常风动云散，了悟世相原来明媚自如。

《诗三百》里，最喜欢王维的诗。王维，字摩诘，取自《摩诘经》。其终生事禅，故而读他的诗，能明显感知其与俗世的绝缘，当解放世间一切因果，便可观孤独纯粹的本相之美。如《汉江临眺》里的“江流天地外，山色有无中”，《归嵩山作》里的“荒城临古渡，落日满秋山”，《竹里馆》里的“深林人不知，明月来相照”，《送梓州李使君》里的“山中一夜雨，树杪百重泉”。他的文字禅意盎然，笔笔都是交代与懂得，清气孤绝得仿佛天地里只他一人。

李白的诗，浪漫大气，汪洋恣肆。但凡中国的好诗，均催发意兴，激荡生命，功效等同于酒。然极少有人有文胆以酒入诗，李白却独有这份自信。胡兰成说，李白诗，永结无情契，反倒是个无情的人。我理解，此处的“无情”，实则为跳脱人间的大情。我姑且不记耳熟能详的《把酒问月》《将进酒》与《月下独酌》，而独记李白更有疏离之感的断章，如《关山月》里的“明月出天山，苍茫云海间”，《渡荆门送别》里的“山随平野尽，江入大荒流”，《送友人》里的“浮云游子意，落日故人情”，似乎均是畅怀后的性情之作，豪放、胜意，无人能出其右。尤其喜欢李白的四联组诗——《子夜吴歌》四首，四首诗分别以春、夏、秋、冬四季写了四件民事：春天里，秦罗敷采桑；盛夏中，春秋越国西施若耶采莲；秋日里，戍妇为征人织布捣衣；严冬中，戍妇为征夫缝制棉衣。寥寥几笔勾勒，大格局的悲天悯人、世间冷暖、无常动荡、眼泪与开怀，均从笔底走来人间。

杜甫则是个多情的人，怀人惜物，情商满满。天然地活在当下，决不受制于过去与未来。他有一首著名的《蜀相》，是写诸葛亮的：“出师未捷身先死，长使英雄泪满襟。”壮怀激荡，憾意怀伤，如让故去的诸葛亮听之，自当瞑目不得。他的诗又极为入世，忧国忧民却下笔简单，字里暗藏乾坤，道尽人间真滋味。其诗表现战争尤多，如《春望》里“烽火连三月，家书抵万金”，《旅夜书怀》里“星垂平野阔，月涌大江流”，《月夜忆舍弟》里“戍鼓断人行，边秋一雁声”。有些奇怪的是，《诗三百》中，杜甫仅《梦李白》的诗就有二首。一首云“江南瘴疠地，逐客无消息。故人入我梦，明我长相忆”。另一首云“浮云终日行，游子久不至。三夜频梦君，情亲见君意……冠盖满京华，斯人独憔悴”。当然，可以理解为杜甫与李白真心交情不浅。

天真烂漫是吾师。好诗，应重天然造化，保持本能初心，打通人类天性，便可自如往返古今，与天地神明、日月星辰平行共洽。最喜欢白居易的《问刘十九》：“晚来天欲雪，能饮一杯无？”寥寥几笔，便把与刘十九的寻常聊天勾勒出无限况味。言简而意繁，字少却意长。天然的机锋，与随缘的人类性情相映成趣。

得真意，则得开明。韦应物在《滁州西涧》里以景写意，反而别开生面：“春潮带雨晚来急，野渡无人舟自横。”其酣畅淋漓，足可回应牟宗三的“开朗”之意。天籁到来，茅塞顿开，绝致的雅意其实一直都在那里，能够被发现并记下，应该是人类的幸运。

唐诗并非一片静水，亦有凄戚的远伤近哀。如元稹的《行宫》：“白头宫女在，闲坐说玄宗。”这几句节制简约，却意蕴悠长，承载无尽的人事，显然玄宗已逝，斯人感怀，人人都是彼此的救赎。

专注方有静气。一如孟浩然之《宿建德江》：“野旷天低树，江清月近人。”大自然难收难管，人事谦卑至没有姿态。当把一切扔到不可能里，山，无人进；水，空自流。无奈的野逸，令人通体舒泰。

韦应物《寄全椒山中道士》里一句“落叶满空山，何处寻行迹”，似有打开门窗、清风自来的随缘意象，亦如庄子所云“独有之人，是谓至贵”。只要保有独属自我的智慧，即便法身不来，也可致众山皆响。而韦应物在《秋夜寄邱员外》里写得更妙：“山空松子落，幽人应未眠。”山水自然有体，诗人即使在最无趣无力的日子，亦能保持对世界的好奇，幽人与松子两望，此间真意只可神会，亦如佛陀拈花微笑。

诗，亦最应是无情物。如若澄澈无碍，冷暖自然各得其所。正如李商隐在《夜雨寄北》里所言：“君问归期未有期，巴山夜雨涨秋池。”君子与夜雨两厢无奈，未达未至，遥遥无期。李商隐以人入景，字外便得别样的人文天地。

美丽深处，自有清意。孟浩然的《宿桐庐江寄广陵旧游》中，“风鸣两岸叶，月照一孤舟”，湖山一梦，可系平生。诗，既然可作案头的山水，那山水，亦能是纸上的诗吧？

毕加索在谈从艺心得时说：“我花了四年时间画得像拉斐尔一样，但却用了一生的时间，才能像孩子一样画画。”在毕加索看来，保持一颗至简的童心，比什么都重要。亦正如常建在《题破山寺后禅院》里所写的“竹径通幽处，禅房花木深”，常建凭初心落笔，不思考，不犹豫，单纯而直接，反而有了真切的隐逸情怀，意兴盎然，韵味无穷。

万物有灵，故而世间生灵，皆可凝成人文符号。而钱起却在《送僧归日本》如此写道：“水月通禅寂，鱼龙听梵声。”当真正模糊了万物本性，生灵的悲欢喜乐便可于瞬间消解与释然。

最好的诗歌，永远是沉默的。祖咏的《终南望余雪》，“终南阴岭秀，积雪浮云端”，无需多解，月悬长夜，雪满山巅，天地似有似无，便有别样的清旷。亦正如张岱一人独赏湖心亭的雪，那雪，应是下在三维时空之外。

有心，才能体味生命之美，正如刘长卿《听弹琴》里“泠泠七弦上，静听松风寒”。诗人善体察，便极敏锐，可看到音乐，亦能听到寒意，于一片化境中，深解了宇宙与世间的秩序与真意。

整部《诗三百》，平行了万物，其实是本哲学奇书。诗人们自如地将文字消隐于人类情感与山川草木，以特有的细腻温情，大而化之，小而弥之，一笔一笔清退与荡漾了自己，牵引读者走入另一维时空。而书中诗人们却总在谦冲：世间其实少有伟大，山川不因我而存，我只需在平凡中捕捉相应的意义。

但是，他们分明尽得妙手，将无限置于诗中，将刹那变为永恒，并从象征之境重返现实，回望那些或隐或现的梦境，于山水草木之间，万物自然生长，那是他们永恒的家园。而这些可爱的大唐诗人，又每每让我一见如故，引我深思：我是怎么变成了今天的自己，我又是为了什么走下去。

唐诗，自有山河，我们都是它的子民。

中年少女

邵珠莉

张爱玲在《对照记》说："悠长得像永生的童年，相当愉快地度日如年，我想许多人都有同感。然后崎岖的成长期，也漫漫长途，看不见尽头……然后时间加速，越来越快，越来越快，繁弦急管转入急管哀弦，急景凋年倒已经遥遥在望。一连串的蒙太奇，下接淡出。"

这段话我深以为然，童年和成长期过得悠长，满满的都是回忆。一不小心就到了加速期，三年五年眨眼就过去了。我常常和朋友笑说自己人到中年了。

百度百科上对中年的定义是介于"青年"和"老年"之间的年龄，没有明确的年龄划分，泛指上有老下有小（未成家）的年龄者，一般指四五十岁。

我虽初及而立，但是也上有体弱之老，下有待哺之儿，中年之感迫在眉睫。但是心底又有小小的拒绝，明明不久前人家还是个少女嘛。于是我常常以中年少女自居。

梁羽生的《冰河洗剑录》中有一句诗："中年心事浓如酒，少女情怀总是诗。"而作为一个中年少女，我是中年心事浓如酒，少女情怀只剩吃。

可惜的是吃也不那么畅意了。去年怀孕后期，我的糖耐高了零点儿，悲惨地被划入妊娠糖尿病。于是在别的孕妇大吃好东西的时候，我开始控制血糖。甜蜜的水果糕点再见了，白白胖胖的大馒头、香喷喷的白米饭要控制量，最好吃杂粮。于是我只得主食吃全麦，西红柿当水果，逛超市发现啥东西都加糖，没有我能吃的。一开始觉得自己惨兮兮的，但是习惯了发现也不错。远离肥甘厚味后,味觉更敏感了,能品出食物本来的芬芳,也能轻松尝出添加剂的鬼祟。

现在我的血糖恢复正常,但是也不像以往肆意大吃大喝了。一方面是孕期血糖高过以后得糖尿病的概率会高一些,另一方面是已经喜欢上了清淡饮食,也就依然坚守克制的饮食习惯。我和孩子爸自嘲说:“人到中年,克制二字。”

克制是什么呢?就像辛弃疾在《丑奴儿·书博山道中壁》中写的:“少年不识愁滋味,爱上层楼。爱上层楼。为赋新词强说愁。而今识尽愁滋味,欲说还休。欲说还休。却道天凉好个秋。”克制就是这种“欲说还休”。

我少年时喜欢朦胧诗派,也东施效颦地写过几首。现在想来好笑,在明亮耀眼的年华里,我感慨的是人间不值得。多年以后的现在,我也算识到一些愁滋味,却告诉自己笑着活下去。尤其是有了孩子,听他嘎嘎大笑、嗷嗷号哭,蓬勃的生命很是感染人。少年时薄雾一样的清愁渐渐散去,心底有一个声音告诉自己:为了给孩子做榜样,也要做更好的自己。

《晋书·王羲之传》中有一段对话:“谢安尝谓羲之曰:‘中年以来,伤于哀乐,与亲友别,辄作数日恶。’羲之曰:‘年在桑榆,自然至此。顷正赖丝竹陶写,恒恐儿辈觉,损其欢乐之趣。’”谢安对王羲之吐槽自己中年以后容易感伤,王羲之安慰他到了这个年纪就该如此啊。王羲之还共享了自己用丝竹排遣哀伤的秘诀。后来衍生了“丝竹中年”这个词,指中年人用音乐排遣哀伤。

我之前是个乐盲,唱歌都跑调。有了孩子后,为了哄睡他,学唱了《宝贝》《你笑起来真好看》等几首歌。玩他的玩具琴,惊奇地发现自己很快就能记住简谱,闭眼弹个《小星星》《上学歌》不在话下。真没想到,人到中年,还能和音乐续上残缘。音乐真的能排遣哀伤,让人快乐。我现在都想斗胆入个电子琴学学。

我周围的同龄女性朋友们很多是在工作后学乐器的——吉他、古筝、尤克里里等都有。我初一的语文老师蔡老师说过一句让我记忆至今的话："从现在开始，永远都不晚。"人生处处都是新起点，摔倒了大不了慢慢蠕动，反正我们既不用考级，也不再考大学，无功利一身轻。

我们还以二十七八岁的"高龄"去学素描；有一搭没一搭地去健身；一起看同一本书、同一部电影后交流，交流时常常奇思妙想、妙语连珠。我们也进行说走就走，但是走之前做好攻略的旅行。我们这些中年少女乐在其中。

大学时看了一本名为《20 30 40 something》的书，书中芳华二十的李心洁说："不管怎样，勇往直前。"到了三十，是刘若英的看穿过往的况味，而张艾嘉的归属感则阐释了女人四十的心态。现在书中的人都已到中年，看书的我也不再年少。

很多东西可以随时光而改变。年少轻狂，豪书《我主沉浮》的时候，从未想过有一天我的文字也可以如此安静而温婉。就像十二岁一头短发的我，绝不会想到有一天为人母，给小小的婴儿唱歌弹琴。

年少的我喜欢东坡稼轩诗词里的慷慨豪迈——"会挽雕弓如满月，西北望，射天狼""天下英雄谁敌手？曹刘。生子当如孙仲谋"。现在的我开始读出他们的哀哀悲声——"心似已灰之木，身如不系之舟""可怜白发生"。

我以前不能接受异己的事物，后来接受了但不能苟同，现在越发开始理解。也许，这就是与生活的和解。

张爱玲有一张 1954 年摄于兰心照相馆的著名照片：身着中式绸缎短袄，右手握腰，下颌微扬，星眸斜视。艳丽的衣，年轻而张扬的脸，让人看到满眼的热闹,像极了她盛时的豪言“成名要趁早”。不过我最喜欢的还是她摄于1966年的侧面照:逆光之下,已是中年的张爱玲洗尽铅华,一脸平和。乌黑的发依然盘于脑后,眼神依然斜视,却有了一派淡定与从容。一如煲汤,开始时大火猛煮,把滋味熬出来,到后来却小火慢煨,把滋味再敛回去。这一出一敛之间,方见功夫。

青春是嗜血的,是撞得头破血流依然停不住奔走的脚步,是将自己抛掷到高空而不去想摔下时会有多痛的任性。而现在的我,有了盔甲,也有了软肋。我过马路更加小心提防,过日子更加规律健康。为了给孩子做好榜样,当好保护伞,我也要做更好的自己。

我现在享受着平淡的生活,晴天里晒被子,雨天里关窗户。我自嘲人到中年,却也常常忘记自己的具体年龄,仿佛还在少女时期。不管年龄是怎样的,我还是一样要承担自己所要承担的。

杜拉斯十五岁就老了,而萨冈白发苍苍魂归泉下也永远只有十八岁。永远怀有一颗童心,并且不停止努力,这就是我这个中年少女的初心。

种一点阳光

路丽娟

林黛玉怕老,在“一朝春尽红颜老,花落人亡两不知”的歌声里顾影自怜;杜丽娘怕老,被“如花美眷,似水流年”打动芳心;白居易怕老,为“但惊物长成,不觉身衰暮”而扼腕叹息。

而我,因职业的缘故,有幸在青春欲辞我而去之际,依旧流连在豆蔻年华,永远以十三四岁少年的心境,度过每一个日子。

总是在孩子们身上发现我的影子。美术课上用七彩画笔描绘梦想,语文课中为卖火柴的小女孩黯然神伤;在杂花生树的暮春里奔跑,在白雪皑皑的寒冬里欢呼……十五年前发生在我身上的,如今依然在校园里悄悄流淌。当我的同龄人日渐麻木,对什么都是满脸冷眼看穿的木然时,我却有幸得以时刻重温这可贵的童真。

不变的,是痴狂的心境;变化的,是痴狂的对象。当年的我们朝圣般追随余秋雨文化苦旅的步伐,如今的少年们却被“小四”(郭敬明)逆流成河的悲伤感动得无以复加;当年的我们在《双截棍》高亢的节奏里群魔乱舞,如今的少年们却只愿和张杰一起《看月亮爬上来》。

不得不提到《肖申克的救赎》里那个图书管理员。身陷牢狱之灾的他,对世界的认知止步入狱之前,虽然重获自由,却无法适应几十年后崭新的世界,只能选择结束自己的生命。这当然是个极端的例子,可是,如果我们不能接受新的变化,不是也把自己的灵魂尘封在历史里了吗?因为我的学生,我有幸逃离这种无奈的尴尬。在和他们相处的日子里,他们喷薄欲出的青春朝气和求知欲时刻感染着我,也时刻提醒我:其实更多时候，他们是施教者，而我是受益者。

曾经，我亦习惯于躺在故纸堆里倚老卖老，是一个十二岁的女生很郑重地让我去读读七堇年，说七堇年的文章里有青年作家中少有的深刻与清醒。于是我得以在豆花灯影中与她的《被窝是青春的坟墓》邂逅，震惊于她娴熟的文笔和对生活冷峻的认知。我就这样亦步亦趋地跟在学生后面，打量着沧海桑田，斗转星移。

当无数饮食男女在风刀霜剑的威逼下凋零了昔日青春的时候，我独有幸栖息在豆蔻梢头，永远用一颗不老的心，接纳崭新的世界。

某日，我带着满腹委屈匆匆走在长江路上，突然看见阳光透过树叶间的缝隙，碎碎地洒在地上。微风拂来，清凉与温暖揉在一起，轻轻漾着。那一刻，我蓦然觉得，心头的阴霾已经被漾去了大半。

以后的许多个不如意的日子，总会想起那一日的阳光。人生总是遭遇诸多不幸，就像蝉，在不见天日的地下挣扎好几年，也只能在阳光下歌唱一个夏天。可是，这一个夏天的温暖，已经足以弥补好几年的黑暗。人也是如此，只要在心田种下一点阳光，再多的不幸也不能把我们埋葬。

辛弃疾曾哀叹："叹人生、不如意事，十常八九。"而于右任毕竟想得通一些，所以他"不思八九，常想一二"。于右任先生生逢乱世，一辈子颠沛流离，最终客死台湾，遗骨埋于高山之巅，时时刻刻遥望大陆的故乡，以慰思乡之苦。先生晚年写了几句歌："葬我于高山之上兮，望我大陆；大陆不可见兮，只有痛哭。葬我于高山之上兮，望我故乡；故乡不可见兮，永不能忘。天苍苍，野茫茫；山之上，国有殇。"与先生这种痛彻骨髓的遭际相比，我们这一代人承受的一切不如意又算得了什么呢？先生尚能"常想一二"，拥有更多阳光的我们，又有什么理由任由自己在苦痛中沉沦呢？

提起于右任先生，不免又想起抗战时期。虽然早就知道那是一段灾难深重的历史，但读《南渡北归》的时候，还是被那个时代的知识分子遭受的苦难深深震撼了。战争中的颠沛流离并没能阻止他们成为各自领域独领风骚的人杰。想来，他们的心底，也都种了一点阳光，凭着这点微弱的光芒，他们披荆斩棘，坎坷前行。这样一想，即使身处逆境，心里也能春暖花开了。生活中其实有很多阳光明媚的时刻，比如来自朋友的问候，比如来自亲人的微笑，比如来自同事的帮助，比如来自前辈的鼓励……我静静地搜集着这些温暖，把它们种在心间，任其怒放成一朵又一朵灿烂的幸福之花。

这样做时，我突然明白，“感恩”其实不仅是一种道德修养，更是一种人生态度的选择——采撷生命中的温情，让它们如冬日的阳光一般，温暖自己，也温暖别人。

有一天收到一张明信片，是以前的学生寄来的，说这明信片是某校文学社所赠，有特殊意义，所以寄给我，纪念我们“曾经的岁月，遥远的故事”。这个学生是我任命的文学社社长，我们一起为学校的校刊工作了一年。她今年高考，告诉我目标是北大中文系。

“老师，您是初中老师中最看重我的人，我真心地感激您。”

“老师，您还记得我吗？您说我是您教的学生里第一个作文得满分的学生……”

已经过去的点点滴滴，于我，不过是沙滩上的脚印，时间的潮水一冲就没了；对学生，却成了镌刻在人生灯塔上的箴言，温暖了他们的漫漫求学路。

做老师，大抵就是如此吧，为他人，也为自己，种一点足以温暖一生的阳光。

一蓑烟雨任平生

牟岩

读中国文学史，不知道苏轼的人很少；读宋词，不喜欢苏轼的人也很少。苏轼是那样一种人，他的绝世才华，成为他显赫声名和坎坷挫折的根源，被许多人喜爱，被许多人嫉恨。他和许多读书人一样，有着兼济天下的雄心，也和许多读书人一样，命运蹭蹬，仕途多舛。但他仍然能在生活中找到乐趣，让自己在苦涩之中保持怡然和快乐。而最终他的豁达与洒脱，不仅赢得了朋友们的敬重，就连他的政敌，也对他由衷生出敬佩。

读苏轼的词，许多人只去注意他的豪放，甚至有的人一提苏轼，心中马上想起的就是"大江东去"，似乎苏轼的词真的只合由"关西大汉，铜琵琶，铁绰板"铿锵地唱去。于是在他之后，有许多人学他，用他们自以为的豪放模仿着他。在宋代，词的流派中，就有豪放一派。但苏轼的豪放乃真豪放，率性而为，直抒胸襟，全无遮碍。唯是如此，后人之豪放，与之相较，总脱不了效颦之感。

近读苏轼词，甚喜其以《江城子》词牌所写的几阕词，现引三首以作分析，来解读苏轼的性格旨趣。

一

《江城子·密州出猎》是苏轼在密州知州任上所写。

当时由于反对王安石的新法变革，苏轼在朝中很受排挤，已不是初出道时的那种春风得意。当初宋仁宗审完进士试卷后，曾极兴奋地对皇后说："我为儿孙选了两个宰相之才。"那年二十一岁的苏轼和与他一起中第的弟弟苏辙，加上他们那位有战国纵横家遗风的父亲苏洵，成了焦点人物，一时之间京城中无人不说苏氏父子。那时的苏轼，定然是意气风发、神采飞扬的。他当然知道国家积贫积弱需要整治，他曾在多篇文章中分析当时经济、政治和军事各方面危机四伏的情势，从儒家的政治理想出发，提出革新弊政的要求，但他的思想与王安石的新政方针发生了分歧。在这次变革中，苏轼所采取的是一种保守的态度，因而在新党占上风的朝廷里，他处处受到掣肘，于是再三申请外调，之后便有了担任杭州、密州、徐州等地地方官的经历。

密州在苏轼的创作史上，绝对应该被大书而特书一笔的。在这里他写下了著名的《超然台记》《水调歌头》等诗文，他的两首为世人所熟知的《江城子》也写于此。

《江城子·密州出猎》写的是一次出猎活动。"老夫聊发少年狂，左牵黄，右擎苍，锦帽貂裘，千骑卷平冈。为报倾城随太守，亲射虎，看孙郎。酒酣胸胆尚开张，鬓微霜，又何妨。持节云中，何日遣冯唐？会挽雕弓如满月，西北望，射天狼。"

我们设想，密州那样一个穷郡，连州衙都会年久失修，春荒时节太守尚且要食野菜，那么太守偶尔一次的兴之所至，其规模也不会大到哪里去。但在苏轼的笔下，这次出猎不仅有规模，而且有声势。你看，有牵猎狗的，有架猎鹰的，更有旗帜、号角，加上众多的坐骑，人喊马嘶角鸣，这分明是一次军事演习。至少在苏轼的心里是这样想的，否则他不会用自嘲的语气说自己是"老夫聊发少年狂"了。本来在那时，士大夫流连诗酒、斗鸡走狗并不稀奇，许多附庸风雅的人还要百般标榜自己，大可不必为一次出猎自责。实在是因为在苏轼的心中,那曾经的万丈雄心从来就不曾消失过。在积弱积贫的当时,一个有责任心的读书人,以天下为己任,挽狂澜于既倒,不仅要建文功,还要带兵、靖边,为国净胡沙。何况宋朝本身就是文人执掌兵权。在苏轼的心里,是否也一直有着将军梦,我们不得而知。但在这首《江城子·密州出猎》里,苏轼所描写刻画的确实是一位会骑马、能射箭、豪气干云、有大将风范的太守形象。

《江城子·密州出猎》是豪放的,不过豪放中更有爽朗和自许,还兼杂些许怀才不遇、英雄老去的慨叹。这与他后来写的那首著名的《念奴娇·赤壁怀古》的格调一致。但此时的苏轼毕竟只是小遇挫折,心中尚有许多希望,对未来仍可做出许多计划。冯唐至八十岁始受重用,而苏轼此时刚满四十,因此他的自嘲中有自许:总不会让我到冯唐那么一把年纪再被委以重任吧?“持节云中,何日遣冯唐?会挽雕弓如满月,西北望,射天狼。”而到黄州,写《念奴娇·赤壁怀古》时,依然豪情不减的风格中,已然有了一抹不能化解的沉郁。面对大江大山,缅怀英雄故迹,慨叹个人遭际,那时又是十年过去,“早生华发”的自伤与“鬓微霜,又何妨”的洒脱已不可等同而视。自许没有了,茫茫浩叹,只能与那一樽水酒一起,酹洒江天。那时情感,又怎是“豪放”一词所能概述的!世人不知,只谓苏轼豪放,殊不知这豪放中也有许多分别。

二

其实苏轼在更多词作中表现出来的还是婉约。

作为一位才华横溢、风流自许的诗人,他以词抒情,这与当时风尚一样。不一样的是，他的词不是诗酒流连、风流遇合的记录，更多的是真情的流露。从他开始，词从"花间"与"樽前"走向了更为广阔的社会人生。山川景物、记游咏物、农舍风光以及感今怀古等都大量写进词中。

《江城子·记梦》作为悼亡词，是词中的另类。"十年生死两茫茫，不思量，自难忘。千里孤坟，无处话凄凉。纵使相逢应不识，尘满面，鬓如霜。夜来幽梦忽还乡，小轩窗，正梳妆。相对无言，惟有泪千行。料得年年肠断处，明月夜，短松冈。"

这首词里完全没有了红巾翠袖、轻怜蜜爱的轻薄，全词沉郁蕴藉、深情缠绵。故人之情，追忆之感，化作一梦，在不思量中、不经意时，袭上心头。疑讶之余，自是感慨系之："十年生死两茫茫，不思量，自难忘。"原来的确是"从来不需要想起，永远也不会忘记"。故人总是牵系着许多的故事。生死相隔，一旦相遇，梦中情景亦如现实，"相对无言，惟有泪千行"是真感受。

而椎心之痛，总是天人相违。"夜来幽梦忽还乡，小轩窗，正梳妆"，一切仿佛还在从前，可是，种种情怀，不及细说，梦已逝远，只能惆怅而叹："料得年年肠断处，明月夜，短松冈。"

这是一首与《江城子·密州出猎》不同的词。

苏轼先后两次娶的妻子均早亡。此词作于密州，是悼念第一位夫人王弗的。

苏轼十八岁时娶王弗，两人情意甚笃。王弗"敏而静"，通文墨，识诗文。她常会在屏风后面听苏轼与客人交谈，帮苏轼辨别客人的动机和人品。王弗与苏轼共同生活了十一年。王弗死后，苏轼从京城一路护送妻子灵柩回到故乡，将之葬于父母墓旁，并在墓地山冈上遍植青松。"老翁山下玉渊回，手植青松三万栽"，有这些青松相伴，王弗当不会太寂寥吧？

王弗葬于故乡眉州，与密州真是相距千里，“千里孤坟，无处话凄凉”。当年王氏去世时，两人都是青年，如今苏轼已由一个意气风发的青年变成了遭遇坎坷、鬓角微霜的中年人，“纵使相逢应不识，尘满面，鬓如霜”。在分别十年之后，死者长已矣，而生者不知又遭受了多少挫折，经历了多少风霜。贫贱夫妻百事哀，在二人相携的那些岁月里，会有多少往事萦绕心头，难以挥遣啊！

这种以真情入词的风格，应该亦是由苏轼始。这种情感不是为赋新词强说愁，也不是逢场作戏，它向我们揭示了诗人丰富情感的另一面。这个如顽童般快乐、凡事不往心里去的诗人，在内心深处原来也有着不能愈合的创伤。

三

彭城是苏轼永不能忘却的地方。

彭城，即今徐州，是苏轼第一次外放时诸多治所之一。在过去的时光里，这个兵家必争之地上，曾上演过多少纷纭故事，涌现过多少风流人物啊！可是在苏轼的眼里，那些帝王将相，似乎还没有一个有才情的歌伎让人牵动情思。

这里有燕子楼，记述着唐代名伎关盼盼的故事，令人生无穷遐思。在一个明月如霜、好风如水的夜晚，诗人借宿燕子楼，梦见那个传说中的美女关盼盼，对人生，对这仕途的坎坷、羁旅的风霜产生了一种深刻的认识，也会很自然地联想到自己。“天涯倦客，山中归路，望断故园心眼。燕子楼空，佳人何在？空锁楼中燕。古今如梦，何曾梦觉，但有旧欢新怨。异时对、黄楼夜景,为余浩叹。”——今天我在燕子楼凭吊盼盼,百年之后,再有人来此地,要凭吊的可能就是我了吧? 真是光阴如水,流逝无声啊! 许多年以后,苏轼在黄州游赤壁矶,面对浩浩江水,就曾发出岁月如淘的感慨:“大江东去,浪淘尽,千古风流人物。”也真是这样,有谁能逃出历史的洗礼呢?

不过,彭城对苏轼来说,更是一个一展身手、政绩颇丰的地方。在这里,他兴修水利,疏通河道,做了许多兴民利民的好事。他曾经与百姓一起去祈雨,在雨水如愿而降后,又与百姓一起去谢雨。他写了许多首《浣溪沙》来记叙这些事。“簌簌衣襟落枣花,村南村北响缫车。”那些士大夫不屑看、不屑写的寻常的乡村风光,不再是文人雅士们臆造的世外桃源,在他的笔下化作千年不变的异样风景,留在了文学史上。更值得一提的是,当洪水骤然而至时,作为太守,苏轼与全城军民一起严防死守,没有弃城而逃,最终战胜了洪水。这是一件很值得记下的事,作为诗人的苏轼也在他的许多首诗中记叙了当时的情景和感受。如同在其他任所一样,苏轼对辖区的建设有许多的规划和设想,可惜他的诸多设想还未来得及付诸实施,一纸调令又把他调走了。这样的一个好官,当然令百姓非常喜欢。因此,当诗人离去时,彭城父老执缰不舍,哭求留任,簇拥送出数十里。

这首《江城子》是一首抒发对彭城的不舍与怀念的作品。“天涯流落思无穷,既相逢,却匆匆。携手佳人,和泪折残红。为问东风余几许,春纵在,与谁同?隋堤三月水溶溶,背归鸿,去吴中。回首彭城,清泗与淮通。欲寄相思千点泪,流不到,楚江东。”

在诗人的天涯漂泊中,这是一个难得的地方,但可惜总是不能尽如人意,“既相逢,又匆匆”。是否就是这样呢?人生有许多相遇——人与人,人与物,人与某个处所或地方——是那样的美好,却又好景不长,转瞬即成过去。仿佛春光，正待细看，却已是春意阑珊，春梦成空了。“为问东风余几许，春纵在，与谁同？”即使春天依然美好，但离开了这里，那春天还有什么意义呢？在大雁纷纷由南向北迁徙的春天，诗人却匆匆离任，去下一个治所湖州。对这块留下太多回忆的地方，他怎能不再三留恋回望呢？更何况彭城父老的那份情意，又是多么令人眼热心动啊！那“相思千点泪”，不是流给佳人，而是要流给彭城人民的。“汴水流，泗水流，流到瓜洲古渡头，吴山点点愁。”人生的种种烦恼，只能在友情的温暖中去轻轻化解了。后来也是在黄州，在经历了更多磨折之后，诗人在一首诗中写道：“人似秋鸿来有信，事如春梦了无痕。”那种感伤与当年离开彭城时的情绪一脉相通。让人不由得想到，面对离别，感慨真是太多。

苏轼之后，许多年过去，清朝的一位诗人，龚自珍，曾无限神往地追忆古人：“江山代有才人出，各领风骚数百年。”对于苏轼来说，他所领的岂止是数百年？苏轼的风采光耀千秋，恒久而弥新。在千余年后的今天，我们遥望苏轼，犹如仰望一座巍峨高山。他的高度耸立在那里，“前不见古人，后不见来者”，却没有那种高不可攀的冷漠。喜欢苏轼，喜欢他的那种旷达，那种超拔，喜欢他在人生的各种风雨一起袭来时，不退缩，亦不惶恐，更不委顿的气质。“莫听穿林打叶声，何妨吟啸且徐行。竹杖芒鞋轻胜马，谁怕？一蓑烟雨任平生。料峭春风吹酒醒，微冷。山头斜照却相迎。回首向来萧瑟处，归去，也无风雨也无晴。”那样的淡然与洒脱，令人羡慕，令人敬佩。

辑三

另一种桥

王月鹏

我一次次走近又离开那座栈桥。当我试图表达我的感受时，总是欲言又止。终于有一天，我停步，回首，从一个不远也不近的距离打量栈桥，恍然发现它在面对大海遥望彼岸的时候，其实也是一种欲言又止的表情。这个发现让我备受安慰，让我从此知道一个人与一座桥之间，其实是有诸多相仿之处的。人生的某些际遇，倘若大海给不出答案，或许从栈桥那里可以得到解释。

栈桥是一个态度。我从它欲言又止的表情里，看到了一种坚定。置身波涛之中，它并不期望抵达彼岸，也无意于征服什么，它只是固守属于自己的一份命运，这是最诚实的生命态度。

一个欲言又止的表情，让我的书写和表达变得尴尬。

在物欲横流的现实之中，如果栈桥也有欲望的话，那么它的欲望则是对于风浪的欲望，它向大海深处的延伸，只为了更真实地看到和体验风浪内部的秘密。在海之上，并不企望征服大海，它停止在一个应当停止的位置，保持了一种理性又节制的姿态，拒绝彼岸的诱惑，拒绝所谓的征服。它知道，大海是永远不可以用来征服的。海纳百川，当“百川”都成为被人类欲望玷污的伤口，大海别无选择的容纳显得更加悲壮。栈桥甚至拒绝作为桥的所谓使命，在遍地架桥的现实世界，它是另一种桥——不以抵达彼岸为目的。在道路断裂的地方，它承担人类与风浪之间的沟通，接续一些更为重要的东西。

栈桥拒绝连接此岸与彼岸，但我相信栈桥一定连接了一些什么。有些不为人知的消息,从大海深处乘着风浪而来。

看到大海内部的风暴,听懂海浪携带的消息,并且据此明白了彼岸的世界。栈桥向着彼岸保持守望的姿态,这是一种坚持还是一种放弃?

懂得放弃,愿意慢下来,是何其不易的境界。

遇山劈山,逢河架桥。然而这世界并非全是坦途和通途,看不见的裂痕与沟壑,不仅仅是在大地身上,也在人的心上,任何外在的连接其实都是无效的。太多的桥弱不禁风轰然倒塌,通往目的地之路,被一只看不见的手斩断,然后风也平,浪也静。这并不是一个真实的海。

在这个支离破碎的世界, 每一块碎片都是一个向往尊严的独立存在。

倘若人心是龟裂的,播种将是一件徒劳的事情,所谓明天也会变得更加遥远和无望。

栈桥的存在让我明白了,局部地观察桥,单独看待一段桥,或许更易于理解漫漫长路。那些所谓完整的宏大意义,常常不过是一个虚空。我们都是道路上的奔波者。我们无路可逃。结束或开始,解脱或陷入,每一次选择都悲欣交集。我时常想,是否可以把脚下的漫漫长路分割成若干份,每一份都视同一段栈桥,以缓慢和从容的心态去走,拒绝风雨兼程。慢下来,才会更清楚地看到沿路的事物。

这座名叫天马栈桥的桥,位于黄海之滨,套子湾畔。夹河在这里浩荡入海,夕阳下可见鸥鸟翔集,波光粼粼。从天马栈桥西行不足百里,是蓬莱仙境,那里可以看到黄海与渤海的交汇处,一条分界线,隔开了两个海。

天马栈桥在我所工作与生活的这个工业新城的西部。栈桥向海里探进四百多米，形似一个跳跃的音符。桥身是木板铺就的，脚底下腾起原木的清香与海的气息。岸边有大片葡萄园，被誉为这个城市的“肺”。很多人周末赶到这里，像是奔赴一个约定，又像是在逃离什么。当这种浪漫越来越日常化，天马栈桥被赋予了爱的意味，到栈桥上摄影留念几乎成为这个城市婚礼的一个约定俗成的环节。海是背景，栈桥是爱情的见证者，也是浪漫情怀的参与者。在一个追求速度与效益的工业城市，天马栈桥谢绝速度，保有正常温度和客观立场，且以爱的宣言为己任。这样一个建筑作品的诞生，是我心中一个不可忽略的精神事件。我知道，它顺应了这个城市和这个时代深处的精神潜流，就像栈桥深入大海内部洞察了风浪的心思和秘密一样。相对于那些所谓功能意义上的桥，栈桥是“残缺”的，它以自身的不完整，表达某种越来越罕见的自主与健全。

像一个巨大的隐喻。

海是不可穷尽的。栈桥懂得海的不可穷尽。它让我想到另一种人生态度——拒绝速度，拒绝对彼岸的抵达。并且，它是有爱的，见证爱，宣示爱，滋养爱。

几乎每个周末，我都到天马栈桥附近的一个小屋去读书、写作和发呆。站在阳台上，整个葡萄园尽收眼底。我对这片葡萄园心存忧虑，就像面对一个精致的工艺品，越发担心哪一天它会被跌碎。在别人的不以为然里，我在做着杞人忧天的事情。

我一次次陪同外地来的朋友走向栈桥，走向大海深处。初秋的海边有些凉意，海风吹拂，女儿在沙滩上奔跑，她不时地弯腰拾起贝壳，对每一个贝壳都满心好奇。她把贝壳用海水洗净，摆放到盘子里，一双小手就托起了一盘七彩世界。我们走走停停，在栈桥的尽头坐下，面朝大海，并不言语。他燃起烟斗，眯缝着眼睛看大海。穿过烟斗上方缭绕的青烟，他一定看到了别人不曾看到的东西。我不问,他也不说,此刻任何语言都是一种打扰。一群年轻人拥了过来,他们面向大海,相互挽着臂膀,放声唱起了张雨生的《大海》。想起我的青年时代,也曾深情且忧伤地唱过这首歌。那些懵懂的激情岁月倏然而逝,一晃二十多年了。他们挽着臂膀面向大海一遍遍地唱,用心,且用力,歌声嘶哑,像是在呐喊,又像是郑重的承诺。看着一张张年轻的脸,眼前浮起了我远去的青春,还有这帮年轻人终将到来的中年。其实我们处在同一个时代,有着共同的爱与痛,那些不同的体验和认知,并不是用"代沟"这类词语就可以简单解释的。鸥鸟在飞。前方的岛屿若隐若现。站在栈桥尽头,临海听涛,心事苍茫。向东,可以看到这个城市的大致轮廓,它是由钢筋混凝土和松林构筑的;向西,是几个零星的渔村,还有一个巨大的造船厂。我曾无数次陪同参观考察的外地来客去到那家造船厂,钢铁的世界、穿梭的车辆、电焊工冷峻的表情、金属碰撞的刺耳声响,还有长长的波堤……这些凌乱的意象是如何铸就了一个懂得乘风破浪的钢铁空间? 那年下了很大的雪,雪把整个造船厂几乎湮没了,几辆巨型铲车轰隆隆地忙碌一整天,才将满院积雪推进了大海。我是听人转述这个情景的。我的心中满是疑惑:一座雪山被推向大海的时候,会是一个什么样的情形?大海是怎样接纳一座雪山的?一座雪山与海水之间,需要怎样的沟通才能达成最终的融合,它们之间是否也存在一座别样形态的"栈桥"?

因为彼此之间的默契,天马栈桥成为我内心的一个"结",它浓缩了一片海,日日夜夜涌动潮汐的声音。当我沉默和徘徊时,总能听到海浪在不停地拍打心扉。它在岸边的喧嚣,以及内在的宁静,是浑然一体的。

在黄昏时分走向天马栈桥,几乎成了我每天的一项功课。从不同的角度看栈桥,或者在栈桥的不同位置看海,都会看出不同的感受;同样的一座栈桥，同样的一个海，还有同样的一个我，彼此呈现了日常中被喧嚣和匆忙遮蔽的那些最真实的部分。驻足栈桥，我看到大海的徘徊，看到滨海路上来来往往的不同人生，回望身后城市的万家灯火，心中涌起一种难言的滋味。我说不清我与这个城市之间是一种怎样的情感，想要挣脱一些事物，却又难以割舍另一些事物。此刻的栈桥，是懂我的。

岸边灯火此起彼伏。栈桥的灯光是朦胧的，越往深处走去，越发显得柔和。薄薄的雾气在海面缭绕，让栈桥显得更加脉脉含情，大海也有了与人类相同的体温。栈桥像是一个历尽世事的人，它体验爱与孤独，它保持沉默，始终不开口说出自己的心事。海在脚底下匀称地呼吸，我走在栈桥上，身影被海浪托举着，像一个小心翼翼的秘密。置身桥头，与海对视久了，蓦然回头，我时常把来路的方向当成彼岸，不知今夕何夕。

天马栈桥旁边的广场时常举办盛大的演出。歌声、掌声、呐喊声，混合着海浪的声音，海成为各种表演的巨大背景。歌舞声中，有人在栈桥上漫步，偶尔驻足，远远地望着海边的表演，不知在想些什么。那个夏季，海边广场的大舞台每天夜里都热闹非凡，他们在评选这个城市的草根明星。那些放下锄头和瓦刀的人，站到自己的舞台上纵情歌舞，掌声从海面涌起。我站在台下，一动也不动地仰望台上，被深深地打动了。从所谓的艺术层面看，他们固然是有局限的，甚至有着不可弥补的缺憾，但是他们真实、真诚，这更让人珍惜和感动。在天马栈桥与葡萄园之间，建起了一片住宅区，楼房错落有致。这片镶嵌在葡萄园与栈桥之间的建筑物，散发着一种让人心安的力量。住宅小区的后续工程正在施工，建筑工人劳作了一天，三五成群地踏着夜色走向栈桥，融入桥上的人群。走在栈桥上，生命都是平等的，摘除面具，摒弃速度，生命回归本来的样子，缓慢，自我，不为外界所动。走在栈桥上的人，其实都是各怀心事的人，喜悦的，或悲伤的，想要倾诉的，不可言说的……我还留意到，几乎所有来到栈桥的人，他们的行走都是缓慢的。那些沿着海边跑步的人，那些驱车而来的人，步入栈桥，都自觉地减速，保持一种漫步的姿态，像是一个共同的约定，又像是进入了某种“场”，没有理由也不需要理由，一切都是自然的。远方公路上传来车辆疾驰的声音，栈桥以自己的方式呈现了一种不合作的缓慢。在栈桥上，速度是没有意义的。

栈桥的尽头是大海，不是彼岸。其实所有道路的尽头，未必都是预想中的圆满结局。所谓梦想，实现亦即破灭，这样的一份悖论被我们略过了。

一截路，义无反顾地延向大海深处的风浪，而不是相反。临桥而居的人，相同表情下隐藏着不同的想法，大家迈着同等节律的步子，走着同样的一段桥，内心抵达的地方却是不同的。

车在戈壁滩上爬行，放眼望去，满目苍凉。同行的人都嫌沿途没有景致，因为单调所以更觉疲累。我珍惜这样巨大无边的单调和苍凉，它本身即是人世间最不可替代的风景。早晨从敦煌出发，中午抵达嘉峪关，下午就乘坐飞机离开了那里，我没有看到“大漠孤烟直，长河落日圆”的景象。像那些风尘仆仆的当代游客一样，我从一个地方奔赴另一个地方，不知道究竟看到了什么。

我们都是匆匆赶路的人。

登嘉峪关，我并没有雄壮之感。瑞典探险家斯文·赫定曾经这样描述嘉峪关：“这个伟大的建筑，像一座复杂古老的工艺品一样，屹立在西部的大地上。”一个关隘，像一个“工艺品”，这是嘉峪关的伟大之所在。塞外的凄风厉雨中，一个关隘除了它的功能作用，在局部细节上居然如此讲究，多么让人心动。与古人相比，当代人的心灵何其粗糙。在嘉峪关，我抚摸城砖，想要感受历史的体温，可惜冰冷一片，很难想象这里曾经凝结了那么多热血男儿的豪情。我更多感受到的，是苍茫——现实的和历史的苍茫。远山静默。我以我的方式与远山对视，我内心的苍茫比眼前看到的更为苍茫，有一种想要落泪的感觉。在嘉峪关的苍茫中，我得到了另一种洗礼，获得了另一种力量，明白了多年来没有想明白的一个问题。这是否叫作彻悟？

那次大西北之行，是我人生的一段“栈桥”。在那里，面对巨大的苍茫，我终于明白人生并不是所有的抵达都有意义，不浪费生命，不将生命消耗在无谓的事情上，这是对生命的最大负责。其实多年来一直在思考何去何从的问题。我还不够坚定和决绝。同行大西北的一位退休干部，一路上总结自己的职场生涯，叹息一生中最好的年华都用在撒谎上，到了晚年才想到要做一个诚实的、真实的自己，但是已经没人愿意听他说话，即使对于他的那些泣血忠告也充耳不闻。他感到悲哀，为自己，更为他们。再匆忙的赶路，也该明辨方向。人生更像一场散步，而不是只顾低头赶路，路的尽头并没有沿途的这些风景。从大西北回到我所工作与生活的城市，我学会了使用“减法”，从俗世的目光和欲望中抽出身来，以放弃的方式固守属于自己的命运。对得住自己这条命，不枉到这世上走一遭，这是活着的意义，哪怕它最终只对我一个人有意义，也是无怨无悔的。我庆幸自己在一个还不算太迟的年龄里，真正坚定了这样的一个想法。那一刻，我觉得第一次真正懂得了身边的这座栈桥。

天马栈桥让我想到了其他更多的桥，还有它们在现实中充扮的角色。生活空间飞速拓展，心灵空间却变得越来越逼仄。人的内心是最不该忽略,又最容易被忽略的地方。很多人忙着与世界对话,却忘记了倾听自己内心的声音。栈桥告诉我,缓慢是可能的,拒绝是可能的,与自我的对话也是可能的。时间会验证这其中的奥秘。一个不曾被时间穿越的空间,是不具备生命力的。我看到那些来自遥远地方的时光,它们蹒跚着,一步一个天涯。

汹涌的思考。节制的表达。这个现实是经不住追问的。

诗意的栖居只能沦为一抹回忆了。现实在欲望的怂恿下,一次次宣告诗意栖居的不可能,以及所谓努力的徒劳。有些焦虑,其实正是源自对这种徒劳的不甘。

从人群中走出来,在重新走向人群之前,是栈桥接纳了我,我们。

珍视身边的这座栈桥,它让我以漫步的姿态抵达了这世间所有不可企及的地方。

来自时间深处的记忆

酒泉

风，吹过山林，吹过年轻华美的城区，吹过湛蓝无垠的大海，吹过套子湾畔的百姓人家，带着久违的气息和熟稔的温馨，流过时空，流过记忆的心田。

像一次回望，像一种问候，来自时间深处，悠远、凝重，却没有一丝一毫的陌生。在爱恋的擦拭中，这里旧有的一切都渐次显现出来。寥若晨星的村落，日夜流淌着艾怨的夹河，寂寞空旷的海滩，赤裸裸昏睡的福莱山，还有那些一眼望不到边的野草荒滩，都依次从时间的记忆里叠出，慢慢地清晰起来。那些在荒滩上用汗水和泪水浸泡了半个多世纪的防风林，携着几代人的希望与梦想，长城般伫立于海滩，似喜似嗔，欲言又止，好像要向后人诉说点什么。这一切究竟是史前文明后的荒凉，还是历史的遗忘？

时间是一条悲壮的长河。记忆是一窖尘封于泥土下不敢轻启的酒。它像风一样聚拢，又云一般飘去；它像雪一样凝固，又水一样在瞬间流淌。

时光荏苒，转眼就是三十年。

这是多么非凡的三十年啊！它见证了一个民族的践诺，完成了一个跨世纪的分娩，呈现给人们一幅壮美的画卷。从十一届三中全会的召开到“神七”飞船的太空遨游，从力挽狂澜的抗震救灾到百年奥运的成功举办，都只不过是历史长河中的一个瞬间，可那澎湃的浪花，却融进了中华民族的觉醒，见证了奋进中的风起云涌。

狂热的年代过去了。多难的中华民族终于在昔日寻觅的痛楚中走上自己的轨道，走上了民主和谐、安定团结、强国富民的征程。

穿过峥嵘艰难的岁月，历史已被时间打上深深的烙印，那是来自梦想与奋进的骄傲。一段能让人梦牵魂绕的三十年，一段刻骨铭心的岁月，那一定是能使梦想成真的历史的精彩。

梦是永恒的希望，太阳总是在有梦的地方升起。

我喜欢梦。

梦，让我看到灿烂的阳光，梦，让我看到宁静的彩霞；梦不断地召唤我，梦让我不能停下自己的脚步，要不停地追逐那个远方的希望……

那是个生命与灵魂警醒的时代；那是渴求知识、整合知识、寻梦的时代；也是每个人重新审视自己，重新审视社会，实现自我定位的时代。

从遥远的中原古城出发，一路跋涉，一路向往。

初来开发区，正是燕剪三月、柳黄草青的春天。尽管节令如期而至，可一种与城市气息相去甚远的落寞，还是深深地攫住了我：海滩空寂，黄沙漫漫，归鸟夕阳，还有那些从刺槐林里弥漫出的炊烟……

三十年的历程，对一个人的生命而言，是短还是长呢？这片土地在我的眼里和我的梦里迅速地变化着。现代、宁静、憨实，连同那些林语海涛的感叹，伴我从而立之时渐入知天命之年。不知这究竟是人生的偶然，还是今世的奇遇，没有怨忧，没有惊叹。从一个繁华的城市，又回归到寻梦的初始，好像前世早已注定，好像人生的历程早已包含了这一个必然，那么熟悉，又那么亲切自然。连我自己也说不清楚，这片荒凉而陌生的土地，究竟是什么吸引了我。蓝天？大海？无比新鲜的空气？还是那一年一绽放、令人心醉的槐花？也许，这片曾经被历史遗忘的土地，自然并不只是客观存在，不只是天风海涛，林下风韵。吸引着我的，不仅是这些。

我来了，我不仅是一个居住者，还是一个前行队伍中的见证者。那条曾经无比泥泞的小道上，撂满了我脚踏车的辙印。因了这些，那些被现代文明更替的印迹更为清晰，更为明哲，为此我感到欣慰，还有灵魂上的一份超然。

梦想时代的最大特征，即它可以，并且一定能够成就许多人，也成就许多神奇。我把二十年的青春梦想献给了这片土地，无怨无悔。

昔时，老子悟天地本原为道，万物皆由道而生；孔子遵天命而行；庄子以为“天地与我并在，万物与我为一”。他们吞咽着人间的苦难和罪孽，让生命不能承受之重散发出亘古不变的哲理之光，把历史交给那些平凡而又伟大的人，像十字架上的耶稣，望着滴落的鲜血，用救赎之光去照亮人类迷惘的心灵，照亮一切物质与精神的洪荒。

这里没有专横和禁忌，只有勤奋和思想；这里没有傲慢和疯狂，只有对自然的敬畏和禅悟；这里没有征服，只有对自然的认知和相互依存。一切都好像被赋予了新的生命和智慧，一切都似乎在回应着人们的自然生存心境，闪烁着一种能在大自然面前、在浮躁的社会环境里，保持镇静和平衡的精神光芒；传递着一种能与大自然和谐，与生存对应的责任走向。

海是这里的历史表征。在我观海听涛时，常常不由自主地注视着海边的那些刺槐林。在已经是桃红李白的春日，它却一如既往地沉默着，平静、青郁。虽有细浪般的绿色，漫染树梢，却还是会让人觉得春天的滞后。那些不起眼的树们，昂着头，仰望天空，似在倾听着时令的呼唤。这种沉默，显出某种审时度势的气度来，让人猜测着它的难以估摸的力量。有谁能料定，这不是蕴藏已久的韬略与张力？或许，正是这种让我无法洞悉的玄机，恰到好处地转述了一种自然之大道。我所能够体会的是自然生存法则和它的永恒魅力；在这里，我感受到了那种天地万物间的混然中处。待满眼的绿色覆盖了最初的落寞，一个故乡远去，一个故乡的根须却在这里繁荣兴旺,像一轮圆月,把曾经的泪水与汗水都化为一种神圣……

时间连接着历史和未来,繁华的开发区在理性的圣光里慢慢生长。在深思与梦想的警醒间,在岁月遗痕的反思中,让现实服从于未来的社会主题,显示了对某些劣质传统和盲目狂热的智性思考和否定,将充满渴望的发展思维带入了物质与精神、社会与道德、传统与现代的文化自信。

这里是追梦的地方,更是圆梦的地方。

从二十年前那个寻梦的时代,到二十年后的今天,我收获了一份温和、内敛、丰富与宁静。我真真地圆了一个发现故乡的梦。

夹河日夜流淌,带着历史那些无奈的脚印,向黄海套子湾流去,在与大海的交融中,留下痛楚的碰撞,迸裂出生命中最新、最美的浪花。以长江路为轴线的城区,道路纵横,四通八达,东临芝罘,西接蓬莱;面福山近在咫尺,负黄海碧波万顷,自然天成,尽得天地浑雄、山水灵秀,神惠百姓千秋,充分展现了城市与自然的和谐,体现了城市因人而生长的理念。昔日的村落已在岁月的消逝中远去;几千年来的农渔文化,也在现代文明的演进中得以华丽转换。这里,楼舍鳞次栉比,休闲广场盛满了老人和孩子的欢歌笑语;这里,厂房林立,商贾云集,外资、独资、个体、民营企业如雨后春笋,一派欣欣向荣的春意。

这里,是我重生的故乡。

赫尔曼·黑塞说:"这世间有一种使我们一再惊奇而且使我们感到幸福的可能性,在遥远、最陌生的地方发现一个故乡,并对那些似乎极隐秘的最难接近的东西产生热爱。"或许这就是缘,这就是自然。正像我们的祖先在四万年前,跋涉万里来到长江、黄河流域发现一个故乡一样。

如今,这片土地已是满眼春色,万物竞华。一个故乡远去,一个故乡在这里繁荣生长。不管秦汉时期的牟平、育犁在这里曾经何等的繁华,也不管之前的侨户村是何等的荒凉与破败，现今都成为历史的一个缩影和记忆，并完成了诞生和消亡的更替。唯有把这儿当成故乡的人，才能留下生存的记忆，也才有权利保留这些美好而丰富的记忆。

我崇敬那些曾经把这遥远而陌生的东夷当作故乡的先人；更崇敬那些以良心和科学的态度，用三十年的生命建造和守护故乡的新人。

故乡，随光阴酝酿。

故乡，在岁月里芬芳。

品读磁山

宋前修

感受一座山，需要心境和时间。心境是要进入忘我的状态，身心透明，变成岩隙中滴落的一粒泉珠，或者是穿行在林间的一抹绿色的风。而时间必须是充裕和自由的，不必行色匆匆，更不用担心那些扯不清理还乱的事情。把自己完完全全地交给这座山，能听得见自己的心跳与山溪的应和。

于是，我一个人走进了磁山。

磁山就像一位隐居乡间的智者，没有惊世骇俗、震古烁今的丹青诗文让世人景慕，却自有一番出尘脱俗的气度。它又像一个乡间的女子，布衣素颜，却天生一抹不施粉黛而纯美动人的天然之姿。我读过关于磁山的许多书，自认为文化与景观俱美的名山之中，应该加上磁山的名字，虽然它海拔不足六百米，尽管它默默无语，不为人知。

文化是山的灵魂。所谓“山不在高，有仙则名”，仙道本来就是中国古老文化的理想境界。磁山从仙道文化到人文历史，可谓丰富多彩又博大精深。先秦齐国分封八主，磁山迎来阴主。八主崇拜，寄托了人们对天地神灵、自然现象的美好期望，而磁山则承载了这流传千古的阴主文化。八仙过海前的磁山仙会，又与蓬莱仙阁遥相呼应，构成八仙过海的路线图。磁山半山腰悬崖下宽敞平坦的石洞，似乎只能用八仙来阐释它的形成，因而它有一个令人无限遐想的名字：仙人洞。置身洞中，由凉而静，岩隙中从容滴落的泉水铮铮琮琮，宛若仙人指下流出的琴音，穿过千年烟云风月，依旧鲜活纯净。

仙人洞前,是阴主庙的旧址。史志记载阴主庙几代繁华,香火鼎盛,乡民许愿,多有灵验。而近代战乱人祸,庙宇建筑被拆破一空,仅留下残垣断壁,无声地述说着往事。阳光透过茂密的树林,斑斑驳驳写在地上。地上有新土,那是为重建阴主庙而做的发掘勘探。这里挖出了不少瓦当青砖,清晰精美的纹饰,足可见当日阴主庙的繁华。史志记载秦始皇三次登临磁山祭祀阴主,求仙问药,汉武帝也欣然而至。默默无闻的磁山竟有如此辉煌的历史,其神奇可见一斑。

磁山的文化魅力远不止于此。作为福山的发福之山,明清两代,在磁山的怀抱里,孕育了七十五名进士,这在全国县级城市里恐怕首屈一指。老百姓津津乐道曰:磁山形如笔架,文脉丰洪,乃风水宝地。历数磁山古今所孕育的璀璨群星,此言还真的有几分道理。

在磁山,让人感受最深的应该是磁山的水。水是山之魂,磁山因水而灵秀。在山脚下,那一泓平如镜润如玉的仙姑湖,让人身心俱澄。磁山倒映湖中,波光粼粼,又多了一份恬静和灵性。周边绿树环绕,野花摇曳,更有啾啾鸟鸣萦绕,恍如置身仙境。我就这样静静地坐在湖边,看天光云影,听风音鸟鸣。掬一捧湖水,清凉爽滑,仿佛能听到它所融化的山的韵味。守湖老人告诉我,不管下多大的雨,这湖里的水从来没有浑浊过,不管天多旱,也从来没有干涸过。且不论是不是何仙姑留下了无限的神奇,而我更相信是磁山的源头活水养育了这泓碧玉。

于是我对磁山的泉水有了浓厚的兴趣,一路循溪而上。山溪一如磁山的风度,从容而不张扬。从山林深处潺潺而来,漫过被冲刷得平坦光滑的石板,跃下自然天成的沟崖。叮咚之声间伴着婉转的鸟鸣,宛如天籁。我想,这就是所谓的高山流水吧,磁山也在用自己的方式寻找着知音。

久闻磁山有三泉。位于山脚下的磁山第三泉,周围正在建设国际养老社区，在工人们劝阻下，出于安全考虑，我没有去。记得以前看过照片，那里是一口小小的石井，井壁上砌有一块青砖，上面刻着“磁山泉”，至于何人砌井，何时刻字，已经无从查考。工人们说，这里会保存下来，作为这个养老社区内的景点。看着周围林立的塔吊和渐次封顶的楼房，我相信，这个古老的磁山泉，一定会给这里的人们带来新的快乐。

磁山二泉距三泉有一里许，在护林小屋的院子里。井台上刻字记述说整修于 1767 年，真的是一口古井了。我正好遇见几个过来拉水的老乡，他们说这里的水很甜，壶里从来不长水垢，而且常年喝很少有高血压冠心病之类的毛病。我也尝了一口，凉凉的，甜甜的，仿佛一下子流转到四肢百骸，说不出的滋润和舒爽。真的是天赐的仙水啊。

我在磁山半山腰的仙人洞旁看到了一口井，井不深，水位距地面不到两米，清澈见底，古井无波。井边的崖壁上凿有一个圆圆的石龛，老乡说先前这里供奉着水母娘娘，这口井不论旱涝，水位不增不减，很是神奇。于是我想到了不远处仙人洞内石壁上的滴泉，它们该是一脉。这些千百年来从容淡定的泉水，如同母亲的乳汁，滋养了磁山的一草一木，更养育了磁山怀抱里勤劳淳朴的人民，孕育了光华璀璨的磁山文化。

站在磁山，举目远望，远处是浩瀚的大海，碧波帆影，云蒸霞蔚；近处是连绵起伏的山峦沟谷，林海松涛，翠绿欲滴。这一刻，我仿佛遍体透明，无形无心，与这万年的磁山融为了一体。当山水成为我们的思想，当我们变成了绿波白云，这个世界，真的是无边无涯。

雨中磁山

路新红

我从来不知道,雨中登山竟会有那么美。

事前并没有什么计划,只是一时兴起。这连阴雨陆陆续续下了近一个月,让人联想到南方的梅雨季节。连阴雨的天气难免让人感觉不透气,于是跟朋友商定一同去爬磁山。尽管雨势不小,我们还是把车开出了门,一直开到了磁山的山脚下。

曾经有过很多次想要爬磁山的念头,却都没有成行。向往、眷恋山的情结一直盘踞在内心,但置身山中有时候也会害怕,这种既眷恋又害怕的感觉像极了心仪爱慕一个人时的内心感受。喜欢山什么呢?是它伟岸高大的雄姿,怀抱中秀丽迷人的景色,还是它无论经过多少风霜雨雪的吹打磨砺却始终傲然屹立的风骨?那么害怕呢?是它那默不作声的深沉让人胆怯,还是怕自己迷失在它茂密无边的丛林中走不出来,抑或是怕突然不知从哪儿会窜出来一只野兽伤到自己?

但是,对山的眷恋却从未停止。有时想,山真的会跟我一样痴情吗?我思慕眷恋它,它也会同样想念我吗?

磁山就在烟台开发区的境内,离我住的地方也很近,这几年有了一些新的项目开发,吸引了不少的人前来这里温泉疗养,休闲度假。停车场的周围让人耳目一新,上山的路也是新修筑的,于是下车后,我们撑起雨伞,沿着干净漂亮的路面缓步上山。

一丝风也没有,雨下得也不那么急了。山间安静得出奇,那种感觉的美妙让人想不出用什么词来形容。连日的雨水将路面冲刷得干干净净,路旁的树木、野花野草也被雨水冲洗得格外亮丽，看起来更绿了。空气清新得让人贪婪，心里想能再多张嘴呼吸就好了。山中别无他人，更觉得安静，这让我感觉到了山对我的偏爱。此时此刻，它只拥抱我，亲近我，只属于我一个人。它要告诉我些什么呢？莫非它在用这种难以比拟的美感动我，唤醒我心底那些沉睡的激情吗？

人生不如意事十之八九，所以生活总是充斥着太多的无奈和无助，于是在他人那里简单的事情，于我而言也都变成了奢侈。朱自清说："热闹是他们的，我什么也没有。"身边那些整日里来来往往，看似热闹非凡的生活，在我心里早已不会有什么涟漪，他人的成功得意也好，安逸逍遥也罢，别人晒幸福、秀恩爱都与我无关，这一切只让我感觉到陌生，并且这种陌生的感觉在心底慢慢地浸洇扩大，挥之不去。我感觉自己就像生活中的一个局外人，冷漠地站在远远的地方看着，然后渐渐消失于人们不解的眼光里和自以为是的猜测中。

然而，此刻的山中，这独特的、无边的美丽却触动了我心底的某种情愫，让我感受到了不同。是什么？高兴？开心？这些都不是，是什么呢？

是喜悦吧，是由内心向外慢慢扩散的一种喜悦，它让我难以言状，不能大声说出来、喊出来，只能在心里慢慢体味，生怕它在我一不留神的时候就稍纵即逝；它让我的心底柔软、馨香、温暖。在这样的雨天，在这样安静的山谷中，感动，终于从我的心底涌了上来。

一种淡淡的紫色野花映入我的视线，在这寂静无人的山谷里，让我顿时有一股亲切熟悉的感觉。那是我小时候经常到山里拔的一种植物，是上小学时勤工俭学的一种药材，听老人说旧时农村的夏天，人们用它搓成细绳熏蚊子，我清楚地记得邻村还有一家用它来提炼焦油的工厂。多年没见到这种花了，想不到在这寂静的山林里见到了它，我的记忆也被带回到了那个物资极度匮乏的年代。而今,时代发生了翻天覆地的变化,社会的高度富裕恐怕早已让人们忘记了它曾经的美丽,但突然闯入我眼里的这纯朴的、可爱的小花似乎在告诉我,生命的路途上总会有意想不到的事情发生,有很多的东西、很多的人会渐渐被遗忘,但是做人要像这山野里的花儿一样,即使无人欣赏,也照样开得灿烂。

雨好像停了,我们索性收起了雨伞,继续沿着石阶山路向山顶方向走,视野所及之处总有风景。路旁的松树下,一枝黄花亭亭玉立,特别抢眼,是我们可以在饭桌上见到的那种黄花菜。应该是受到了松树的庇护,它才没有被雨水冲倒,或许它们一直就是这样的相依相伴——花恋树,树护花。那一瞬间我的眼底有些潮湿,是感动还是悲伤?我难以分辨,用手机拍下了这一画面。不知道那黄花对松树的爱恋有多深,它会跟我有同样的想法吗?爱情是只存在于自己内心里的,你有,别人未必一定就有,所以它并不是求就能求来、要就能要来的东西。喜欢一个人,爱慕一个人,是自己一个人的事,不能要求别人同等程度地待你。生活并不是理想王国,能遇到自己心仪的人已经不易,哪里还能奢求更多?那些美好的情愫或许就如这花与树,它们可以静静地待在山谷中,悄悄地藏在心田里。

有一条通往另一个方向的路,看看天色已经不早了,我们改变了方向折身回返。山中云雾缭绕,颇似仙境,前行几步路,已经听得到流水哗哗的响声,顺声而去,在路旁的树丛中觅得一股清澈的溪水正奔流不息。我有一种想把脚伸进水里的冲动,想去感受它的清澈和温度,但那地势有些险,水也很急,还是放弃了。山不在高,有水则秀。溪水的上游是一个不小的深潭,可能是因为连续下雨吧,水已经没过了路面,在路与下坡的连接处形成了一个小瀑布,向山谷中奔去……

路的另一边竟然有一小片果园,更让我惊喜的是居然有好多种果子：苹果、鸭梨、李子、核桃……它们挂满了树梢，也让我把它们与记忆中的位置对号入座：老家那漫山遍野硕果累累的苹果，儿时奶奶家后花园中的鸭梨，妈妈挂着汗珠从山坡上摘回来的桃子和李子，大学校园里那满目的茂密的核桃树……

雨中我登过黄山，也登过庐山，名山大川的雨中景色给我留下了些许记忆，唯有这次的雨中登磁山，却让我恋恋不舍，久久回味。

我家后花园

王惠芬

我家在福莱山公园东侧，径直距离大约一千八百步。我 2010 年搬迁到这里，公园 2014 年竣工。每每徜徉其中，惠风拂面，自由神游，我与她就合二为一了。

这个公园是区政府的重点惠民工程，集文化娱乐、运动休闲与城市绿肺功能于一身，依福莱山原有山势修路开渠、建馆造园，整个建设风格与自然环境融为一体。建筑群落包含了空中飞碟、福莱灯塔、图书馆、青少年宫、文化馆，大多呈低矮浑圆状，散落在公园东侧山坡脚下的郁郁林木中。白天，公共设施满足市民文化娱乐需求；夜晚，各色灯光闪烁，水光灯光相映成辉，营造出奇特浪漫的梦幻感和科技感。除此之外，就是宽敞开阔的大公园了。主要的健身跑道环绕福莱山三圈徐徐而至山顶，两条山顶至山底的水系穿过巨石陡坎，绕过密林水草跌落到山坡东脚下的锦鲤湖和山坡西脚下的无名水塘；公园西南角有荷花池，西北角有运动场，正西是儿童乐园，正南是喷泉广场。还有，散落在不同山坡沟谷里的玉兰林、樱花林、海棠林，郁金香园、月季园，金鸡菊坡、薰衣草坡，不胜枚举。置身其中，就仿佛是在大自然的原野丛林中，尽可享受山水风情，鸟语花香。

我与福莱山的情缘，可说是由来已久。

因为喜爱户外活动，在公园建设之前，我就常与朋友结伴爬行此山。那时，山坡多是农民的果树园，每当夏秋季，桃子、香梨、苹果次第熟透，阵阵果香袭人；也有栽种玉米地瓜的。许是土质原因吧，感觉瓜果粮作长势一般，并不高产。印象深刻的倒是山腰之上，野草丛生，荆棘密布。山顶中间是个巨大简易碉堡，土坡垒成，陡峻，四周野草及腰，我们要相互搀扶才能冲向顶端。站在高处，烟台开发区容貌尽收眼底。脚下有些荒凉，却也是一种自然野趣。

等到搬迁至此，公园建成，我与她的情分就日渐深厚了。

起初，只是觉得年龄渐长，需要寻条僻静的走步健身线路，就寻到了这个“逛公园”的好去处。

公园是全天候开放，东西南北各方向均可入园。我一般选择穿过一个住宅小区，从东门进入，不在人流较多的青少年宫、文化广场逗留，直接西行，看心情和季节再选择不同的行走路线。精神抖擞时，我会从东坡登台阶至山顶。这一路上，要过几条木栈道、几架紫藤长廊、百十级石阶，路过一片郁金香园、两个金鸡菊大坡谷，有各色景致入眼。每在初夏，紫藤嫩黄抽芽，仿佛瞬间“藤花无次第，万朵一时开”，几架长廊就蒸腾起紫烟，花絮全开，香气袭人，其旁的锦鲤湖就被包围在紫色的香雾里了。孩子们追花逐蝶，小情侣们架下喃喃而语。再过几日呢，满山坡含着青色圆头的金鸡菊开了，颜色金黄，昂首挺胸，不似其他花样害羞。驻足花海，接纳每一朵花的笑脸，感受生命的美好与奇妙，仿佛听得见花儿盛开的欢愉。

记起黄巢有诗云：“他年我若为青帝，报与桃花一处开。”他为秋日里的菊花愤愤不平，誓与桃花同在春日开。未承想啊，千年后的今日，这从南美大陆引进的各类新品菊果真与春花为临，争奇斗艳，于春夏竞放了。不负春光，不负生命，这便是生命的力量。

更多时候，我会选择向西沿环山路步行至山顶。这条线路没有台阶，可以慢慢悠悠边走边游玩。山路平坦宽阔，多半是柏油路面，小半是约三米宽的红色跑道，走在上面，脚下富有弹性，格外舒服。道路两边，樱花树和海棠树相得益彰。初春时节，樱花绽放，海棠花露笑，这条长约三千步的环山路便成了名副其实的鲜花大道了。一路走去，会遇见各样散步赏花的人，或独行，或三五成群，或扶老携幼，每张面孔都荡漾着春的喜悦，透露着对美好生活的向往。

接近山顶，几块巨石遮挡住西侧山坡的部分花草树木，每当夕阳西下，渐暗的异形巨石与七彩天空就勾勒出壮丽的落日画卷。这是我发现的"夕阳斜照"，少有人留意，这里也自然成了我的观景台。我时常迷恋这里，目不转睛地看着天空的奇异变化。真是奇妙啊，太阳越变越大，由闪亮到明黄到金黄到火红，天空也随之变成青蓝、橙青、橙黄、橙红。我最喜爱橙青和橙黄色的霞光，那时的天空是纯净透明的，似刚出生的婴儿般娇嫩而透亮，让人不忍割舍，无限留恋。也是奇怪了，最令我痴迷的不是燃烧的晚霞，而是天空最透明的那个瞬间。许是这时刻最纯洁、最安静、最简单吧。

也有身心倦怠的时候，那我就径直西行到荷花池，沿荷池绕上几圈。这条路线最平坦，距家也最近。

荷池不大，景色却格外宜人，美不胜收。池塘南侧，几行高耸入云的巨大水杉下，散落着两排弃用的小学校舍。公园的设计者慧眼独具，没有简单粗暴拆掉这些老房子，而是原样保留下来，将它们粉刷成明黄和海蓝双色，明快的对比色与周围环境协调一致，既保留了人们传统的文化念想，又巧妆出极其上镜的生态景观，一举多得。旧教室里时有悠扬的丝竹声飘出，该是爱好歌舞声乐的老年朋友寻得此地自娱自乐吧。

荷池北坡有杏林和月季园，东侧是一片樱桃林。池周的树木花草以不同的形状和色彩点缀着荷池，荷池便成了掌上明珠。池间被拱桥、木栈桥、石栏桥分割，形成几个既相对独立又首尾相连的大小花池，营造出了洞天别景：大花池生长荷花，盛夏荷叶碧绿，菡萏娇媚；小花池莲花盈盈，向阳含笑；还有个水池专长蒲草，草长过人，随风起舞。各色锦鲤在池中悠闲穿行，时而扰起粼粼波光。喜鹊、麻雀、长尾鸟在周林中啾鸣，勾勒出一幅醉人山水小卷。荷池地势相对低平，北有山坡阻挡，朝阳避风，是最适合散步赏景的地方。

除却这些固定线路，我也常常另辟蹊径，寻觅其他景致。譬如：溪流潺潺的柳荫地、无垠绿草地里的大国槐树荫、薰衣草坡、鸢尾花谷、野百合山沟、北山雕塑群……几年下来，我几乎走遍了公园的每个角落，陪伴了无数个莺飞草长、花开花落的轮回，以至对公园里的一草一木、一叶一花，都了如指掌。

我喜爱这大公园的多姿多彩，移步易景，气象万千；喜爱她的洁净素雅，环卫绿化工人辛勤劳作，送美丽于人间；热爱她的博大胸怀，她以她的热情迎接孩子们的嬉戏，剪辑情侣们的倩影，接纳人们所有的闲情逸致。

我也热爱她的寂寥沉静。每当天气变脸，或风或雪、或热或冷的时候，偌大的公园空寂无声。这时候，一个人自由自在地漫游，整个公园仿佛唯我独有，就会觉得拥有了整个世界，更有无限的幸福感和富足感。

尤其喜爱的是她的近在咫尺，唾手可得。只要愿意，走上几步，就可以投入她的怀抱。时有友人相邀去海南，去新疆，去外地，我只是偶有响应，一个原因是一些地方仅可浮光掠影地走过，另一个原因是我已拥有我的身边花园，夫复何求。会心处，不必在远。

我爱“大漠孤烟直，长河落日圆”的西北辽阔，爱“日出江花红胜火，春来江水绿如蓝”的江南柔美；见过鬼斧神工的张家界、迤逦婉转的九寨沟，可是我最离不开的还是这身边的福莱山。就如同人之饮食，山珍海味、饕餮盛宴固然撩人欲望，让人垂涎三尺，但是持久养人的还是普普通通的家常便饭。福莱山之于我，就是我的一日三餐，看之亲切，品之有味，百食不厌。我不用担心雨雪阴晴，不用害怕舟车劳顿，不用劳神费力，抬脚可走，来去自由。我可以赏花赏景，可以跑步打球，可以神游闲逛，可以养精蓄锐。我随时可以走近她，拥抱她，她岂不就是我的心灵花园？

扛沙袋的人

刘长泰

海边的槐树花缀满枝头时，我回到了阔别的烟台。

与离开时相比，开发区新城的繁华、人潮的喧嚣已不可同日而语，景象映入眼帘，我的心情十分惬意。然而，在家里几日，我总觉得有些不舒适。俗话说"房子怕空不怕住"，看来是房子空闲的时间太长了，屋里的陈设已退化得不成样子，影响了我的心情。居住的环境好，心情自然畅快，于是，我决定重新装修一下房子。

一个阳光明媚的上午，楼梯间响起了杂乱的脚步声，我知道，这是搬运沙子的人在攀登楼梯。我急忙打开房门，一个肩扛沙袋的人，一头闯了进来，把沙袋甩在地上。看着似曾相识的面孔，我正在愕然之时，又一个肩扛沙袋的人跟随进来，甩沙袋的动作和前边那人一模一样。前边那人起伏的前胸平缓下来，气息也渐渐地匀称了，他看着我憨憨地笑。我恍然大悟，这不是小王吗！"小王，这些年你始终干这个活儿？"我一边给他拿矿泉水，一边把他按在了墙边的椅子上。小王立马起身说："下面的拉沙车着急走，等我们爷俩扛完沙子，我再和你拉呱。"没等我解开后进来的那人怎么会是他儿子的疑惑时，小王的脚已迈出了门槛。望着小王下楼的背影，我回忆着他十几年前的样子。那时，家住济南商河县的小王三十多岁，来烟台开发区星海商城务工，搬运建筑材料。我家第一次装修房子的材料几乎都是他扛上来的，尤其是很重的沙子和水泥。

登楼的脚步声不断，小王父子进进出出，沙袋摞成了堆。

最后一次扛沙袋进门，小王虽显得有些踉跄，但甩沙袋的动作依然如故。沙袋落地，他也一屁股坐到了沙袋上，鼻翼翕动，似乎在尽力地吸纳气息；晶莹的汗水从额头流向脸颊，又从脸颊滴落到地上。我问："儿子怎么没上来？"他答："后面还有活儿，儿子跟拉沙车走了，我上来是想和您拉呱。"小王说的"拉呱"是他家乡的方言，意思是在一起说说话。听见小王如此之说，我端出一盘事先洗好的水果放到沙袋上，小王没取水果，而是拿起那瓶矿泉水，扭开盖儿，扬起脖儿，一饮而尽。

缓过神来的小王，还是憨憨地笑着说："怎么这些年见不到您了呢？"我还他一个微笑，拉呱从我的回答开始了……

2012 年我和夫人都正式退休。人生苍茫，我们两人忙碌了大半个人生，退休算是解甲归田了。我们想调整一段时间，再穿上旅游鞋，背上双肩包，去领略祖国山水如画的大自然风光，享受一番晚年生活。然而，在北京工作的女儿一个电话，将我们这美好的想法彻底变成了"马歇尔计划"。女儿跻身于都市京城，打拼着钟爱的事业，似乎重蹈着我们对人生梦想的追逐，她需要我们去帮助照料孩子。事情出现反转，我和夫人几经权衡，女儿重要，她的事业重要，她的孩子更重要，于是选择了再次"披甲出征"。

小王手中攥捏着一把细沙，全神贯注地倾听我的讲述。

光阴荏苒，一晃十年已过。在买菜做饭、照料孙辈、打理家务中，孩子从咿呀学语到戴上了红领巾；女儿获得了在职博士学位和高级职称，"优秀党员"的奖状挂在墙上，事业正如日中天。虽然两代人的成长浸透着磨砺，可女儿却说："我的追梦之路，是踏着父母的肩头起步的。"女儿的话是对我们付出辛劳的肯定。那段时间的老骥伏枥，志炼基石，甚至与在岗时的劲头别无两样，如今细数倒觉得很骄傲，仿佛我们又做了一番了不起的事业，人生之路也在纵向上得到了一种延伸。

是我的讲述撞开了小王思绪的闸门，他一路走来的记忆如水泻出，在并不收敛的憨笑中回答了我开始问的那一句话。

高中毕业的小王，遗憾没能走进大学校门。但他年龄好，身体也很好，属于那种“车轴汉”，肯吃苦是他血脉里流淌着的色彩。在走出家乡那块土地时，父亲告诉他，家里没有钱让他走别的路，只能用肩膀去寻找一份自己能干的事。星海商城是烟台开发区装饰材料相对集中的地方，小王试工时，本想用背背扛扛的活儿站住脚，待有立锥之地，再另谋出路。哪承想，这立锥扎下便是“铁树开花”。从2010年直至如今，不知有多少新建楼房的楼梯都镌刻了他的脚印，滴落了他的汗水。他挣到的每一份工钱都像是从汗水里捞出来的一样。他说：“躺在被窝里时，我彷徨过；可当太阳升起时，我又有了足够的勇气。无非是舍出力气，流些汗水，这钱我挣得踏踏实实，从不贬值，花的时候，也有一份成就感。”

在小王的讲述中，他提到了一件事：在一次往五楼扛沙袋时，讲好的工钱变了，主人非要少给一百元不可。小王没有过多地争辩，憨笑着答应了。就在最后一袋沙袋刚落地时，房子的主人突然倒地不省人事。小王慌忙地拨打120急救电话，又挺起疲惫的脊梁，背上比他还重的房子主人疾步下楼。医生面对家属说：“再晚来三五分钟，谁都没有回天之力了！”病人转危为安，他的儿子从深圳赶来，非要给小王上万元的酬谢费，小王用他憨憨的笑谢绝了。不是小王不想接受这份馈赠，而是他觉得谁见到这样的事，都不会袖手旁观的。

听了小王这段故事，我的脑海顷刻间闪出家里第一次装修房子时的一幕：那时，我家阁楼的楼梯口要扩大一些，遂以六百元的工费找来了三个手拎大锤的人。就在他们准备抡锤开砸时，小王扛着沙袋上来，如今天的姿势一样甩下沙袋。他见有人要抡大锤，立刻明白了，把我拽到一边悄悄地说:“楼板是不能砸的,你让他们回去,我给你想想办法。”第二天,小王带着一台水泥切割机来了。两个时辰过去,尽管汗水和粉尘涂抹在小王的脸上,勾画出一幅灰黑色的图案,可规规矩矩的楼梯口开扩出来了,和我想象的几乎一样。当我高高兴兴地付给他六百元工费时,他却只收了三百元,说:“切割机是一百元租来的,工钱两百元就不少了。”然后便是憨憨地笑着。我顿时对这个其貌不扬的年轻人产生了好感,他干的是力工中最累的活儿,钱对他来说是极具诱惑力的,然而他却诚实地拿了自己该拿的那一份。后来我与他的交往多起来,记得还给他拿过几套过时的衣服做了工作服……

我拍拍小王的肩膀,觉得很厚实,蕴藏着一种坚忍不拔的力量。小王也拍拍自己的肩膀,似乎带着自豪的口吻说:“就是这副肩膀扛出了我的一片天地啊!”这些年来,小王用肩膀扛出来的钱,在开发区买了两套百十平方米的楼房,一套自己住,一套给儿子结婚备用。看着小王得意的神情,我问起他儿子的事:“你打算让儿子走你的路,也扛沙袋吗?”说到儿子,小王毫不掩饰自己的兴奋:“儿子刚刚大学毕业,已被高新区一家企业录用。趁着没报到的这些天让他跟着我扛沙袋,用亲身体验让他知道:你的大学文凭是用沙袋堆出来的。我的用意,你们当过老总的人是懂得的。”小王的话,让我用惊奇的目光重新审视着他。

眼前的小王四十多岁，头发已稀疏，额头上的皱纹也加深了许多。“你年龄大了还干这活儿吗？”我的话脱口而出。然而小王却不假思索。“干,我已经习惯了,虽说是力气活儿,但干起来还是得心应手的。我早已买了一台货车自己拉料,儿子跟着走的那辆车就是我们自己的。最近我又在一家工厂定制了可上五层楼的电动滑梯，如果你家晚些时候装修，说不定就用上了。”他说着又拍拍自己的肩膀,“我这肩膀可是大功臣,也得让它领一本退休证了。”在小王憨憨的笑声中，我忽然觉得窗外真的伸进了一台电动滑梯，装修用的材料正被摞在货架里向上牵引着。其实这是我的幻觉，希望小王能早一天用上省力的机械而有些迫不及待了。我推开窗户，阳光泼洒进来，小王的身影映在墙上，显得很高大。此时，我对他的敬佩之意正在不断地升腾。

与小王认识的时间不算短了，我和他也可视为忘年之交，但我真正走近他的内心世界是通过这次拉呱。干这样背背扛扛的活儿穿不出什么像样的衣服，不修边幅，更免不了灰头垢面，小王亦是如此。如果以貌取人，一定会冒犯小王，或是像他一样用力气挣钱的人。把这些人想当然地看成是多愚昧、少智慧、无内涵的出力人，那一定是自己心灵龌龊。拉呱中我始终在想，他们和我的女儿一样，都在追逐人生美好的梦想，只不过他们依据自己的处境，选择了可以驾驭的事情来做，而且做得风生水起。若是我们的身边缺少了他们这样的人群，生活中遇到的难以解决的事会有许多。从这个意义上说，小王他们的劳动，他们的人格，是值得我们尊重的。

两个月过去了，经过重新装修的家焕然一新，和我看到开发区新城的心情是一样的。一个星期天的晚上，夫人准备了几道拿手好菜，我从酒柜中挑选了储藏许久的红酒，打电话给小王，诚邀他到家里做客。电话那头的答应声极为爽快：“还有一点儿扫尾的活儿，干完我一定去。”小王如约而至，白色的圆领衫，蓝色的休闲裤，衬托着我再熟悉不过的憨笑，与干活时判若两人。那晚，不胜酒力的我喝多了。

拆迁记

董冬

一

搬迁分配任务,我们抽到了强哥家。

第一次见到强哥,我们正和他父亲聊着政策,他带着酒气回来。简单打了个招呼后,他坐在一旁闷头听着,时不时喘一口粗气、挺一下腰,似乎想说点什么,却又憋了回去。“你想说啥就说,咱把心里话都说出来,不通的地方一起顺一顺。”我们替他着急。强哥挠挠头,咧嘴笑:“喝酒了,俺不说,俺爸说。”

还真是只有强哥父亲一个人在说,反反复复都是一个意思:“自己费劲盖的房,没证没航拍怎么了? 地基还在,不信我带你们去挖……也不多要,老房连几十平方米还找补不来吗……”无论是质问还是恳求,我们的答复只一个:“突破政策不行啊!”

确实不行,也确实憋屈。一家人早年生活困难,有了手续没钱盖房,超出规定期限,手续作废无法办证;好不容易开始建了,又差几天的时间错过航拍,记录影像不符合“在建”认定标准;强哥母亲还因为盖房帮工不慎摔成重伤,差点把命都搭了进去……老人聊起往事几度哽咽。一次次的不顺利,慢慢积成一个大疙瘩,压在一家人心头,每次提起就会疼,很不甘心。

强哥送我们离开,先是探出头在门口大声说“再来啊”,接着又追到电梯口小声叮嘱:“老爷子窝火好几年,说话冲,别往心里去。你们帮帮忙,差多少我买面积凑个大房,不告诉他。”

为了强哥的托付,我们连续熬了两天,只要有一点可以争取的希望就赶紧查证。在村委大院里排队等支书,缠着工作组复核丈量;问题一项项落实,有的从头到尾好几遍才敢确定……大家晒得红里发黑,每天手机计步都是两万起,明知可能性不大,也不愿停下。

其实每个人都是心存侥幸, 盼着在某处缝隙中捡到遗落的宝贝,哪怕一个小小的钱币也能宽慰人心。我们扶着腿脚不便的强哥父亲,三次到工作组航拍图前请工作人员讲解;也碰到过晚上十一点了,还在签约公示板前“遛弯儿”的强哥。结局是,跟我们一再劝说强哥父亲的一样:突破政策不行。

二

再次见到强哥,他的父亲已知道了所有的不可能,沉着脸不说话。强哥刚干完活儿,眼见气氛不对,插了几句话就把我们带到了自己家。

“俺心里有数,你们受累了啊。”强哥咧嘴朝我们笑,热情地端茶倒水,打开了话匣子。在我们东奔西走的几天里,强哥也没闲着,四处打听这次搬迁政策,问了村里类似居民的选择,还顺便摸了摸我们的“底细”,知道我们没骗他,没有为了哄着他签约拆房而许诺一些办不到的事情。

“其实老爷子说要两套最大面积的安置房,以俺们家的情况,心里都知道不可能。但就觉得要说、要争,万一能成呢?”话说得实在,让每个人心里都轻松了一些。“俺爸就是想给孙子留一套大房, 要套小点的自己住。俺知道难,但你们得帮忙。”这话说得更实在,却抛出了另一个难题——搬迁后期的选房,往往面临房源少、面积难凑等一系列问题。所有人都盯着大面积、好户型,一旦打开口子,几天之内就会被抢空,直接符合选择多套大面积房屋条件的人本就不少,更何况强哥还需要凑面积。“俺不管,就赖着你们了,你们想办法……”快五十岁的汉子学着小孩耍赖,令人哭笑不得。

我们开始帮他搭配选房。强哥一下子陷入了纠结,一会儿把强嫂叫回来商量,一会儿给亲戚好友打电话,还不停地催我们给工作组打电话测数据。来来回回几个小时,五套方案艰难成型,却没有一套让他十分满意的。“既然错过了拿一百分的机会,得九十五分也很好。”我们劝他不要总是陷在过去拔不出腿来,也不要计较细枝末节的得失,一切都要向前看。他寻思了十几秒,吐了仨字“先吃饭”。

酒入愁肠,不吐不快,强哥在饭桌上诉说他的不易。由于工作导致腰肌劳损,仗着年轻身体好一直扛着没治疗,如今上了岁数再也干不动重活,家庭负担一大半落到强嫂身上。强哥母亲帮着带年幼的孩子,还要照顾有病的父亲,两位老人一直为他操劳,现在又为房子的事生气上火,让他心里十分不落忍。强哥想快刀斩乱麻,但做出的选择既要照顾老人体面,又要顾及妻子心情,他不想被埋怨,却也承受不起这份选择之重。

这一刻,我们竟无法说出安慰的话,只能以水代酒和强哥默默碰杯。

谁的生活不重?驻村这几天,有的同事孩子感冒发烧没法照顾;有的两口子都在一线,孩子只能拜托邻居;有的身体不适吃着止疼片坚持工作。有时在深夜返程途中探讨工作方法,不知谁感叹一句:“昨晚我妈带孩子睡了,早上走的时候又没说上话。”车中无人作声。今天、明天、后天，也许都是这样的情形。真心换真心，人人都有牵挂和不舍，我们深知搬迁户多年郁积的无奈与纠结，唯有竭尽所能，帮助他们挥散心中阴霾。

三

心结难解，但能解。好言相劝一千遍，也许在第一千零一次，就能消融难平之意。为了彻底打消强哥的顾虑，单位领导、村支书、工作组和指挥部负责人都分别来做工作，政策解释、认定条件一说再说、分毫不差。不同的场合不同的人，却有一样的数据、一样的标准、一样的设身处地、一样的全力以赴。幻想奢望终成泡影，应得利益放到最大，信任和感动在彼此之间悄悄流动，都是明理之人，一念放下天地宽。

强哥签约了。选择了最接近父亲心意的一套方案，一家人喜气洋洋，我们也跟着开心。拆房的时候，强哥母亲蒸了一锅大馒头和发糕，图个蒸蒸日上的好兆头。大家一起在老屋里放鞭炮，帮着把一些陈年旧物装车搬走。

一星期的时间，我们认识了强哥一家，听了他们的故事，见证了他们的选择。告别前，我们给强哥留下电话，帮他问好了领补偿金、选房子的注意事项，告诉他有任何需要都可以随时联系。他有些语塞，泪水涌上红了眼："还以为你们拆完就不管了，谢谢。"强哥别过头，拱拱手让我们先走。相视一笑，不再多说。

用不了多久，村庄完成搬迁，先期规划的文旅小镇项目就要动工建设，强哥的家乡即将成为极富吸引力的城市新板块。农村变新城，家里的新房子都成了学区房,这是强哥做梦也没想到的好事。眼看着周边服务业即将兴起,强哥准备抢个先机,筹划着干个实体买卖,能有更多的时间照顾家人,争取过几年再给强嫂买辆车,不用风里来雨里去地辛苦。“疙瘩解开啦,好日子都在后头呢!”强哥大声说。

荒园

张巧梅

我所说的荒园既不是野外的那片荒园，也不是鲁迅笔下的百草园，这片荒园是独属于我的荒园。

我的荒园位于磁山脚下的一个老屋，老屋是很多年以前我从一家急需用钱的农民手里买到的。当时买它的目的就是为了在工作之余有一片可以休憩、可以暂时远离城市喧嚣的地方。

买它的头几年，我们一家每到星期天就会带着面包、香肠还有纯净水，或者买一些海蛤、海蛎子等海物，到我的老屋去疯玩上一天。一般上午去了以后，先背上水到村南的大山上去玩一上午，中午回来吃饭，下午就到老屋的后院去侍弄那片菜园。小园不大，也就有二十平方米吧，不过你可别小瞧了这片菜园，那可是我和丈夫用了好几个礼拜的时间整理出来的，里边常年种着两畦韭菜。其余的地方，一般要种一畦儿子爱吃的土豆，一畦丈夫爱吃的黄瓜，当然也少不了一畦我爱吃的西红柿。在园子的边上，我们还会种上几簇芸豆，让它沿着园边的篱笆而爬。小园的西边还有一棵小樱桃树，每年都会结一些晶莹剔透的红果子，酸酸甜甜的，很好吃。我们一周要给它们浇满一次水，或者给它们捉捉虫子。所以那时候我们种的菜可以说是既环保又好吃，个头比菜市场的也小不了多少。每每摘回来，把周围的邻居都羡慕得不得了。当然了，倘若能够多摘一些，我定会分一些给她们，看着她们如获至宝的样子，我的心里满是欢喜。

可是自从我病了以后，再也没有人顾得上那片小园，三年多了，也不知它现在咋样了。昨天下了场小雨雪，百无聊赖的我突然想起了我的小园，和弟弟商量，由他开车拉着我和儿子一起去看看我的那片荒园。最好能把它重新开拓出来，五一前后种上一些我心仪的蔬菜，重新体验一下以前的乐趣。

八点多，我们来到了老屋跟前，打开那把锈迹斑斑的铁锁，映入眼前的是荒草丛生的衰败景象，这还是曾给我无数快乐的小园吗？园里的韭菜已看不到一绺，取而代之的是一簇簇根系发达的青草，虽然是初春，但它们已经重返了新绿；还有那枯黄的苍耳，也高高地竖立着。院子里不知什么时候长出了几棵比屋顶还高的榆钱树，此时那粗细不一的枝条两侧已冒出了细小的幼芽……唯一值得庆幸的是，那棵小樱桃树已经悄悄地长大了，那些伸向空中的枝条遮住了院子的一角。

蛛网结集的老屋厢房已成了尘土的领地，每走一步都会留下一个深深的脚印。角落的工具柜上，那些久违了的工具静静地或卧或挂在各自的位置，一阵风吹来，那挂着的小铲子竟左右摇摆了起来，好像一个被冷落很久的孩子突然受到关注后欣喜若狂的样子。

儿子选了把小铲子负责铲除荠菜和苦菜，弟弟找了把手锯负责伐榆树，我抡圆了镢头对付那盘在一起的青草，我的荒园在我们的努力下开始重现新的生机。半小时后，儿子完成了任务，他举着一袋子野菜蹦跳着跑出院子，再回时，手里已拿了几瓶矿泉水。许久不曾劳动的我此时已是大汗淋漓，几口甜水下肚，心中涌起从没有过的畅快，看着身后两米左右的战绩再苦再累也值了。弟弟没有喝水，他正弯着腰把伐倒的榆树枝叶一一卸下，捆好，拖到南面的遮雨棚里。十分钟后，弟弟的任务也完成了。没有了那些榆树的遮蔽，我的荒园一下子生动起来，特别是我身后那一小片被儿子拣干净的沃土，在阳光的照耀下毫无保留地敞开着黑黑的肚皮。这几年，这片土地上的草经历了数个生与死的轮回，已重塑了它的质地，此刻面对面前这些绿草，我心里竟涌出莫名的感激，我无法想象没有它们的保护，这片土地是否还会如此肥沃。

当最后一簇青草被解决掉时，疲惫的我一屁股坐到了门槛上。看着焕然一新的小园，我有种想哭的冲动。荒芜了三年的小园在三个人的努力下终于开拓出来了，在这个春季将重新播上希望的种子，那么我那荒芜了多年的文学之园，是否也会如这片荒园一样被重新拾起呢？

你是锦瑟我为流年

刘艳

从大学毕业到现在,来烟台开发区工作二十七年了,将近一万个昼夜,日出日落,潮涨潮退。转瞬间,自己便从一个天真烂漫的青春少女变为已知天命的中年人,可是她——烟台开发区,却愈加朝气蓬勃。

脑海里有一句话在回响:你是锦瑟,我为流年。的确,我用我的清浅素年,一路陪伴见证了她的华年锦时。幸得识卿桃花面,从此阡陌多暖春。我在这里工作、成家、生活,美丽的金沙滩是我们一家人每天都要打卡的地方。当朝阳冉冉升起,当落日坠入天际,我总有热泪盈眶的冲动,感恩这块美丽的热土,给予我的一切美好。

还清晰地记得1992年的秋日,刚毕业的我,怀揣着少女的梦想和忐忑,从威海乳山乘公共汽车辗转到烟台,又坐上通往烟台开发区的小面包车,一路颠簸,下午两点多终于在彩云城下车。彼时的阳光有点刺眼,长途奔波的我晕晕乎乎, 惶惶然地在这如迷宫般的大市场绕了几圈,眼见照相馆、衣服店、水果店都一应俱全,才稍稍放下心来。后来才知道,这里就是当时开发区最繁华的地方。

初来开发区,在当时八大直属公司之一的建设公司上班。公司对面是鼎鼎有名的科技公司,据说人才济济,满目皆是名校毕业生。我们公司经理经常对着我们这些单身女孩子开玩笑:下班多去转转,钓个金龟婿回来。

其实,不仅仅是科技公司,全国各地人才纷至沓来,大量资金也蜂拥而至。我记得工作第一年的大部分时间都是骑着自行车,冒着漫天黄沙在工商各部门间穿梭,项目审批、可行性报告,一个接一个。当时的开发区,虽然还没有完全摆脱掉西沙旺的荒芜,可是世界各地的投资人,怀揣梦想的年轻人,生生把这片盐碱滩变成了蒸蒸日上、红红火火的热土。

热土上燃烧着炽热的梦想,每天下班后,建设公司附近小小的烤鸭店就汇聚了大量精力旺盛的年轻人,虽然不在一个单位,但都是一家人——开发区人,唱歌、跳舞、聊天,彼时的开发区宛如年轻人的世外桃源。

热闹总要沉寂下来,静水才能深流,慢慢地,大浪淘沙,一些泡泡破灭了。开发区进入转型期,仓促上马的贸易公司、皮包公司倒闭了,世界五百强企业大量入驻,开发区进入了强势发展期。我则从企业考入了学校,十年树木百年树人,安静地陪伴着别人和自家孩子成长。学生一批批毕业,孩子一天天长大,曾经认识的追梦人,很多开始有了自己的实体,从意气风发、心比天高的毛头小子,落地为踏实干事的企业人。

按部就班中,不时会有惊喜跳出来,开发区管辖范围越来越大,环境越来越美,生活越来越舒适方便。昔日单调的海边防沙林变成了开发区人的"后花园"。十五公里的海边绿色长廊,三步一景,五步一画,海、沙、浪、湾、泽主题分明;沙丘之风、海滨广场、五彩步道长廊、盐沼湿地公园,景观迷人。在繁忙的工作之余,这里就是开发区人的心灵归属地,与海风交谈,与花私语,在朝阳里跑步,在晚霞的余晖里舞蹈。

与当年那些在职场里拼搏,在商海里周旋的开发区建设者相比,三十多年后,开发区放慢了脚步,拓展了宽度,招商引资变成了招商引智,从关注钱包到关注生活质量,文化建设直抵心灵。最爱的是随处可见的图书馆,主馆高大雄伟,分馆则安静婉约,遛弯累了,进去坐坐,看看书,修修心,作为普通老百姓,幸福不过如此。

二十七年工作在开发区,住在开发区,我们之间有着太多的联结和缠绕。我看得见她的每一点变化,读得懂她的每一种风情,听得清她的每一段旋律,无论激昂还是短暂的空音,无论蓄势待发还是铁骑突出,弦弦恰到好处,妙不可言。

如同《小王子》里那只被驯养的小狐狸,看到金黄色的麦浪就会想起小王子金色的头发,甚至爱上风在麦穗间吹拂的声音。开发区之于我,则是重重似画,曲曲如屏,叶叶心心,是我永远的锦瑟。我用我短暂的流年,相伴相随。

金沙滩

刘学刚

“屏风万米独安宁。草轻盈，树长青。露朵初荣、蜂蝶舞相争。曲径幽林虚蔽日，人健步，缓歌行。西洋管乐起廊亭。曲含情，遣谁听。松近竹修、依约鹊和声。世外桃源尘俗远，聊愉慰，一滩晴。”一首《江城子》，填就的是烟台开发区金沙滩万米森林公园。

蓝天、碧海、金沙滩，是烟台开发区最靓丽的金牌名片，是网红景区打卡的理想之地。和海风相拥，与海浪相戏，同闪着金光的沙滩来个同框，都是很好的体验。

不管春夏与秋冬，这里都是心灵自由放飞不可或缺的精美时空；不管朝暮与阴晴，这里都是灵魂悠闲栖息不可多得的乐土乐国。

面朝大海，春暖花开，是精神的归宿还是理想的托付？其实，面朝大海，我们什么都不是，有的只是应该的豁然明朗，抑或茅塞顿开。在周末一个丽日当空的午后，炙热的阳光和猛烈的紫外线把审美晒成疲劳和疲惫的时候，我意外发现了一处世外桃源。隔着一条平坦的滨海路，却是另外一份意想不到的快感和天真的美感。

恬静，自然，简约。诗情半点难能得，适意些微不可寻。这里就是万米金沙滩的另一面。

一边是沧浪的海水，一边是如荫的潮水。强光下的海水、沙滩与强光下的绿荫、花海，分明就是水与火的境界和意象的表白。情与境，意与景，绝妙地分合，精巧地混搭。

世界真的如此玄幻和颠倒，林深时见鹿，海蓝时见鲸，梦醒时恍如隔世,任何情状都难以解读眼前的清新和幸福。

以前总认为那就是一片防沙林,抑或防风林。防风,固沙,如此而已。见过,路过,却从来没有深入过。世俗的眼神总是不经意被绝杀,平庸的心态总是在一刹那被改写。这里真不是把内涵写在脸上的,那份含蓄和静美绝不同于隔路相望的大海,淋漓尽致地把自己暴露在光天化日之下。那海的情绪因风而动,而这里却听不到外面的车水马龙,悄然中似乎夹杂些许神秘和罗曼蒂克,正如神秘的大海深处,藏着的是探险者的神秘和罗曼蒂克。没有醒目的入口,没有耀眼的旗幡。不经意的发现和邂逅,证明了是你的早晚都是你的。

彩砖铺锦,碎石打底,卡通跳跃,导引前行。斑驳的光影,是头顶摇曳的绿伞洒下的斑驳光环。余光闪现的是锦簇的花朵、参差错落的灌木和齐摆刻意的绿篱造型。扰乱思绪的恰是多彩的芬芳和迷离的碧绿,七彩变换,高低转换。榴花似火,碧簪如玉;萱草溢光,扶藤摇辉。一片槐林、一方黑松、一畔银杏、一路法桐。蜂蝶竞相舞秀,鸟鹊竞逐声脆。置身其中,倏然忘却了午后的焦躁和焦灼,仿佛复制了《哈利·波特》里的九又四分之三站台,从遥远的西方穿越进了陶公笔下"不知有汉,无论魏晋"的魔幻。

顺"水"而行,如隔路沧海漂泊的舟楫。有风掠过,那是健步如飞的身影跳跃;有浪掀来,那是眨眼转换的绿意盎然。夹杂翻卷的浪花,是多彩多姿的浪漫袅娜;间或游弋的鱼群,是星光点缀的园林小品。移步换景,寓情于景;景情渗透,情景交融。

悠扬的萨克斯和浑厚的铜号声在林间飘荡,在曲径蜿蜒。不远处的灰喜鹊和柳莺似乎听惯了节奏和韵律,迎合着婉转和缥缈,好一曲人与自然和谐共生的交响乐。林荫下时而传来稚嫩的童声,那是午休不眠的小调皮在疫情紧张下尽情地撒野，那欢畅的自由也只有此时此地可以告别口罩的郁闷和纠结。

这次邂逅，给了我一次洗脑洗心的空闲，让我感受到了城市边缘的惬意。于是，特选在周末，我借助两轮的自行车来了一次重游。东行到夹河的边缘，西行至西欧风情的马尔贝拉。南北以“山”命路，东西“江河”贯穿，条块自然分割成主题鲜明的公园景致。听澜观海，林下小憩，是流动的舞台，亦是专辟的会客厅。山川异域，风月同天。万米长廊，景色酣畅。

金沙滩，绿阳伞，写不尽的风流是安然。

西沙旺有支果园队

戴承进

二十世纪五十年代末六十年代初，为响应国家号召，我的家乡烟台芝罘岛大疃村在村后的山沟地和村南三里桥西侧的一片沙滩上（村民称"沙旺"），栽种了几百亩的果树。西沙旺尤多，有葡萄、梨和桃等，但绝大多数是苹果。

后来发生严重饥荒，村委会只得将村里所有可耕地和可开垦的撂荒地，按照人头划分给五个农业生产队，种粮种菜，生产自救。为了多种粮食，人们就顾不上果树了，很多种了好几年、马上就要结果的果树，处境不妙。村里决定，将我们第四农业生产队改成一个专业果园队，把西沙旺原各队的一百多亩果园地全部划给我们统一管理。就这样，我们这个海岛渔村就诞生了一个新的专业组织——芝罘岛大疃果园队（亦称"老四队"）。

昔日的打鱼人，如今要种水果，我们老四队的社员都有些担心。在那个连肚子都填不饱的荒年灾月，要经营好这一百多亩果园谈何容易。种水果，我们是外行，更重要的是，我们已把原来的粮食地交出去了，已经断了口粮的来路，果树又在短期内无果可收，这无疑是丢了饭碗，等着吃树叶啦。

老队长沈德全带领大家开了三天会，七八十条汉子和婆姨们争得面红耳赤，主意出了一箩筐，中午还得回家喝菜汤。老队长果断决定，全队成立一个专业果园组，其他人分成三个农田小组，分片在果树间隙的空闲地上种植粮食，先解决吃饭问题。

果园组无疑是核心力量。老队长从全队中精心挑选了十三名青壮年，其中有我。当年冬天，我们遇到的第一个难题就是给果树剪枝。十三人中，只有一人略懂一点，其他人全都一窍不通。老队长便跑到原幸福八村，请来管理果树的技术队长潘师傅给我们现场示范讲解，顺便讲了讲怎么打药、施肥。

为了培养技术人才，当年年底，老队长把我和他的儿子沈训派到原烟台园艺场学习。临走时，老队长语重心长地对我俩说："你们年轻有文化，去了一定要好好学习，把技术带回来，可别辜负了全队老少的希望啊！"这句话多年以后我都记忆犹新。

我和沈训每天早上背着干粮，步行十五六里路早早赶去学习。之后，我俩成了芝罘大疃果园队的第一批果树技术员。干活时，什么果树主干留多高、三大主枝的位置、侧枝的走势、萌条留多长、结果枝群怎么保留等等，讲得头头是道，剪得准确合理，社员们看了都挺服气。

果园队有两辆大马车，那可是全队最棒的生产工具，由老队长亲自调度。每年十一二月份，农田地里的活儿停了，果树的施肥季节便来了。

老队长安排马车到烟台大粪场花钱买粪往果园地拉。马车装上大粪桶，一趟能拉四五十担。当时两位赶马车的师傅一位叫姜平，赶一个大灰骡子车；一位叫夏述祥，赶一个大黑骡子车。他们头戴白色卷边防晒帽，坐在马车上，一扬长鞭，大骡子便颠颠地跑起来。他们一天拉两趟，几天便把果园边上十几个大粪池全部填满，再由我们果园组的人把粪挑到树下挖坑填埋。每天早饭后，我们十三个人便扛着担杖去上工，担杖钩"哗啦哗啦"直响，引来村民戏谑："这怎么成立棒子队啦？"还有的说："这是十三棍僧啊。"我们队伍里不知是谁回了一句："我们不但有棍僧，还有两个尼姑呢！”两位女同志听了，佯装生气地抓起一把沙土扬在那人头上，逗得大家一阵大笑。

到了果园，每人从窝棚里挑上两只木桶，到大粪池边把桶往池里一抛，用担杖钩往上一提，两桶大粪便满满的———那可是比挑两桶水要沉得多，很多人的肩膀都被压得红肿，只好用毛巾缠在担杖上。挑粪累，倒粪更难。把粪挑到树下，倒进事先挖好的树坑里，要想把粪倒净，就得一手提着桶系，一手掀起桶底，可木桶周边沾满粪便，实在无处下手。有人干脆就地抓起一把沙土往桶底一摔，管它脏臭，挈底掀起，倒净后再抓把沙土搓搓手，回头再挑下趟。

这活儿不光脏累，稍有不慎，还会殃及自身。记得有一次，张士曼挑了满满两桶大粪，由于太沉，过地沟时，两桶向下一沉，碰到边上，他一个趔趄摔倒在地，两桶大粪一下全泼到身上。大家见状哄堂大笑，张士曼又气又恼，顾不得寒冬腊月，一头扎进旁边的大水塘，从头到脚洗了个凉水澡。

管理果树，每年要打五六遍药水。开春要打硫磺水，为了杀红蜘蛛；夏天要打兰矾、波尔多液，为了保护树叶，预防腐烂病等。兑药水，有点技术含量，要掌握好比例，否则，药兑多了烧芽烂叶，药兑少了害虫又杀不死。刘本荣是我们的老大哥，性稳心细，兑药水的活儿大部分由他来做。刘克福、郑元庆几个人都是拿喷雾器打药的。他们将喷雾器上捆一根长竿，在果树间上下翻腾，均匀喷洒。剩下的我们几个人就负责挑药水了。挑药水跟挑大粪差不多，担着两桶沉甸甸的药水，还要不停地蹦地沟，好在天已暖和，我们就干脆脱掉鞋子，赤脚奔跑在绵软的沙地上。给喷雾器压气的活儿大部分都落在几个年轻姑娘的手上，那时没有机器喷雾器，只能靠人工作业。一百多亩果园打一遍药需要一个多星期，累得姑娘们个个腰酸背痛，手上磨起了血泡，她们每人肩上披着一条色泽艳丽的头巾，压气时头巾上下跳动，两条发辫也伴着彩巾上下舞动，宛如彩蝶飞翔在绿树丛中，分外亮丽。

到1964年，果园队成立已有三年多。我们每年都在为果树不停地投入，精心地照料，但因早期的投入不足和根系受到伤害，果树只长树不结果，回报并不如意。我们果园队年底结算，连续三年，每个劳动日只有三毛二分钱收入。就是这点钱，也都是全靠三个农业组在果树空隙里种点花生和小杂粮挣来的唯一收入。

我们没有气馁。因为我们知道，一个花蕾从形成到结果一般都需要三年时间，我们的投入不会白费，将来一定会给我们一个好的回报。随着时光的流淌，果树一年比一年繁茂，逐渐进入盛果期。我们这些青涩的小伙也都成长为青壮年。

就在我们和果树一起成长的时候，1964年冬天，突然传来了一个振奋人心的消息：国家为了加强国防建设，要在农村征兵。这个喜讯就像一声春雷，在我们这些热血青年的头顶炸响。

保家卫国，当兵光荣，那可是我们那个年代年轻人的最高梦想。大家都知道这机会来之不易，因为此前农业歉收，国家为节约粮食，只好征召吃统购粮的城市兵。当时我们芝罘岛的人还属农村户口，因此三年没征一个兵。今年征兵，机会难得。号召报名参军的大红标语贴在村中俱乐部的墙上，村中的大喇叭也在不停地播放着征兵通告，村中的几百个青年个个心潮涌动。

我们果园队里果园组的适龄青年全部报了名。我和安邦林还给市武装部写了一份决心书，那封信可能真的被武装部的领导看到了，因为后来我们随大家一起去体检时,有一位武装部的领导同志还专门来打听我俩的名字。同去的伙伴有些奇怪,但我俩谁也没敢说出真相,一直把这个小秘密藏在心里。

体检、政审后一个多月,武装部给村里下发了入伍通知书,大疃村共录取了七人,其中,我们果园队果园组一下录取了四人:安邦林、夏树全、张士曼和我。我们像做梦似的,心中那个高兴劲儿就别提了。

入伍那天,全村老少敲锣打鼓欢送我们。在村委会大门口,村委找了七名年轻姑娘给我们献花送行,其中就有我的妹妹戴承华。她把红花给我戴在胸前,笑着说:“哥,你放心走吧,咱们家里兄弟姊妹多,什么事你也不用挂念,爹和妈就希望你能当个好兵就行。”说着,两眼却涌出了泪水。我本想安慰她几句,话还未出口,自己的眼眶也湿了。这时,老队长沈德全来到我面前,拉着我的手说:“到部队好好干,等咱们果园的苹果丰收了,一定给你们部队送几筐尝尝。”我紧紧地握着他的手说:“老队长你放心,我们一定不会给你丢脸。等复员回来,我们还回咱果园队,还回果园组,还跟着你修剪果树。”话还未说完,大家便拥簇着我们上车。

那个年代,村里连个手扶拖拉机也没有,就安排了好几辆大马车,一路把我们送到烟台武装部。真巧,果园队的两辆大马车也来送我们了。那天,大灰骡子和大黑骡子格外有精神,马鞍上和骡子头上还系上了两朵大红花。我们坐在马车上,笑声、歌声洒满一路。

出村不久,走到村南三里桥附近,正好看到了我们的果树园。这么多年光在果树园里围着果树忙活,也没觉得果树有什么变化,这会儿要离开了,仔细看看,果园还真是变化不少:果树比前几年长高了许多,而且枝叶繁茂,花蕾丛生,预示着不久的将来,一定会硕果累累,丰收在望。我们的心情既兴奋不已,又恋恋不舍,胸前的红花被风吹得不停地摆动,就像我们荡漾的心。

到武装部集结不久,我们便被带到烟台市附近的一个新兵营。在那里,我们和从芝罘岛西口村应征的三人,加上从崆峒岛村应征的两人,正好十二个人,组成了一个新兵班。其他新兵大部分来自海阳、掖县、招远。很快,我们这个班便得到了一个意想不到的消息:新兵集训完后,我们这十二个人要全部分配回我们自己的家乡———芝罘岛和崆峒岛的驻军部队。

得知消息,我们这十二个人就像泄了气的皮球,满脸的尴尬与无奈,“到边疆,上前线,南征北战,报效祖国”的理想一下化为泡影。到家门口当兵,遇到熟人怎么说?村里乡亲会怎么看?越想越忐忑,非但没有了当兵的光荣感,反而觉得怪丢人的,有人甚至打了退堂鼓:这兵还能当下去吗?

部队首长当然看到了我们的思想波动,连续给我们上了三天政治课,结合当时的斗争形势,给我们讲述了留在海岛服役的重要意义。听了首长的耐心分析,我们的心结豁然打开了,个个愉快地接受了分配,一起被分配到守备三十六团二营,营部就驻在我们芝罘岛大疃村。大家虽然都是在家门口当兵,但我们牢记首长的教导,不论是站岗放哨还是军事训练,无论是打坑道施工还是武装泅渡演练,个个斗志满怀,冲锋在前。我和安邦林当年就入了党,同时都被提拔成班长。我们果园队的四个伙伴当年都被评上了“五好战士”。

第二年春节前夕,我们又收到了一个意外的惊喜:部队首长破例让我们十几个海岛入伍的新兵回家过年。我们虽在本岛当兵,家就近在咫尺,但部队有严格的纪律,自从穿上军装,我们已有一年多没登家门了。

我们换上崭新的绿军装,胸前戴上“五好战士”奖章,个个神采奕奕,没用一个小时就跑回了家。一进家门,全家老少就像从梦中惊醒似的,“噢”的一声,一大家子人的欢声笑语就像打开闸门的河水奔涌而出。

大年三十,我们在鞭炮声中和家人一起吃了年夜饭。大年初一,我们果园队的几个兵聚在一起,逐家给乡亲们拜年。当然首先是拜老队长。一进门,我们握着老队长的手,嘴里说着祝福的话,脸上挂满了笑容。老队长听了我们在部队上的成长汇报,特别提高了嗓门:“我也告诉你们一个好消息,你们对果园队的贡献没有白费,你们走后,果园组又扩大到二十多人。现在,咱们的果树已进入盛果期,今年咱们的苹果大丰收,劳动日收入一下涨到一块八毛三啦。”大家禁不住鼓起掌来。老队长拿起盘中的大红苹果,让我们尝尝果园队的果实。我们咬上一口,又脆又甜,一直甜到了心里。

这么多年过去了,那种甜一直留在心里。

教师笔记

栾韶宴

冷眼里有牛顿,讥笑中有爱迪生,说明爱是比责任更好的老师。

昨晚电话家访,发现孩子们该读的书,没读;该写的笔记,没记。心情郁闷。

今早,对女儿忽发奇问:“若用一个词形容师生关系,何词恰当?”

女儿不假思索:“马戏团。”

为什么?女儿说,妈妈,教育无论怎样改革,人性是不变的。班里,有正直听话的,就有调皮捣蛋的,有喜武斗殴的,就有宽宏雅量的,有勤奋用功的,就有懒木沓沓的……人有百相,物有千类。别瞎操心了,人人都能有自己的路,至于将来活成什么样,就靠个人的修行了。

修行?这话才说到点上了。没有老师的修理,学生怎么能行?

也许没有当过老师的人,永远不可能理解一位老师贱乎乎不讨好的背后,是一颗多么虔诚的沥血呕心!

这个假期让学生阅读《儒林外史》。放假时,这些小东西们的嘴像抹了蜜,信誓旦旦齐声高呼保证完成任务!今天若不是疫情肆虐,已经快开学了,可许多孩子连书都没有打开过。

忍着火冒三丈,耐心沟通。孩子们却哭唧囔囔地辩解,读不懂。

读不懂,魔道真是越来越高啊!在这个时代为师,若没有与魔斗的武功,没有与魔共舞的耐心,那师生只能撕扒得一地鸡毛。那为师我,就真相信你们读不懂。万事开头难,那就先懂开篇词吧。

人生南北多歧路，将相神仙，也要凡人做。百代兴亡朝复暮，江风吹倒前朝树。功名富贵无凭据，费尽心情，总把流光误。浊酒三杯沉醉去，水流花谢知何处。

这大白话的开篇词，读不懂？吴先生说，人生会有许多不同的路，有不同的机会，只要去走，去尝试，凡人也可以做将相，成神仙。朝代的更迭、富贵的沉浮，就像朝暮变化一样平常。但世人哪知富贵功名皆是身外之物？舍命求来，才发现一切皆是镜中花、水中月。

名著的开篇词，其实都蕴含着作者对人生的感悟，对世道人生的哲思，都是醒世警言的荟萃，不读、不记，不可惜？

那么这部伟大的作品，为什么要从王冕写起呢？众所周知，王冕在正史上确有其人，不过人家是画梅花的，并且一直是积极出仕，直到猝死在任上。那么《儒林外史》为什么要把王冕写成一个画无骨荷花、隐居、客死他乡的读书人呢？

请先看第一回目：说楔子敷陈大意，借名流隐括全文。意思是这一回就是敷陈全文大意，借名流隐括全文。那何为楔子？楔子是戏曲、小说的引子。一般在篇首，用以点明、补充正文。这篇小说的楔子，讲了王冕在家境贫困中自学画无骨荷花成名，到最后避官不就的故事。那么，这段楔子为正文做了怎样的铺垫？这就要读关键段。小说写到礼部拟订取士之法，即三年一科，用《五经》《四书》八股文。王冕指与秦老者看，道："这个法却定的不好，将来读书人既有此一条荣路，把那文行出处都看得轻了。"王冕在这里说的"文行"是指文人的修养，"出处"是指什么火候应该出仕。而读书人一旦看轻个人修养，不在乎有没有能力出仕，一旦进入仕途，最终只能成为祸害百姓的贪官污吏，像汤奉、王惠、匡超人这样的儒林禽兽,何足为奇?

文中还有提示,王冕与秦老在大麦场对坐小饮,王冕左手持杯,右手指着天上星,向秦老道:“你看贯索犯文昌,一代文人有厄!”话犹未了,忽然起了一阵怪风,树木飕飕,禽鸟格格,王冕和秦老吓得用衣袖蒙脸……

一代文人有厄!这就是以王冕为楔子开篇点题的用意——一代文人会有厄!

生命,本是一场无法预期的旅程,无论在路上遇到谁,都是一段命中注定的邂逅。犹记那是第一次送毕业班,指挥着孩子们收拾书本,打扫卫生,懵懵懂懂地拥抱、告别。然后,空荡荡的教室里只剩下我一个人,这时,才突然明白过来:孩子们这就毕业啦?这间教室以后再也没有他们了?

整个下午,我就一个人,趴在讲桌上哭,直到暮色四合,老公找来学校。啜泣着离开教室那一刻,我发誓要牢牢记住每个孩子的名字,把每个孩子的模样都刻在记忆里,把四年的点点滴滴刻在记忆里。

多年后,有一天,一对年轻夫妇用婴儿车推着可爱的宝宝从对面走来,我的目光一直盯着那个粉嫩嫩的婴孩。这时,年轻的妈妈突然大喊一声:“栾老师!”然后,她一下就紧紧地抱住了我:“老师,你还记得我吗?”我竟然尴尬地呆在那里,全然不记得她是谁了。

原来如此牵挂的那个他和她,也会随着时光的逝去而模糊了模样,甚至忘记他们的名字。

那一年,中考的早上,最后一个早读。我穿着一身绿色连衣裙走进教室,孩子们齐声抗议:“仙女,要穿红衣服!”幸好备着呢!换好衣服,再进教室,故作轻松地开始:“同学们,这是我们最后一个早读……”突然,不知哪个孩子“哇”的一声就哭开了，随后教室一片啜泣。

我逃也似的离开了教室。那个一片哭声的早读，那个没有上完的最后一个早读，虽然过去近二十年了，但依然萦绕在我们师生彼此的记忆里。

记得是哪一届呢？中考结束后，我独自离开热闹的谢师宴。回到办公室，回想四年来，一幕幕感动的画面，一个个温暖的笑脸，一次次精彩的辩论……和着泪，我给每个孩子写了一封信。写完后，精心地保存起来，想着将来孩子们结婚时，作为礼物送给他们。

多年后，那批孩子陆续或嫁或娶，我竟然一封信也没送出。因为那厚厚的一摞饱含热泪的信，早已不知藏在何处了。

至今想起，如失宝藏。

经历多了，离别多了，眼窝浅了，心也更柔了。

那年，按照要求，孩子离校时，必须把宿舍卫生打扫好。这可是我班男生最头疼的劳动课。以前，这些脏小子们为了应付我检查宿舍，没少糊弄我，把臭袜、脏短裤、各式垃圾，统统藏在床底下，甚至把长了毛的枕巾翻过来再整理好，但是不知翻了几个来回的枕头，霉渍斑斑。然后他们再把宿舍内外喷上浓浓的劣质香水。伪装完毕，“哨兵”们热情地簇拥着我进去闻闻香不香，那个恶臭混合着香精的味道，现在倒成了一种有味道的怀念。

记得我终于送走了最后一批告别的家长，像无数次查宿舍一样，怀着忐忑不安的心情向宿舍走去，心想，不知道要给他们善后多长时间，不知道宿管大爷又要抱怨得多难听……

老远就看到跟我吵过无数架的宿管大爷，竟然反常地笑呵呵地跟我打招呼：“栾老师，看你们班孩子平时不怎么听说听道的，今天这活儿干得真行,你班每个宿舍打扫得像五星级宾馆!”大爷说着啧啧连声。真的?我连忙推开312宿舍的门,地面光洁锃亮,床铺一尘不缁,再推开厕所门,纤尘不染;推开313宿舍的门,窗明几净,房间比军训评比时还井然有序……我坐在6床的下铺,想着那个最懒的男孩,想着那些逼他们打扫卫生的“拉锯战”,泪流满面。

孩子们明明知道,这个宿舍他们这辈子再也没有机会来住一晚,可他们在乎班级荣誉,在乎老栾的处境,在乎老栾的喜怒哀乐。擦擦泪,轻轻地关上门,赫然发现门上贴着一张字条:老栾,你永远是我们的仙女姐姐,我们永远是一家人,你一定要好好爱自己,别让我们牵挂呦!

从此,那张字条,成了老栾心里永远的牵挂。

你们说,一日为师,终身为母。

在美国读博的你,半夜发来一张密歇根湖的夜景,说这是从你床头对着的窗户拍摄的。多美的夜景呀!你说老栾,来玩吧,这个城市适合你的风格,趁我在,趁你身体好,一定要来看看!

夜的景,远的约,是师生美丽的牵挂。

还记得高三的那个雪夜。你说,老栾,快看呀,下雪啦!窗外飘着雪花,雪纷纷扬扬、无声无息地落着,你又发来短信:仙女,你说这雪是不是上天赐予高三学子的礼物?因为只有学到这个时候的人,才能享受这样的美啊!

在那个深夜里,我们师生一起接受了上苍最浪漫的馈赠。

多少年过去,无论你如今在地球的哪个地方,我相信每当雪花飘落的时刻,你都会像老师一样,想起那个飘雪的深夜,想起深夜里看雪的我和你,片片雪花,是我们彼此的牵挂。

那个调皮的你呀,那天突然就发来了一张刚出生的婴儿照,吓了我一跳。你说，仙女，你看到了吗？这是我儿子！初为人父的喜悦啊，你必须与老栾分享。曾几何时，你还是那个常惹老师上火、让父母生气的捣蛋鬼呢！

那个婴孩，做了父亲的你，从此后，是我们彼此亲情的牵挂。

还有无数的你和你们，牵挂着彼此。“老栾，我一放假就去看你，海南的椰子油擦手可滋润了，我给你买了两盒。”“老栾，我毕业啦！你可别再拼了，将来我养你！”“老栾，我找对象啦，放假带回去，你把关……”多年师生，成亲人。

这辈子，当老师，值了！曾经为孩子们操的心，担的责，上的火，都被岁月淬炼成一颗颗彼此牵挂的心。

一届届孩子，像蒲公英种子一样散落天涯。那就让仙女做那个守望者，望着你们走远，守着你们归程。无论何时何地，何年何月，你来，我就在。

又见老房东

牟鸿展

老卢是我刚来开发区的房东，算来我们相识距今已二十年有余。

每当见到老卢，总会想起那些记忆犹新的往事。那空阔荒凉的沙旺，那艰苦创业的岁月，那与老卢相濡以沫的日子。

老卢，祖籍河南，七十年代服兵役来到烟台，部队退役后经朋友介绍在当时的胜利东村结婚落户，妻子家中只有岳母和妻妹，老卢顶起了这个家。他勤劳，人品又好，全家和村里人都不把他当外人。在村里，老卢种地，间或打鱼，还承包水塘养鱼，用他那一双粗壮的大手撑起全家的希望。这种艰苦的农村生活直到东村划归开发区才告结束。

大凡二十世纪八十年代来开发区的人，都记得那时到处杂草丛生、黄沙弥漫的情景。东西村的民居，以过去的生产队为单位，三三两两，这一堆那一簇地分布在荒沙野草之中，夏日被沙滩折射的烈日烘烤，冬天经受着瑟瑟寒风劲吹。作为当时开发区形象标志的邮电大楼，是最雄伟的建筑；唯一像模像样的饭店——开发区烤鸭店，接待着所有单位的八方来客。

1988年，我调来开发区工作，全家搬来住在东村与老卢临脊的一个独门的院落里。刚开始，我们每天到老卢院子里的压力井打水吃。没几天，他带人到我院子里打井，我说："不必了，我还没准住多长时间呢。"他说："住一天也不能不方便嘛。"我要拿打井费，他说他已经结账了。当时我很感动，直到现在还记忆犹新。两年相处，我们成了好友，他吃我老家送来的苹果，我吃他打的鱼，过年过节自不必说，就是平常闲暇时，我俩也不定在谁家喝上几杯小酒。当然，相处时间最长，关系最密切的莫过于我母亲和老卢的岳母，两位八十多岁的老人，一起坐炕头，一起晒太阳，一起到路边看车流和过往行人，真可谓形影不离，天天做伴。

两年后，我搬进了八号小区居民楼。又过了几年，东村改造，我们所住的房子拆掉了，取而代之的是一排排居民楼。我和老卢都在各自的岗位上奔忙，见面的机会也少了，这样一晃就是二十几年。

前几天，老卢打电话给我，说是他在大花坛北边开了个商店，让我去看看。好长时间没见面，坐在一起，话自然很多，从过去谈到现在，从家庭谈到事业，从自家的房子谈到开发区的建设。老卢美滋滋地告诉我，他的房子拆除后，补了两套房子，两个儿子每人一套。村里还公布，如果谁家房子还不够住，是本村的人，可以买廉价房，于是他又买了一套老两口住。现在，大儿子已成家立业，去年给他生了个大胖孙子。小儿子买了辆出租车，跑出租，收入也不少。他们两口子一边抱孙子一边看商店，什么心也不用操。

"多亏了开发区啊！"老卢感慨。时间带走了他几十年面朝黄土背朝天的艰苦日子，迎来了顺心富裕的城市生活。而且，随着开发区日新月异的发展，他的生活会越来越好。

我为老卢祝福。

现今，高楼大厦早已替代了过去的荒沙败草，开发区的繁荣昌盛早已取代了昔日的萧条，对于我们这些老开发区人而言，心中自有一片难以言说的深情。

辑四

后屋老太

阿一

每次回家,母亲总是长长短短地问。

那年,我和妻儿回家。大概两三个月没回家了。

尚未进家,母亲听见声响就出来了。母亲肺不好,走几步就喘。她一把搂住小儿,愣愣地说了一句:“后屋老太太不行了。”

我说,妈,你身体怎么样?

母亲说,后屋老太太不行了。

吃饭时,小儿在炕上蹦来蹦去。母亲吃的少,看我们一家三口吃,吃完了,收拾了碗筷,上了街,几分钟,回来了。打开电视,三五个频道来回换着看画面和雪花。一会儿又出去转了一遭,一下午就这样过去了。

那该是七八月份吧,我记得天很热。母亲穿着短衫,胳膊的肤色发暗,手上见了斑。

那棵石榴树长得扑扑棱棱,遮住了小半个院子。母亲说这石榴挂不上几个果,还有,枝枝杈杈,不小心就剐了人。

儿子领着我,跑到石榴树下。树下落了一层石榴花,厚厚的叶瓣,纤细的蕊,红色,儿子说像水一样的颜色。石榴树下拴着一只公鸡,高冠,修颈。母亲说这鸡要留着过八月十五呢,还要吃四个月的饭。石榴花中,啄碎的菜叶,几泡屎。

晚饭收拾了,妻说,妈你用不着一遍一遍出去啊,有消息就会有的哭的。母亲说,就好不了吗?又说好端端一个老婆儿啊,刷刷牙就不行了。儿在炕上咚咚地跳,妻说,轻点,别踩堆了炕。

夜里很热，蚊子也多，伸手就能抓住几只，一张手，又飞了。儿睡得也早，我和妻陪着母亲。母亲的神情有些恍惚，目光一惊一乍的。母亲问，工作还好吧？我说还行，领导安排我招商。妻说，他哪是那块料啊。

我说，妈你脸上有个蚊子。母亲抬手，啪的一下，颊上是一点血，手上是一只蚊子的尸体。母亲擦了一把，血拉出红红的一道。我说，我要给你打蚊子，又怕打重了。母亲怪怪地看了我一眼，“还说呢还说呢”，眼就红了。我问后屋老太太什么病。母亲说，听说是脑溢血，昏迷了四天四夜了。

半夜里就听见一声接一声的哭，高高低低的，粗粗细细的。我睡浅，醒了就睁眼听，翻来覆去。屋子很暗，窗户隐隐透着微光，哭声仿佛就是从那儿传来的，有些许煞气。妻的脸就在耳旁，白，轻微的鼾。

母亲那间屋传来长长的咳痰声，吃力，又哑，一声接一声，像是从深井里汲水一般。我跳下炕，走到正间，喊了一声：“妈，你醒了？”母亲说，后屋老婆儿走了。

屋外很凉，满天的星星，一些莫名的虫子在叫。我想起二十年前下过的一场雨，好大的雨，从屋子跑到厕所就淋透了。我站在屋里对着院子尿，尿到地上就变成了水。

后屋子的人来来往往，听得哭声，听得脚步响。我说，妈你睡吧。母亲没言语。

天不亮，母亲就开了门，附在我们的窗上说，我过去看看。太阳老高才回来。早饭上了炕，母亲说，人为什么活着？吃了一口，“真是白活”。

母亲把稀饭菜喝到了外面，顺着嘴角滴在衣服上。我想替她擦擦，可母亲一直在喝。

中午，我们回烟台了，母亲一直将我们送到胡同口，长长曲曲的胡同。天也热，母亲喘得急，汗在额头，一抬头，顺着皱纹横流。

后屋老太，六十多岁了，有两个儿子，儿子儿媳都孝顺。每次我回家，总要来。老太太有咽炎，轻轻咳着进了院子。母亲说，后屋你大姨来了。进了门，老太太笑嘻嘻地问："儿子回来了？"

老人瓜子脸，年轻时一定有模有样，微微有些发福，算命的说她有福相。

葡萄

现在是凌晨三点。

凌晨三点时，我想到葡萄，修长蜿蜒的藤，纹理清晰，肤色如栗，有些斑驳，叶子盛开些心形的脉络，偶尔落了几叶，躺在地上数日不黄。疏疏的几串果实，有大有小，即使过了霜降，也酸。这是故院落的葡萄。

故院落的葡萄，爬得很高，上了平房。平房上是几根木头搭的架子，高出平房不过半臂。葡萄攀上木架，才慌慌地铺展开来。父亲每年都要收拾一下。春天，葡萄发芽以前，架上梯子，吱吱呀呀地上去了，这儿动动，那儿移移。木架丛中跨来跨去，又下来。我总觉得父亲什么也没干，还得假装关心地询问几句，好了吗，或是别的什么。父亲像完成了一项重大使命，军用棉袄全是灰。日薄西墙，他蹙着眉，夕阳中看不出枯藤在抖。好了，他说。

每年的葡萄都很酸。

人家说葡萄要修剪才好。过了秋，父亲又上了平房，手里捏着剪子。父亲下手很快，咔嚓咔嚓。每一剪，都嘿一声，用力扭一下头，仿佛持刀捅自己一般。几分钟下来，平房上落了一片残枝断茎。父亲一把一把丢下来，一边说行了行了。我知道他根本不会剪枝。院子里还有一棵石榴树，父亲修剪得果实越来越少，带刺的枝遮住了进厢房的甬路，不小心便划破了手脸。

每年的葡萄还是很酸。

父亲说这葡萄也不醒醒。这年秋天,葡萄结得越发少了。一入冬,父亲便进了医院,手术很大,那专家十分熟练地给我画了一幅内脏图,然后用红笔画了一个大圈,大圈里打了个大红叉。父亲的剪刀咔嚓咔嚓。当着五六个医生的面,我的眼泪哗哗流。医生说这孩子不行,换别的家属。我说我行,我签字。一起手术的五个病人,其他四个都没走出医院。父亲躺了四十多天,春节过了才回家。

一回家,母亲悄悄拉着我的手说,院落里那株葡萄不行了。我爬上平房折了几截茎,不见水分。母亲战战兢兢地说,千万不要告诉你爸爸,他会疑怪的。开春葡萄真的死了。父亲腹部插着导液管,腰间挂着一个盛腹液的袋子,在院落里踱来踱去。医生说那管子要带一年。父亲说怎么还不好呢。挥起镢头将那棵死葡萄刨了。父亲刨得气喘,腰间的袋子在一起一落地晃,黄黄的液体,医生说那是胰液,可以用来洗衣服的。太阳慢慢沉下去,全家人都闭着眼。

葡萄的枯藤静静地躺在院子里。

又一个夏。院子里冒出几点绿色,是葡萄。死去的葡萄的遗腹子。父亲插上一根木棍,小小的枝芽,几天就上了平房。父亲脸上有了光。母亲说好啊好啊,吉祥啊。父亲焦急腹中的管子。一天早上起来,掉了。我们说上医院插上吧。父亲说,我就不信。腹中的刀口就那么愈合了,留下一个红红的圆点,像是靶子的心。父亲打电话给我,好了呢。我说,真的吗?好啊。

一回家,见父亲正在平房上,这儿动动,那儿移移。他站在上面说,结了七八穗呢。拍打几把身上的灰,踩着梯子吱吱呀呀往下走。

我看不见葡萄,大声说,那几串是秋葡萄吧?父亲下了地,瞅瞅平房。风吹过来,叶子在动。胖胖的父亲瘦得见骨,衣服在身上荡浪着,笑着说,过了秋,再剪剪枝。

过了秋,妹妹说那葡萄酸得没法吃。

父亲拎着剪子上了平房,木架子中跨过来跨过去,瞄了半天说,不用剪,这样很好。水泥院落裂了几道,皱皱的像老人的脸。

我知道父亲不会剪枝。

父亲不会剪枝。

父亲。很好。

那年秋,陶县令饥饿难耐,躲在门后大嚼菊花,嘴角贴着几片花瓣,漏风的嘴。我给了他一串院子里的葡萄,他一边大嚼一边酸得打哆嗦。

我和父亲、母亲在炕上打牌,还有妹妹。

满院子的风。

狐狸与葡萄

传说一只饥饿难耐的狐狸来到了葡萄园,一串串晶莹饱满的果实让它垂涎欲滴,但苦于葡萄太高,蹦跳蹿纵,几番努力未果,甩下一句话“这些葡萄是酸的”,悻悻而去。自此,一只狐狸创造了人类历史上流传最广的格言。

还没上学就听说过这则故事,是谁第一个讲的我记不太清了,因为讲的人太多。只记得我当时一个劲追问:后来呢后来呢?弄得讲故事的人一脸的不高兴,其中有一个是邻居大叔。后来,我随爸爸外出读书,一回村子，他就絮絮叨叨地问我：吃葡萄的狐狸想通了没有？我不愿理他，没话找话总叫人觉得无趣，况且还是揭人家的短处。

而实际上，那则寓言就是揭狐狸的短处的。依我之见，揭短是人类区别于动物的一个特征。人类之所以愿意揭人之短，无非是想证明我比你强，至少那一方面你不如我，所以当了皇帝的刘邦也免不了“泼皮刘三”之谓。文人相轻也算其中一例。前几日，碰见一位作家，据说还是著名的，谈起另一位现代派作家的新作，血气上脸：“写了些什么，读不懂的垃圾！”中肯地说，现代文学垃圾不少，但仅仅因为读不懂而如此贬低别人，不免有狐狸之于葡萄之嫌。于是，我又委婉辩道：“能写这么多字也不容易。”该著名作家恨恨来了一句：“你那点水平也懂?！”

我敢说，大凡是个文人就学过狐狸与葡萄的故事，而且往往学得比一般人扎实。所以文人打翻了醋罐子也往往比狐狸来得更彻底，吃不着葡萄，就连根拔了再说，所谓“打不着鹿，也不让鹿吃草”，顺便一梭子子弹送给了进园踏青的人。

那则故事是个寓言，是寓言就不是讲给孩子听的，因为孩子单纯，听不出弦外之音。孩子听不懂，大人可以教：狐狸大大地不好，红眼病啊。这种自小不断强化的强迫性启迪，往往导致另一种严重的后果：一种近乎自虐的语言模式。就本人来讲，一提别人的缺点就有罪恶感，甚至不提别人的优点都觉得亏了良心。总觉得别人比自己强，即使所有的人都说我行——当然，这种情况尚未发生——我也没有理直气壮的感觉。谈别人就一定得对自己狂贬一通，看到人家的东西，明明是筐烂桃，也要百般挑理，以证明其桃核是我平生所见之最。唯恐人家说阿一刚刚从葡萄园走过。这种自小到大一直被外力内因不断强化的思维模式，对人的负面影响是巨大的。你在试图证明自己没问题的同时，却无奈地发现证明本身就是一剂毒药。这好像王八之于人,成人吃了强身健体,倘若是两三岁的孩子,就容易引起性早熟,补出个侏儒绝对没问题。别人听人夸谦虚高兴,我总对自己骄傲不起来感到惭愧。

我说这些,并不是说中国人都是谦虚的,因为至少有一部分人是极不谦虚的,而是想说有很多像我一样盯着自己的缺点不放的人。这是中国传统教育的一个败笔,它妨碍了个性的自由发展。

同样的狐狸与葡萄,有人学会了如何吃醋,有人却在时时防备不要打开自己的醋坛子,如同一个卵子出来的龙凤胎。但我总觉得后者要比前者好一点,至少有利于健康。见到别人胜过自己就生气,十有八九会生出毛病。子曰:三人行,必有我师。这话的另外一个意思就是,比你强的人多着呢,爱生气就生吧,气死得了。当然,我也决不提倡为了提升别人,凡事委屈自己,把自己弄得蓬头垢面也不好,万一掉进自卑的泥潭里就更要不得。

前些日子,一个偶然的机会重读鲁迅先生的《阿 Q 正传》,这篇初中课文,读着读着,突然有个想法:幸亏学得早,不然,真不知道我现在是否会自杀,还是杀人,或者被杀。幸甚至哉,幸甚至哉。又想,假如阿 Q 没有被砍头,说不定成了中国当代最伟大的教育家了呢。据说书画大师林风眠喜欢看电影,连最无聊的电影也看得兴致勃勃,别人不解。他说:有形象,有动作,有变化,就有趣。这是一种胸襟。

两棵兰

家里养了两棵兰。

五月里买的。卖花人说,一棵叫铁枯素,另一棵叫什么我记不清了,名字弄混了，就那么养着。

两棵兰放在阁楼上，小厅一棵，书房一棵。

书房里的那棵兰开花了。这是她第二次开花。

第一次是刚买回来不久，一进家，楼上楼下，满是香气。香得静，香得雅，香得人不能不有所思。

我和妻站在屋子中间，轻轻地吸着鼻子。妻问是什么。我说兰。

此前，我从没见过兰，也从没闻过兰香。小时读《唐诗三百首》，开篇就是“兰叶春葳蕤”，心里有了好感。等到大学与屈子有会，香草美人令人心动，香草大抵为兰也。曾有一想，如“兰亭”之“兰”换成“牡丹”或“望江”之类，风花雪月、悲欢离合倒是有了，但后人到哪里寻书圣那惊世之作？

爱兰之心，若隐若现地伴了我三十年。

那天，家里刚刚重装，妻说几个泥花盆不好看，我和老孙到大庙的花鸟市场买花盆。看见两簇草，绿叶，修长，微风中，亭亭玉立。我想这定是兰了。

摊主说七十元一棵。

每棵分两半，我和老孙每人要了两个半棵。

闲逛了一会儿，回来，已经分好了盆。摊主说，那棵已经冒骨朵了，这花原是秋天开的……

开花是两天后的事，十几片叶子中间，一根绿茎，点缀着几簇不起眼的小叶瓣，这就是兰的花。

儿子看了半天说，这也是花啊？说完自己笑了。跑到小厅待了一会儿，大声喊：“爸爸，我悄悄告诉你，外面这棵长了两片新叶！”

上班的时候，我对老孙说，我家兰花开了呢！

那几天，家里乱得铺张。灰尘满地，一片狼藉。床上地上，到处都是无处安身的书。家里原有两个书橱、一个书架，一直也不够用，很多书就那么胡乱堆得到处都是。一装修，无暇顾及，大家都不分场合，或展开身子，露出黑白内瓤；或藏头蜷尾，暗泣于一隅；或立或卧或依或靠，千姿百态。一开窗，书页与尘埃齐飞，纸声与风声共响。

也巧，海阳的老屋要清理，剩下一个旧书架，没人要，要当柴烧。我找了辆车，将它运到了烟台。

书架一到，就派上了用场。所有的书分类、整理，一气忙得欢。小儿也来帮忙，一趟一趟，鼻尖上一片黄米大小的汗滴。

我问，累不累？

儿说，咱家的书好多。

儿说，兰花放在书架上好不好？

儿说，不放在书架上，放在书桌上好不好？

儿说，不放在书桌上，就放在书桌旁边吧！

书房里的兰，开也无声，谢也无息。先是花瓣蔫了，三两天的时间，几片叶子也不行了，眼见着泛了黄，轻轻一动，竟然从根处断了。

老孙说，他老父亲也好兰，水多了就会烂根。

我想起给兰浇过几次水。上了阁楼，把兰倒了出来。果然。

我第一次看见兰花的根，白，半透明，泛着冷气，更直，一片叶子一条根，不见半分枝蔓，不见丝毫纠缠，像一支仪仗队，个头儿肥瘦相当，模样精气相若，齐齐整整，细细布局，团团围定。

几条根已经通体见黑，一碰就断了。几条根端上也已发乌，我拿来剪刀，一剪下去，腐败就分离了，新鲜的部位竟然冒出一滴液体，慢慢溢满，铿尔一声落在瓷砖上，有金玉之音，像壮士的血，一根一滴，不多不少。

收拾着残局，心里有些莫名的软。

担心小厅那一棵也出问题，我有空就过去看看，活得很好，个子见高，冒出几个新芽，嫩黄。妻说，再过些日子，就可以分盆了。心里也就安了，只是不敢多浇水了。

一晃过了些日子，病兰又枯掉了几片叶子，才定住了神，不发芽，也不萎。剩下几片叶子，疏落无致，歪着身子，几乎靠在书桌上。我把它挪远一点，它就那么远远斜着看。

时间一晃进了夏，天渐热了，事多了。先是母亲病危。父亲去世后，她就一直身体不济，两次吐血、抢救。医生说这是肺病晚期。工作也不顺，父亲说政治需要勇气，我没有勇气，自觉呆气不少，加上点意气，风雨就来了。

某夜，赶一篇稿子，心不静，不成章，写不动。已经是后半夜了，睡不着，一个人守着一堆古书，之乎者也，尔汝余吾，胡乱翻。妻儿酣睡的声音隐约可闻。扭头看见那棵兰，想写几个关于兰的文字，又觉得可笑，人作病梅语，我作病兰吗？禁不住走过去，蹲下来，探出手，细细摩挲。瘦叶，见得劲骨，不爽。

刚好那几天，新集子出版了。心也急，打电话给一个朋友。半天，传来朋友嗡嗡的声音：天还没亮呢。我说，我出了一本集子。他笑得发哑：阿一你真不厚道。我们俩都笑了。

朋友一大早就来了，一上楼就看见那棵兰。

他说可惜了。

我说浇水浇多了，一直不精神。

他说你放错地方了，书房里光线太强，兰不喜阳。多水而见光，是谓淫，必死无疑。

我当时就愣在了屋中间。

朋友把兰搬到不朝阳的小厅,两棵兰放在一起,他说,那一棵长得真好,秋里一定开花。

两个人守着兰喝茶。

朋友问我怎么办。

我说,累啊。

那本集子就放在茶几上,集子的名字叫《百年以后我依旧坐在这里》。

他说,这书名很怪啊。

是很玄,我说。

也许朋友说得对,书房那棵兰进了小厅,慢慢有了绿意。那天下着雨,进了门,就闻得香了。我说是兰,另外一棵。几步上了楼,开花的依旧是那棵病兰。小小的模样,花分五瓣,淡淡的黄,有点蜷,细腻而羞涩,每瓣上都有一簇点点的红,以针刺心的红,每一瓣都饱含着疼痛与芳香。

早些日,书房里有一幅字,是朋友送的,说是一个名家写的。草书,看不懂,只觉得好,就挂在那里。有一天,来了一个朋友,懂字。我说你给我念念吧,才知道是李白的一首绝句:"为草当作兰,为木当作松。兰幽香风远,松寒不改容。"

老李的诗,力有余而气不敛,硬而白,所以帝都不容。

兰,有称兰花者,有称兰草者。是草是花,抑或亦草亦花?

世上只有妈妈好

叶正

2020年9月29日,妈妈离去了。老人家享年八十二岁,按民间传统说法,也是喜丧了。

妈妈走得很安详,双目微合,面容平静,清癯的脸庞上还泛着些红光,似与此前没什么两样。我们兄妹三人绕床近侍一夜,待到晨曦初露,妈妈的心脏却不再跳动,均匀又急促的呼吸声停歇了,儿女们的呼唤也不见回应。

妈妈真的走了。最后一刻啊,体面又安详。

妈妈弥留之际,几日里不断催促要穿上自己早已备好的寿衣,要走!要走!听得我们心伤,看得我们心碎。妈妈呀,妈妈,您老少进食,不愿用药,就是想早早结束自己的生命,不想让我们过多被拖累。在我们的一再劝说下,最后几日,妈妈用尽力气喝了几小勺豆腐脑,几小勺米汤,几小勺儿媳现榨的石榴汁,哦,还真是喝了不少小儿子预备的西瓜汁,强忍着病痛,还不时用那尚且能动的右手微微握拳,为我们点赞。

妈妈咽气后,我们为她穿上了她珍藏已久的苏式旗袍,花边丝袜,黑皮鞋,梳理整齐头发,戴上她最喜欢的红色盔式帽。她静静地躺在床上,那仪态仿佛进入了甜美的梦乡……

送别是简朴而庄重的。亲朋好友们闻讯赶来,在花圈环绕的告别厅,妈妈自己选定的遗像微笑着向我们凝望,像在低语:走喽,你们不用悲伤……

在殡仪服务员引导下,我为妈妈点燃了六盏长明灯,当主持人致辞和低回的哀乐响起时,泪水夺眶而出。诀别时,我们兄妹媳婿六人把黄、白洁雅的菊花瓣儿撒在妈妈的遗体上，经入殓师整仪后的妈妈愈显慈祥。顺着花瓣雨洒落的廊道，护送台车载着妈妈的灵柩去绿色火化……

妈妈走了，妈妈去了天堂！

妈妈去世后两日，便是十九年一遇的国庆、中秋双节，是举国同庆、家家团圆的日子。两天啊，四十八小时，可妈妈却不愿再等，她决绝而从容地走了，走了。

静来细思，这些与妈妈身后有关的数字，也透着些玄妙：9 月 29 日，久而久；5 时 29 分，吾儿久；59 床，吾久。久久归心，九九归一，难道这只是巧合？

大悲无泪，大爱无声，妈妈走了，给我们留下了无尽的思念，过往的一切如映像般一幕幕在眼前浮现……

妈妈是勤俭善良的。记得儿时，农居总是缺柴少薪，靠着后沙旺，农村有“放山拾草”的沿俗。彼时妈妈带着我们，披挂上阵，冲进海岚儿一展身手。镰割耙搂，装包打捆，没有独轮车，有的只是肩挑人抬。忙活下，家里倒是没断了烧草。“战山河”压沙整地翻出的树根更是我砍拾的最爱，手挥本村铁匠打制的砍刀，看着起堆的根段，忘了疲乏辛劳，却如少年英雄般平添几分豪情自得。

缝纫更是妈妈的拿手好戏。那个年代，我家的缝纫机是村里添置的第一台缝纫机，在我印象里，晚饭后到深夜就咯噔咯噔地响个不停。我们兄妹衣裤胳膊肘儿、膝盖、屁股上一圈圈螺旋样缝制的补丁，常常为邻里村妇们所围看啧叹。妈妈经常用她的手艺接济村里穷困人家的孩子，拼拼接接，缝缝补补，让孩子们御风挡寒。爱出者爱返，家里时常会收到穷乡亲答谢的杂粮、枣梨瓜果等。耳濡目染，扶贫济弱的习惯打小就融进了我们的血液，伴随着我们的成长。

至于翻新毛线衣，簇边绣花，织兜做包，裁剪烹饪，那更是不在话下。记得妈妈还拜邻居老伯为师，学习编筐编篓，几番习练后产品也是有模有样的。

妈妈的勤劳中时时处处透着灵巧，浸着美好。她赶小海，会看"孛荠窝"，每次总是满篓子的收获。她淘蚬子，小锄翻飞，回家煮汤开卤擀面条，那真叫一个鲜香无比，回味无穷。这鲜香就悠悠地漫进了我们的童年和少年生活。

妈妈脑活手巧最灵动的体现是剪窗花。印象中她都是自主创作，画、订、裁、剪、抠，一气呵成，梅兰竹菊，鱼鸟虫兽，活灵活现，栩栩如生，装饰了窗棂子，也装扮了我们儿时的梦。

妈妈乐善好施也是一贯的。那个年代作为村居的非农业人口，我家家境相对宽裕，"吃公家粮"的每月会有细粮、大米供应，这也是拮据的村人眼里的稀罕物，妈妈会经常"借"与人家，并不再提及。外院中一株几乎覆棚的玫瑰香葡萄，到了成熟季，坠悬枝藤，紫红晶莹，引来不少顽童攀墙偷摘。身为村联中教师且一向严厉的妈妈见了，从未训斥过，只是柔声招呼：小心别摔着啊，然后摘下一串让孩子们解解馋。收获的日子到了，妈妈总是把葡萄分成若干小份，让我们兄妹送给一众邻里乡亲尝鲜。

不论族支辈分，村人大都按年龄称呼妈妈为"大姐"，这也是在村里没有直系亲属的我们有很多"舅舅"的缘由了。

妈妈是朴实宽厚的。妈妈年少时曾由她南下九江的舅舅接去读中学，后升入南昌师专修数学，按现下时兴称呼就是"理科女"。经舅母撮合，她与当时就读长春空军军校因病转业到蚕桑厂的父亲相识结缘，后因老家父母惦念等诸多原因相携回乡，一生扑身在教育岗位上，春华秋实，可谓桃李满天下。对子女管束十分严厉的妈妈，在教书育人方面，对她的学生们也可谓尽心竭力。不少来探望妈妈的学生们忆起当年,无不感怀动容,交口称赞他们的王老师像朋友般可爱,像姐姐般可亲,像母亲般可敬。

在乡村学堂,已身为公办教师的妈妈持守内敛谦卑,从不张扬自大,对同辈和蔼尊重,以诚相待;对曾是她学生的晚辈更是言传身教,锤炼提携。记得那时候,外乡来的老师会轮户“派饭吃”,妈妈经常邀他们来我家,包个饺子、馄饨,擀个油饼、面条,让按规矩一天交付几分钱的同事们打打牙祭。而每到这时候,我们兄妹也都是兴高采烈的,因为又能够改善生活啦!

对子女,妈妈更是恩威并济,耳提面命,说事拉理。不要贪喜别人的东西,不要看不起穷困的同学,不要调皮捣蛋,要尊重老师,要热爱劳动,要努力学习……可惜的是,生性顽劣的我,大错不犯,小错不断,今天上课交头接耳啦,明日放学追逐打闹啦,教室里恶作剧门框顶上搁把扫帚啦,街巷中逞英雄胡同里边撵人鸡狗……三天两头,不是被老师提溜到办公室罚站,就是被村人找上门来告状,然后一顿斥骂、臭揍,也不知给自尊要强的妈妈丢了多少脸面,添了多少烦恼。成年后,当节庆家人围坐聚餐时,每忆至此,大家也都是忍俊不禁,乐到喷饭。

望子成龙应当是每一个中国母亲和中国教师的愿望和期待,集二者于一身的妈妈又何尝不是这种情怀？在那个捉襟见肘的年代,妈妈也从不吝啬对我们的教育投入,省吃俭用经常买来稀罕的小人书。蘸着唾沫看连环画,成了我儿时向小伙伴们炫耀和换取小玩意儿的资本。稍长后,妈妈又给我们订阅了《解放军文艺》《人民文学》等期刊,加上爸爸时常借阅的《解放军画报》等杂志,费尽心思借换来的妈妈默许的“禁书”,闲来看书终被熏陶成了一生的好习惯。还清晰记得参加乡里举办的小学生运动会，妈妈给了几毛钱让我到街面上唯一的一家公社饭店吃点儿肉包子或烤饼、油条，可禁不住诱惑的我一踅进新华书店，立马迈不动腿了，翻看再三，终于在售货员的催促下决心购买一套《西沙儿女》。此书分"正气篇"和"奇志篇"上下两集，作者是浩然。当然，原本能饕餮一顿的餐费花完了，就只能空着肚子强说不饿。之后妈妈知道了实情，也只说了句"傻孩子"，眼里却泛着泪花。

妈妈是豁达刚强的。妈妈在最后的日子里强忍疼痛，与病魔抗争的情景，总是在我的脑海里萦绕，每每让我难以自抑，泪湿衫袖。

肿瘤晚期的痛苦是常人难以想象的，可妈妈从未表现出疼痛难忍、狂躁不堪的样子，只是从她紧蹙的双眉、皱紧的额头，紧握床栏、攥紧被单，以及时常的揉搓和不自禁的哼吟中，我能感受到她的痛苦和抗争。最后几天不得不打杜冷丁止痛时，妈妈一醒来就嗫嚅道：走吧，让我走吧……

记忆里，妈妈中年时身体不太好，有几次讲课时晕倒在讲台上，可吃药打针后，她又像没事儿人一样走进教室，不遗余力地给她的学生传授知识，喂养精神食粮。

1985年秋，我刚毕业在济南参加工作，爸爸陪妈妈去北京做了脾切除手术。我买了站台票，提着几瓶山楂、橘子罐头，像探望住院的病人一样，利用停车的间歇隔窗看望初愈的妈妈。一脸病容的妈妈斜卧着身子，强撑笑脸，不断地安慰我说："不要紧，好啦，不用挂念，你好好工作吧！"

退休后，妈妈把自己的生活调理得有滋有味，耄耋之年还是坚持能做的事情自己做，家里收拾得整洁温馨，作息安排得井井有条。早晚散步于街巷、海滨、林道，有空就揣着老年证，带瓶矿泉水，背个小布包上路了。看似漫无目地的闲逛，田野剜菜，沙滩拾遗，看望老友，流连市井，养心怡性，自得其乐。印象最深的莫过于应季之时下班回家，地下室的窗台或是房门把手上，常常摆挂着装满荠菜、苦菜、蛤蜊、荸荠等的瓶袋。时令的山野菜、小海鲜是我打小的最爱，吃在嘴里，甜在心头，永远留存在我的记忆深处。

家里搬到县城后，妈妈在区体校任文化教员至退休。常年和体校孩子们打交道，她老人家也被熏染成了体育迷，看体育节目成了打发退休生活的一大乐子，尤其喜看乒乓球赛。爱屋及乌，她对出色的运动员那是如数家珍，经历、性格、特点、荣誉娓娓道来，令晚辈们自叹不如。

翻阅报刊一直是妈妈常年保持的习惯，国内外大事、趣闻不显陌生，体育精彩赛事日程更是早早圈注，并时常同我们分享，想必所谓"老有所学，老有所乐"就是如此吧。

病重的时候，我们为妈妈请了护工来全日陪护照料，她老人家生生将护工培养成了小伙伴，下楼遛弯，市场买菜，谈天说地，观赛追剧，忘年交又似亲姐妹。护工老妹见到我们总夸妈妈有"精气神"，爱生活，体贴人，是个令人敬重的好老太太。妈妈走后，护工还是唏嘘感叹，不愿离去！

医院的大夫、护士们对妈妈的表现也都赞誉有加，慈祥、温良、豁达、坚强，善解人意。

转眼妈妈走了有四周了，又到了一年一度的重阳节。岁岁重阳，今又重阳，妈妈不在了，妈妈去了遥远的地方。我们想念您，您永远活在我们的心坎上！

写给天堂的父亲

周艳

儿时上学，最讨厌两件事：一个是写家庭关系，一个是写以《我的父亲》为题的作文。

适逢清明，我已长大成人，却改了想法，想写一写关于父亲的记忆。

1992 年，盛夏，下午。真是一年中最热的三伏天，父亲出去后再未归来。我的命运就从那天改变。由于当时年少，很多事情都不记得了，甚至连父亲的模样也有点模糊，但有些零星片段成了我一生的记忆。

一

一个特别热的中午，妈妈在家做饭，我和姐姐在院子里玩耍。当时还没有自来水，爸爸就出去挑水了。

爸爸去挑水的工夫，有个邻居叔叔来找他好几次，说下午想叫爸爸去大渠里游泳，妈妈说还没吃饭，那个邻家说等爸爸吃完饭再来叫他。

吃饭的时候，妈妈和爸爸说了有人找他去游泳的事。妈妈当时就不想让爸爸去，两人还争执了几句。那天是我们家的最后一次团圆饭，也是我记忆里唯一的一次妈妈和爸爸都在的场景。

可爸爸还是去了。爸爸去之前，给家里所有的水缸挑满了水，还把家里一个我们用来洗澡的大盆也挑满了水。

我们姐妹就在那个大盆里光着屁股玩了一下午。

半下午时，一个奶奶来家问爸爸有没有回来，嘀咕了几句，妈妈就和那个奶奶一起出去了。

妈妈再回来的时候，已经哭晕了过去，是被人架着胳膊搀回来的。她扶着坐在我家老院客厅的沙发上，哭得昏天暗地。

我和姐姐不知道发生了什么事，也都跟着哭。

后来，妈妈披上了白色的丧服。

我陆续知道，和爸爸一起去的人都回来了，岸边只有爸爸的衣服和鞋，爸爸却找不到了。

一直到第二天，才打捞到爸爸的尸体。

二

那年，姐姐七岁，她是父亲的长女。

在农村办丧事需要找人帮忙，比如打墓、抬人等，都需要一个家族的长子去磕头请人。

老院的门口是个戏台，平时村里唱戏什么的都在这里。我在家远远就看到，瘦小的姐姐穿着一身丧服，被亲戚领着在戏台上给一个又一个人磕头。

偶尔听到别人一句又一句的怜惜声，因为这样的情况都发生在中年以上的男子身上，而我家是只有七岁的小女孩去磕头，去打幡，去坟地……

对父亲的丧事我倒没有太多的印象，可能我太小，没让我去坟地。

而当时的年纪，并不知道死的含义，我一直单纯地以为是换个地方睡在了地下，是和小矮人们生活在一起。

后来，当我和小伙伴翻土玩的时候，我总会想，是不是翻得深一些，就会把父亲翻出来。

三

以前姑姑去我家的时候，总开玩笑说想带我回她家，爸爸有次就说，那你把她领走吧。姑姑真想领走时，爸爸又说，我就是开玩笑的，真领走我可舍不得。

从前这只是玩笑话，没想到爸爸走后却成了真。

爸爸走后，母亲一个人实在无力抚养我们姐弟，姑姑真的来领我了。大人们就用好吃的、新衣服诱惑我。

第一次，我死活不去，姑姑就带姐姐走了。姐姐回来的时候，穿着新裙子，吃着零食，还给我讲在那里的趣事，说实话我有些羡慕。

姑姑说，上次姐姐去了，这次换我去，过两天还送我回来。

我想了想，刚开始不同意，可是他们都劝我，姐姐也劝我，我以为我就是和姐姐一样去玩几天。

我就同意了。

然而，到了姑姑真的来接我时，我又反悔了。年仅四岁的我，不想走，不想离开妈妈。

那是个上午，我在楼下睡觉，姑姑和姑父来了。姑父过去逗我，弹我脑袋，捏我脸蛋，我就赶紧假装还没睡醒，无论他们怎么逗我，我都不睁眼睛，以为这样他们就会走了。

姑姑对姑父说，你别逗她了，你让她再睡会儿。

当时，我们家楼上有很多工人在织毛衣，再到西安做生意。姑姑他们就到楼上玩，顺便等我醒来。

我听到没有声音，就悄悄起床了。一起床就溜出了大门，我要藏起来，让他们找不到我，这样他们就不会带我走了。

没想到，刚走到戏台的地方，姑姑他们在楼上叫住了我。被发现后，我就假装不是逃，而是要出去玩。

姑姑如约带着新裙子和好吃的来接我，连哄带骗，我跟着姑姑走了。

从来没想到，这一走，我就永远地离开了我的家。

刚刚失去了爸爸，而现在又离开了妈妈。

四

从现在看，姑姑家和妈妈家相距二十公里，并不算远，但那时候，交通不发达，我和母亲每年只能过年见一次。姑父骑着二八自行车，我坐前面的大梁上，姑父坐在后面。

每次见到妈妈的时候，我都假装不想和她说话，她问我过得好不好，我就说好；问我想不想她，我就说不想。

但是每次走的时候我却不想走，都要哭一番。

妈妈会偷偷给我藏好吃的，走的时候让我拿着，尽管经济拮据也会多给我一些压岁钱。

一回到姑姑家，我都不说话，不是不想说，只是一说话就会忍不住哭。姑姑叫我吃饭的时候，我也不吃，或者藏在被窝里，或者自己跑到大门外，在黑暗的夜空下哭一会儿。

很多邻居总是问我姑姑好还是妈妈好，我一点儿都不愿意回答这个问题。

只能说都好。

五

1993年，父亲去世的第二年，也是爷爷过世三周年。这一年，我五岁了。

很早我就听邻居说，这样的时刻，妈妈肯定也会来。到了那一天，我早早地起了床，一直在门口等着，等我的妈妈。

终于等到了。那天，妈妈还给我带了一套新衣服，我记得是黄色的。当时的我又白又胖，专门穿着那套衣服在油菜花地里照了一张照片。

以前，姑姑村里的小伙伴们总是笑话我，说我没有爸，妈也不要我了。那天，我拉着妈妈，挨个给小伙伴们说，这是我妈妈，我妈妈还给我买新衣服了，我妈妈没有不要我……

这么多年，我从不曾问过母亲，父亲到底是个什么样的人，倒是姑姑偶尔会提几句，勤劳，朴实，爱钻研。

姐姐给我看过父亲和伯父的通信，以及父亲的照片，他在书桌前，拿了一支钢笔在写字。

不觉间，父亲已经走了二十五年了，我也从四岁的小女孩，到了而立之年。

每逢清明，我都会想起父亲，我记忆中第一个离开我的至亲的人。父女一场，他给了我健硕的身体，我却不曾尽过一天的孝，没有磕过一个头。

曾经,无数次想过,如果父亲不曾离开,我的人生是否会重写。

也只是想想。

随着年龄的长大,我对于生命的无常有了更深刻的体会。或许,今生我们的缘分就只有这四年吧,当了却了宿命,您便去了该去的地方。

因此,不必悲伤,唯愿您到了天堂依然安好。

如今,小女已长大,会孝敬姑姑,孝敬母亲,会善待生命里的每一个人。

窗外不再有父亲

杨宝三

父亲没有念过书，一辈子不识字，但只要我们认真念书，父亲就很高兴。我小的时候比较聪明，又多病，父亲分外疼我。

父亲受了太多的苦，他一有机会总爱跟我说起以前的事情，他说他受的罪，一辈子都不能忘。父亲年轻时体质较差，为了抚养五个孩子不得不终日操劳。那个时候农村挣工分，如果不够多，过年就分不到足够的粮食。父亲身子单薄，性子又急，那一年，母亲不在家，他赶驴车拉着我和姐姐下地劳动，把我们用地瓜秧围起来，防止丢失，自己往家里赶粮食。他从早晨忙到月亮升起，但最后还是找不到我和姐姐了。我不记得我是怎么跑出来的，后来听姐姐说，我饿得哇哇大叫，她打算带我回家找母亲，路上被一位好心的大娘领回了家。父亲并不知道，他发了疯一样找，问遍了每一位路人，最后竟然在地里大哭起来。

后来我考上大学，那是父亲最幸福的日子，因为他的儿子从此可以过上城里人的生活，不用再跟他们一样在庄稼地里讨饭吃。父亲说："你吃不得苦，在乡下，没有一个健壮的身体是不行的，多亏你考出去了，不然会娶不到媳妇。"

随着子女长大成人，家里渐渐宽裕起来，父亲也渐渐胖了起来。他原以为我大学毕业后会留在老家，离他近些，娶上一房媳妇，再有个孩子。但我当时有个机会留在外地工作，等把这个消息告诉他时，父亲并没有高兴，他之所以没有阻止我，是不想拖我后腿，内心并不情愿。他常说："一个人在外工作，没个亲人在身边，只靠自己一个人，会比别人多吃好多苦。”

记得工作后第一次发工资，我几乎把所有的钱都寄回了家，让父母买吃食补补身子，添置点家物。第一个中秋节，我所在单位分了一箱苹果和十斤鸡蛋。但回家的路上，由于路途遥远，又比较颠簸，鸡蛋差不多破了一斤多。父亲心疼得要命，把破碎的鸡蛋连同纸盒里的碎屑，都倒进碗里，用炉子煎熟了。我们都不吃，父亲一个人全吃掉了，他说他这一辈子就这顿吃得最多。

前年春节我回家后，父亲就病重起来，人都瘦得不成样子了，并且病情一直没有改观。我以为我的奋斗很大程度上是能让父亲高兴的，但事实是我只给了父亲一个渺茫的安慰。父亲的身体每况愈下，终于无药可救了。

我跪在父亲的病床前为父亲祈祷，我愿意折寿给我的父亲，我相信天地有神灵，因为在我小时候，父亲就这样为我祈祷，他把我所有的灾难全部收了去，现在他正受着炼狱般的煎熬。但父亲拒绝了我们。他永远离开了他的家，他的儿女。

父亲去世后，家就渐渐荒凉了。这个夏天雨水多，院子里长满了青草，青蛙藏在草丛里，等到晚上会呱呱叫起来。院子里的杏树是父亲种下的，以前每逢果子成熟的时候，父亲总是小心翼翼地看管好，自己不舍得吃。如今，杏树的枝丫粗壮了许多，果实也越来越多，而父亲永远都不会打果子给我吃了。小的时候，在无数个夜晚，我都等着父亲回家。以前父亲喜欢去邻居家串门，晚一些时候就会回家，我不会关上大门。半夜的时候，我听到有人走路的声音，后来又远去了；我听到隔壁邻居家的大门开了又关上，我看见月光淡下去了，我一直等着父亲开门回家。从父亲去世的那刻起，我知道他不会再回来了。父亲常坐的大门口的石板上，如今堆放了杂草。以前我从外地赶回家,因为路远,到家多是过了吃晚饭的时间,父亲就坐在石板上一直等我。而今我回来了,父亲啊,你在哪里啊?!

我知道,父亲离开后,去了村后自家的地里,跟庄稼住在一起。父亲下葬后,我捧一抔黄土撒在父亲的坟前,轻轻地跪在他的身边。午后的田野是庄稼的世界,它们呈现出各自的生长姿态,欣欣向荣。有蝴蝶和蜻蜓落在棉花叶子上短暂停留,然后飞走了。大豆开始泛黄,父亲说:"雨水多,收豆子。"可不是,豆荚中的籽粒开始饱满,从根部一直延续到叶梢。父亲又说:"要多种棉花,娶媳妇会用掉很多。"父亲还说:"只是我这身体不好了,不能给你们看孩子,老了会不会嫌弃我啊。"

我把脸贴在坟堆松软的土上,父亲日夜在这里守护着他的庄稼。记得有次父亲背着一大捆青草,走到大门口时就挺不住了,倒在地上大口大口地喘气,然后挪步走到水瓮边,舀起一瓢水喝一顿,然后接着喂猪喂羊,生火做饭。他跟泥土打了一辈子交道,他要休息了,于是成了泥土的一部分。我偎依在父亲的身边,就像小时候一样去感觉他的温暖,正午的田野一片寂静。去年的国庆节,父亲还在窗外看着我和他孙子午睡的样子,那是他对这个世界最后的留恋吗?

屋子里阴暗潮湿,炕上厚厚的一层灰土。如今我回来了,可父亲您在哪里啊?

我知道,窗外不再有父亲。

我教妈妈学文化

林向宇

父亲去世后,老家只有妈妈一人了。

天暖和时,我们尚且牵挂;及至天寒时分,年近八旬的老妈守着六七间房子,空旷,孤寂,冷清。会不会饥一顿饱一顿?会不会磕磕碰碰?会不会头痛脑热?无边的牵挂让一颗心七上八下。

于是我们回老家接妈妈到烟台过冬。

妈妈来烟台一个月时,我竟然不知道该怎么和妈妈相处了。

我自己年近半百,每天工作到很晚,晚上十点回家是早的,晚了十一点半到家也是家常便饭。回家还要完成自己制定的学习计划——背诵古诗,练习英语听力。于是一边碎碎念提醒自己早睡养生,一边夜夜煎熬,早晨八点左右起床。

妈妈没来时,我对这种状态心安理得。妈妈来后,我图谋改变。

我家没有电视,晚上,老人家就一个人坐在家里发呆,做好宵夜等待我归来。怕妈妈有被隔离的孤独,睡觉时,我的卧室门一直敞开。早晨,习惯早起的妈妈便一次一次巡视,探头探脑,查看我是否醒来。

妈妈老了,味觉迟钝,做菜总是一边品尝,一边加盐,等她尝着合适,我们基本就没法吃了。作为老小孩儿,妈妈情绪敏感又脆弱,我每次直言不讳说盐多了,妈妈就眼泪汪汪,老公就对我怒目圆睁。我怕不说,妈妈继续多放,于是继续说,却又深深自责。

妈妈有大把的时光不能充实,有大把的委屈没有渠道排解。长此以往,会不会老年痴呆不知道,老年抑郁是一定的。我得改变这种情形,不仅是改变我的说话方式。

元旦期间，我有了三天假期。当我执行自己的计划锻炼英语听力、背古诗时，妈妈眼巴巴望着我，满眼都是欣赏和羡慕，竟然还幽默一把："你要考研究生吗？"

我突然灵机一动，我并不要考研究生，却每天努力学习，我为什么不带妈妈一起学习？我可以教妈妈认字！

我的妈妈1941年出生，她没上过学，不识字。

妈妈的爹爹我的姥爷是方圆有名的文化人，曾任一乡之长。姥爷前妻去世，有人说媒，一听男方是那个传说中的"有文化、写一笔好字的乡长"，待字闺中的姥姥一口应下："俺愿意！"于是三十八岁的姥爷续弦娶了仰慕他的十九岁的姥姥。姥爷对姥姥，亦夫亦父，含在嘴里怕化了，捧在手心怕摔了。年初结婚，当年腊月里，姥姥就生了妈妈。

一个有文化，一个敬畏文化，这样的夫妻该注重教育吧？尤其是，我的妈妈是他们的第一个孩子。

不然。

接踵而来的舅舅和姨，一下子让年轻的姥姥无所适从了。姥爷极其疼爱他的小娇妻，不舍得姥姥辛苦。姥爷甚至教会了姥姥抽水烟袋，每天早晨，姥姥在被窝里披着衣服"咕噜咕噜"抽水烟袋。姥爷的手掌心空间有限，托住了姥姥这颗掌上明珠，托住了大舅这颗传宗接代的明珠，两颗明珠熠熠生辉，作为长女的妈妈纵使羡慕也只能落在尘埃里了——姥姥在炕头抽水烟袋，妈妈在地下掏灰生火做饭；姥姥忙家务，妈妈看弟弟妹妹，不觉得辛苦，无怨无悔。转眼，妈妈到了上学年龄，姥姥姥爷象征性地问懵懵懂懂、勤劳能干、冰雪聪明的大女儿："你上书房，还是在家看孩子？"

书房（学校），对妈妈来说是未知的领域，她不知道去那里干什么，那里有什么样的人，这件事做好了会如何，妈妈不曾想象，也就没有了诱惑力。但是，看孩子是妈妈已经探索过的事情，身边是熟悉的父母，守护的是她深爱的弟弟妹妹，做好了一家人皆大欢喜，即使弟弟妹妹不听话，好像也没有什么关系。一个七八岁的没有见识过世面的农村女孩，她的眼界就那么有限。妈妈权衡利弊后，做出了人生第一个决定性的、必然后悔终生的选择："俺要看孩子。"

她的小姨恰好在她身边，告诉她："别彪，快说要上学！"妈妈抬头看看她的父母，确认过眼神，他们对这种建议并不鼓励和欣赏。妈妈本能地选择了相信她的父母："俺就是要看孩子。"她的小姨是天使，来拯救她的，是杠杆，来撬动她的命运，然而妈妈不肯给小姨支点。

是的，未必每一个读书的人都可以成功，但是妈妈肯定能，妈妈是极其聪明的。

姥姥很会做菜，村里红白喜事都要请姥姥掌勺，妈妈很快就学到了姥姥的本领，火候和盐味拿捏，增之一分则太过，减之一分则太弱。姥姥会手持"屠龙刀"，念念有词地切蛇盘疮，妈妈听一遍口诀就学会了，至今从未失手。总之，姥姥是三里五村的风云人物，妈妈把她的看家本领完美传承了。我就不行了，我啥也不会。

姥爷疼惜地把大舅抱在膝盖上教他儿歌古诗，大舅吭哧半天，姥爷急得面红耳赤，抱着妹妹的妈妈早已朗朗上口。

出嫁后，在父亲年轻时，冬夜里经常有人到我家打扑克，什么保皇、够级、升级双扣，妈妈一学就会了。

然而，妈妈始终是不认识字的。我上初中时，金庸和琼瑶以及一切能借到的"大书"躲在我的课本下，我夜夜在煤油灯下废寝忘食刻苦攻读。妈妈问："看什么？"我把《射雕英雄传》呈到妈妈眼皮底下，轻描淡写地说:“学习的,《数学难题集》。”妈妈就欣慰地走开了,妈妈发自肺腑地为我认识字、热爱读书而自豪,她的口头语是:“睁眼瞎的滋味不好受,你们念到哪儿我供到哪儿,我保证不用你们下来织花边。”我读初一时,已经有小伙伴织得一手好花边了。觉醒的妈妈殷切地期望她的孩子有文化。那时,我已经是文化人了,我欠妈妈一个“拉一把”,如果那时候我拉妈妈一把……

后来我女儿上学了,每天妈妈把外孙女从公交站点接回来,都极其郑重地给她摆好写作业的桌椅,仪式感十足:“写作业吧!”然后欣赏着女儿写作业的身影。那时,女儿走在文化的道路上了,我欠妈妈一个“拉一把”,如果那时候我拉妈妈一把……

我终于在2019年新年伊始意识到,我要向妈妈伸以援手,我要拉她一把,带她从不识字的混沌和迷茫中寻求文化之光,拉她走出蒙昧的泥沼,让她在有生之年沐浴点点星光。

第一天,教妈妈认字效果真好。

我先写下妈妈的出生地名:山东省烟台市栖霞市松山街道前铺村。太惊喜,这里面,妈妈只有“街道”不认识。好在,妈妈认识“行”,我教给妈妈:“里面摞两个‘土’就是‘街’了。妈,你基础太好了!”妈妈心思玲珑,识破这是赏识教育并说破:“你当我是你的学生鼓励我呢!”

第二步,教妈妈认她众多孩子的名字,这里有了难度。女婿、外孙女婿姓氏碰巧有“郑”“邢”二字,我告诉妈妈:“关和开,后面这个……”妈妈抢答:“大耳旁!”我大吃一惊:“妈,你深藏不露呀,还知道大耳旁!咱再看这个‘送’,一个关……”妈妈又抢答:“是走之旁!”这次不是虚张声势,我真的对妈妈刮目相看了!

然而,妈妈被“送”字难为了好久,就是记不住发音。老太太受到打击,失去了最初的新奇和成功的喜悦,连连摆手,“记不住,不学不学了”。

我像个老师一样严厉地说:“必须学必须学,最后三个!”

我写下了三个字:“妈,来,看看第一个。”

妈妈矜持地说:“‘我’!这个还能不认识?第二个是‘爱’,也认识!第三个是‘你’!”我高兴极了:“所以呢,这三个字放在一起就是——我爱你!”

当时是录着视频想发给姐妹看的,发送后点开视频,听着“我爱你”,我突然热泪盈眶了。

是啊,我真的爱你呀,妈妈!这三个字,我对丈夫说过,我对女儿说过,我却是第一次告诉妈妈!

妈妈没有的学习机会,她给了我。我学会了“我爱你”,却今天才告诉妈妈。我错过了多少次拉妈妈一把的机会,错过了多少年反哺妈妈的机缘,如今惊觉,悔时光太匆匆,恨觉悟太迟。如果早二十年教妈妈认字,她是否会有更幸福更充盈的人生呢?

我给妈妈制定了学习计划:“咱们一天学习十个字,一年您就能自己看书了。”妈妈说:“不行,太多了,记不住。”我严厉地说:“必须行,不好好学,找你家长来!”妈妈就大笑:“我真把我妈找来,你不害怕?”嘴里说着,她却开心地重新开始了,妈妈的学习态度是积极的。

朋友说,买台电视给老人吧。我说不,电视打发的是无聊的时间,我教妈妈学文化,填补的是她精神的空虚。我无知的时候,妈妈给我机会腹有诗书;妈妈老去的时候,我要给她机会陪她学习。有人说这是真孝顺,我欣然接受,我给妈妈的是精神财富,胜过衣食用度呢!

不识字的妈妈培养了我这个大学本科生,我的小目标,是让妈妈八十岁前识字量达到小学毕业水平。

更欢喜的是,我终于找到了和妈妈相处的科学方式——第一个月妈妈的日常是拎着抹布满家擦,看着时间就怕错过做饭。现在妈妈的日常是,坐在沙发上认字,起身就拿起她认字的纸。

行文至此,本来已经完美表达了我所有的惊喜、满足,突然朋友桑桑发来图片,受我妈妈的鼓舞,她不认字的妈妈在家学习写字,她妹妹的婆婆在家拿着孙女的识字卡学习,朋友凤的妈妈是识字的,也拿起笔来在家练字。看到老人们学习的照片,看着白发下认真的脸,我的眼泪又下来了。我只当她们会羞涩,会拒绝,却怎么也没想到,这些可敬的妈妈们,对知识竟然有这样的渴望!我们不能让时光倒流,那就让来日可追,未来值得。

人性之光

马淑鸿

二十世纪五十年代的某一天，鲁西某小镇火车站，一位身着白色公安制服的干部，旁边跟着一个十五六岁的少女，急急忙忙准备登上一列停靠在站台上的绿皮火车。突然，身后传来撕心裂肺的哭喊：“大舅……姐姐……”一个衣衫褴褛、赤着脚的小女孩，边跑边哭，边哭边喊，磕磕绊绊地朝着他们狂追。公安干部和少女停住了脚步，焦急地回头看。站台工作人员在催促着他们赶快上车，公安干部迟疑了一下，折回身便朝小女孩跑去。他抱起哭喊着的小女孩，三步并作两步，三人快速登上了火车。不一会儿火车开出，终点站是徐州。

车上有好奇者问公安干部：“你干吗抱这个小要饭的上车？”公安干部一边擦去女孩脸上的鼻涕和泪水，一边眼含热泪回答：“这个孩子不是要饭的，她是俺的外甥闺女，两个都是俺的外甥闺女，都是没爹没娘的苦命孩子，俺把她们接到俺家去。”

这个公安干部叫杨辉泉，山东新泰人，在郑州市公安局工作，是两个女孩的叔伯舅舅。十五六的少女以后成了我的舅妈，七八岁的小女孩是她的姨家表妹。按辈分，我称呼杨辉泉舅姥爷。舅姥爷这次回老家原打算只接舅妈去郑州，没想到发生了后边的一幕，他于心不忍，只好把小外甥女也一起带走。

说起舅妈的身世，心情总有一种沉重感。舅妈两岁时父亲病故，母亲才二十二岁。舅妈还有一个遗腹子弟弟，谁知两岁时夭折。舅妈的母亲一直守寡，怕改嫁后闺女受虐待，母女二人艰难度日。舅妈八岁时，她亲姨生孩子没了命，舍下一个两岁男娃和刚刚出生的女孩儿。万般无奈，舅妈的亲娘去把襁褓里的女孩儿抱回来抚养。谁知命运不济，舅妈十四岁时，亲娘也撒手人寰，一大一小两个女孩儿立刻陷入了困境，幸好舅姥爷一家收留了她们，日子的艰辛不言而喻。

舅姥爷从郑州赶回来，原本是给舅妈找好了一份工作，舅妈的小表妹也安置回了她的爷爷奶奶家。不承想小表妹自小和姐姐相依为命，她断然不肯和姐姐分开。舅姥爷抱着这个浑身肮脏、破衣烂衫，瘦得皮包骨头，灰头土脸，一出生就没了娘的可怜孩子，热泪直流。周围那些纯朴的乡亲，看着这个戴着大盖帽、仪表堂堂的公安干部伤心落泪，也陪着唏嘘不已。

舅姥爷也是一个苦命人，四岁时母亲病逝，婶子（舅妈的姥姥）疼惜照顾他，聊以弥补无娘的苦楚。后来有了晚娘，日子穷苦不得善待。他六岁就开始上山放牛，没鞋穿打着赤脚，棘扎石硌，天凉脚冻。婶子可怜他，省吃俭用给他做了双鞋。十六岁他参加了八路军，适逢战争年代，参加了东平战役，一发炮弹打过来把他震晕，人埋在了土里竟然没有被憋死。醒过来，他自己爬起来抖掉土，身上竟没受一点伤。再以后，他提了干，随部队到了河南，就地转业在郑州市公安局工作，娶妻生子，妻也是家乡人。他时常捎钱回来接济舅妈姊妹俩及别的亲人，但他自己也需养活一大家子人。在那个穷困的年代，要想过得富裕一点，增收不容易，只有节支。舅姥爷当然知道这个道理，但他没有关起门来只过自己的日子。他的人生苦际使其慈悲，他用他那微薄的薪水，去帮助那些比他更苦、更难的亲人。听舅妈讲，舅姥爷帮了老家很多很多的亲人，自己却过得像乞丐一样。

那时的火车极慢，到了徐州换车，需要等很长的时间。舅姥爷在徐州给小外甥女买了一身新衣服，找了澡堂给她洗了澡，理了发，把长满虱子的旧衣服一把火烧掉。他们在徐州乘上另一趟火车，又走了一天多才到了郑州。

舅妈回忆说："当临近家门时，我心里直打鼓。俺舅家有四个表兄妹，突然又多了两个一无所有的孤儿，俺舅妈会不会不待见？谁知道一开门，俺舅妈看见俺俩就哭了。她把俺俩揽在怀里，一个腿上坐一个，一边用粗糙的手抚摸我们，一边念叨着哭：可怜的孩子啊，我可怜的孩子……舅姥娘不仅没有一丁点的嫌弃，反而连夜赶制被褥，在房间里再添加一张小床，给俩苦孩子布置好温暖的窝，让她们安心留下来。

说到这里，舅妈两眼潮红，唏嘘的声音里有伤感也有欣喜。两个孤儿，终于有了家，有了父母般的善待和疼爱。每当舅妈追忆这些往事，总是充满着深深的眷念和无尽的感恩之情。

新生活开始，舅妈白天去工作，晚上去夜校学习。小表妹也终于有了无忧无虑的童年。那时粮食都是凭票供应，多两张嘴吃饭不知有多难！舅妈说："每天吃饭时，我舅和舅妈都是看着我们先吃。越没吃的，就感觉越是吃不饱，吃得多。最后剩点糊的稀的，二老才收拾收拾吃了。"

因为吃不饱缺乏营养，舅姥爷、舅姥娘都得了浮肿病。舅妈年龄大些懂事，常劝二老一起吃，他们说："你们长身体要吃饱，不能耽误了，我们少吃点没事。"舅妈说，舅姥爷那时是个处级干部，常人眼里就是个大干部，但家里穷，钱都买粮食吃了。除了睡觉的床板，几个破箱子、破纸盒子，几乎没有什么家具。一个破沙发，腿断了用砖垫着。舅妈说，很多年以后再去郑州看二老，那个破沙发竟然还在用。后来，舅姥娘家两个没娘的孩子，也被他们接来抚养，直到成人自立。

如果说舅姥爷、舅姥娘抚养几个孤儿是因为血缘亲情，那他们还赡养了五个完全没有血缘关系的孤寡老人，绝非常人所能理解的。第一个接来家的老太太，是因为男人不要她了，来公安局找组织帮忙。老太太无儿无女，舅姥爷看她可怜，便接到了家里。为了让老太太安心，舅姥爷让她帮着看家，照看孩子。后来的四个老人，个体遭遇虽然不同，孤苦无依却是一样的。为了安置这些老人，舅姥爷可谓挖空心思，借房、赁房，条件好一点以后甚至是买房，让老人居有其所，衣食无忧。为了让老人过得高兴，他还让自己的孩子去和老人一起生活。四个孩子都有自己的“奶奶”，负责日常生活照顾，嘘寒问暖，伺候病体，直至老人去世。舅姥爷和舅姥娘的悲悯之心，他们的孩子也传承了下来，每个人对“奶奶”都是真亲，就像亲奶奶。

我舅妈和她表妹在长大以后又回到了山东老家生活，她们时常回郑州看望日渐苍老的舅舅舅娘双亲。舅妈说：“舅和舅妈就是活菩萨，外人看了，根本分不出哪个是亲人哪个是外人。”

人做一件好事容易，做一辈子好事不容易，更何况把这些可怜的人当作家人，天天相守，这个可真不容易。舅姥爷一家不是富人，在自己捉襟见肘的窘境下，还一次次分享自己的所有，让这些最无助的孤儿弱小、孤寡老人，过上有爱有尊严的生活，这和一般意义上的慈善不可同日而语。

听舅妈说起这些陈年往事，我特别想好好写一篇文章记述他们，让世人知道，世界上还真有这样无缘无故的爱。这种爱，发自内心，散发着耀眼的人性光辉。我知道，我的文字缺乏足够的感染力，但他们真实的故事就足够有温度、有力量。感谢世间还有舅姥爷、舅姥娘这样的好人，任时势变迁、物欲横流，仍可感觉到人间有真情，活着有意义。

春风不改旧时波

李丽娟

在我四岁的记忆中，姥爷的一双温暖大手牵着我走到一片绿菜园，没有围墙，没有栅栏，只是在园子的一个角落里有一间小小的红砖房子。那间昏暗而又神秘的小屋，对于幼时的我来说，是不敢独自闯入的。小屋里面到底有什么？搜寻了记忆的每个角落，至今只有一盏茶壶的印象。

也许姥爷每次进菜地前都嘱咐我一句："在这儿玩，别跑远了。"要不我怎么那么乖，只是围着小屋玩呢？最吸引我的，除了小屋门前的蚂蚁窝，就是倚靠在红砖墙边的小锄头。等到玩累了的时候，我又枕着姥爷温暖的肩膀回家了。那时的我不知道姥爷已经到了食道癌晚期，刚刚做过一次大手术，胸口肋下的刀疤清晰可见。

直到有一天家里来了好多人，姥爷躺在床上时，我才意识到姥爷不能带我去菜园子了。姥爷热爱他的菜园，热爱他的生活，后来我才慢慢明白，为什么姥爷那么爱带我去菜园，是因为在园子里忙碌时，看着菜一天一个样儿，一天比一天旺盛，看着生气勃勃的我和绿菜地，会忘记病痛吧。

这也许就是我最初体验到的坚忍，虽然幼时的字典里还没有这个词。姥爷忍受着病痛的折磨，坚持对生活的热爱，勤俭地过好每一天。这些品质在我成长的时光里，已经悄悄地深深掩藏进我骨髓深处，促使我自强自立。

姥爷去世后，姥姥挑起了家庭的大梁。冬天，家里的自来水管被冻住了，我跟着姥姥去对面胡同的一户人家借水。六十多岁的姥姥，肩膀上压了一根承载着两桶水的扁担，裹着的小脚快速地交替着。每次回到家，姥姥都会赶快放下扁担，脱下鞋袜，揉一揉脚。这时我就会好奇地凑过去“研究”姥姥的脚趾头。看着姥姥的小脚趾被压在了脚底，我也把自己的小脚趾头使劲掰了掰，但怎么也掰不到脚底板的位置。姥姥一边笑我一边揉自己的脚：“我小时候受的那个罪啊……疼了一辈子，真是造孽……还是现在好啊……”裹了小脚的姥姥带着我去场院里晒麦子，去黄豆地里收黄豆，去村头卖鸡蛋，去镇上赶庙会。有时候看着姥姥累了我就去帮一把，姥姥这时总会笑着说：“真管用。”于是我满心欢喜，更加卖力地帮忙。就这样，裹着小脚的姥姥用自己布满老茧的手，养活了我们这一老一小。虽然我爸妈每个月都会给足我们生活费，但是姥姥总是原封不动地用布包好了放在那个小红抽屉里。六十多岁的姥姥好像满身是劲儿，直到离世前还一刻也不停歇。

那时上幼儿园的小孩子被其他小朋友欺负了以后，都会回家哇哇哭着喊着，叫来大人给自己出头，可是我从来没有。在被同班的小霸王欺负了好几次后，我终于跟她大干了一场。直到现在我也不明白自己为什么不哭不闹，更不把委屈说出来。也许在童年的记忆里，那双被疼痛和老茧磨砺而成的小脚，给我留下了刻骨的记忆。

姥爷姥姥都是中国老农村最朴实的劳动人民，他们没有多少文化知识，也没有像现在电视剧里的大家族那样给子孙定下严格的家规，更没有惊天动地的宏伟事迹……他们给予我童年的记忆是温暖，是安全，是爱，当然还有他们自己也不知道的叫作坚忍和自强的东西。

织棒槌花边

衣洪辉

我们家三代同堂，老母亲跟我们一起居住。母亲九十多岁了，但头脑清醒，不糊涂，身体硬朗，两眼不花，缝补编织啥东西都不用佩戴老花镜。唯一不足就是她走路不得劲儿，颤悠悠的，风一吹就有可能摔倒，即便拄着拐棍，也只能走上几十米。所以母亲一般安于静坐，极少踱步。她是个勤快人，几乎从不闲着，天一亮就起床，甚至顾不上洗漱就开始忙活起她一天的“营生”——织棒槌花边。母亲经常盘腿坐在炕席上，用木头撑子托起一个大大的圆盘形草垫，两只手握着几十个木头棒槌，不停歇地在粗麻圆箅上上下跳跃，左右翻滚，“噼里啪啦噼里啪啦”……棒槌碰撞发出的脆声伴随着她的生命晨钟，度过了一个又一个漫长而宁静的黑夜白昼，抑或农闲季节的每一个雨雪时光。

棒槌花边是起源于欧洲的传统民间手工编织技艺。十九世纪末传入中国，它主要利用线与线之间的编、绞、钩、拉形成多种多样的装饰图案，编织技法达十几种，技艺流程复杂。艺人常以手指操纵众多棒槌，使其左右翻滚，上下跳跃，循序渐进，不断变换位置，从而编织出各种日用装饰品或艺术欣赏品。它虽是舶来品，却一度在齐鲁大地兴盛繁衍，繁华一时。随着年代的推移，棒槌花边融入了胶东地区优秀的民俗文化元素，深深地扎根于城野山村老百姓的生活中，成为一种指尖上绕出来的“非遗”技艺。

说起母亲织棒槌花边，时间可以追溯到二十世纪人民公社生产队时期，社员白天推车上山干农活挣工分，晚上回家油灯下煎熬，个别有经商头脑的城里人就登门入村推销棒槌花边,传授编织技艺。农家人挣钱的门路相当闭塞,苦于油盐酱醋茶维持生计,不用生产队长发令号召,妇女们纷纷架起用芦苇草编织的箅子,趁着农闲起早贪黑挣个块儿八毛的,所得的收入完全用来贴补家用。现如今,母亲织棒槌花边,并非像当年那样为了养家糊口,改善生活,贴补家用,而完全是因为年代久了,她见证了棒槌花边的兴盛和衰落,舍不得丢掉这个传统老手艺,与棒槌花边结下的一世情缘无法割舍。所以,她每天坚持编织几小时,用来消磨时间,打发寂寞,度过自己的晚年生活。

十八岁时,母亲跟着我姥娘学会了织花边,至今已近八十年。姥娘家四男两女,生活过得是相当拮据,经常是早晨刚吃完就开始为午饭发愁,没米下锅是家常事。母亲白天下田耕种,晚上就在微弱的油灯光下陪着姥娘织花边。灯光一闪一闪,母亲瞪大眼睛依偎在姥娘身边偷艺,每逢姥娘眼皮耷拉昏昏入睡时,她干脆就把腿一盘,交叉坐着,顶替姥娘开始编织起花边,遇有疑惑,无从下手,就喊来姥娘帮忙。久而久之,母亲就成了方圆十里生产队编织棒槌花边的一把好手,心灵手巧,连月底前来验货的对她也是一路绿灯,从不吹毛求疵。

嫁给父亲时,母亲的陪嫁就是娘家一直在用的那台花边机。婚后没几天,母亲就拾掇起物件来,往圆箅中心那被针头戳得千疮百孔的地方,涂上一层浆糊,重又铺上块碎花布条就一崭如新。一年到头,遇有阴雨天气时,母亲就闷在家里不歇气地拨拉棒槌。如果工期赶得紧,就经常成宿成宿地在煤油灯下撵活计。有时我们一觉醒来,看到母亲佝偻的身影,像泥塑一样静坐在那里。煤油灯一闪一亮,忽明忽暗,母亲的目光紧紧盯着图纸,两只手娴熟地拨拉着长短不一的棒槌,左蹦右跳,忙而有序。线绳在她的驱使下,渐渐地变成了一个个漂亮大方的图案,或像梅花花瓣,或像柳树枝条，生动逼真，活灵活现。

那时候，母亲一边织棒槌花边，一边看管孩子们。我七八岁时，就经常地趴在圆箅上，两眼盯着母亲手中的棒槌上下翻转。渐渐地，我也对它产生了兴趣，多了一丝了解。每次母亲会把图纸固定在蒲团上，将丝线沿着图纸的纹路用大头针固定，丝线的另一头缠绕在略长于手指的小棒槌上，花样不同，小棒槌的数量也不同，多则上百个，少则数十个。小棒槌密密麻麻排成一排，顺手抄起几个，手指在棒槌间飞速滑动，伴随着小棒槌敲击发出的悦耳叮咚声，丝线或缠或绕，提拉勾编间，一朵花儿悄然绽放。富丽的团花，清秀的小辫，可爱的小桃，古雅的双喜……一个小棒槌似有灵性，随着手指的舞动，创造了各种活灵活现的图案。长大了我渐渐地懂得，我们小时候嘴里含的棒棒糖，身上穿着的粗布衣，手里攥着的小风车，都是母亲一棒槌一棒槌"飞舞"出来的。

可别小瞧那些又粗又圆、长短不一的小棒槌，在饥馑的年代，母亲硬是靠拨拉棒槌解决了俺家整年的油盐酱醋日常开销，维持了家庭这台机器的正常运转。母亲也像姥娘一样，将自己的手艺毫无保留地传授给了我的姐姐们。但是，自从农村实行家庭联产承包责任制后，姐姐们开始忙活自留地里的庄稼和果树，即便有点空闲时间，她们也累得不愿再去挣那可怜巴巴的几块钱了。所以，这门手艺在我们家后继无人了。只有母亲一如既往，坚守阵地，一有空闲就把花边机搁在炕边娴熟地拨拉起棒槌来，毫不疲倦地编织着家庭梦想。

母亲进入古稀之年后，父亲去世了。好多人都劝说母亲安享晚年，不要再织花边了，哥哥甚至想把她的花边机给弄残、烧火算了，省得母亲总惦记着，是个心事。全家人都反对母亲继续织花边，唯独我鼎力支持。人老了，手头没有什么营生做，生活上再没有什么盼头，精神也确实无聊，倒不如织个花边，练一练眼神，动一动手指。曾经有一次，姐姐当面对我和母亲说，等母亲到她们家轮住的时候，她们家人绝不允许她去织花边。我却大唱反调："只要娘去我家居住，一定要带着花边机，而且，我还愿意替她去城里的抽纱厂跑腿送货。"事实上，母亲跟我居住的这几十年，我一如初衷，一直践行着我曾许下的诺言。

母亲编织一套花边，大约需要几个月的时间，最终结算的费用也就一百多元。我去百公里外的抽纱厂拿纸样和线绳，开车跑上一个来回，估计耗费油钱怎么也得一张百元钞票。虽然得不偿失，我还是不改初衷，铁了心坚持着。为此老婆经常数落我："你到底算计个什么账？把油钱给你娘，不就两全其美了吗？省得她早上起床睁开眼就开始织，晚上还费电熬夜到九、十点钟，何苦来着？"我总是笑笑，并不言语。

我私下问过母亲："既然大家这么反对你织花边，干脆就停下来吧？"谁料，她的头摇得像拨浪鼓一样，嘴里嘟囔说："你看我都九十二岁了，眼不瞎，耳不聋，手不麻，多亏了织花边！要是没有这个营生，我早就闭眼入土了，还能活这么大岁数？"

既然如此，那就由着老人心愿继续编织下去吧。我也会一如既往当好勤务兵，为母亲跑腿，支持她织棒槌花边，直至她做不动为止。

生命中的三盏灯

时光荏苒，一晃我当教师足有三十年了，再坚守教坛十多年，就要像前辈们一样解甲归田，享受退休生活了。

起初，我并不觉得教师职业有多么崇高和神圣，甚至内心里是排斥的，并不引以为豪。随着从教时间的推移，我体验到教师职业的辛酸和幸福，理解教师行业的不易和艰难，对教育事业的感情也日渐笃厚，越发感恩当初学生时代老师们的无私教诲和启迪。现在，我很坦然地站在讲台上，不辞辛苦，像春蚕，似蜡烛，默默奉献，全然没有当年的不甘和颓废，应该说要感谢曾有恩于我的老师，还有我教育过的数以万计的学生，是他们让我转变了思想，彻底迷恋上了这个三尺见方的讲台，给予了我继续坚守教师岗位的勇气和力量。

作为师者，我每天体验着从教的快乐和繁琐，闲暇之余越发怀念当年教过我的老师们。从小学到初中，从高中到大学，先后有近百名老师给我上过课。细细捋一下，有三位教师对我人生影响较大，教诲至多。每当我困惑、迷茫之际，他们总是在“节骨眼”上拉我一把，避免“山有朽壤而自崩”。恩师当年的耳提面命、谆谆教导，犹如余音绕梁，令我惭愧又心存感恩。

潘玉森是我小学五年级的数学老师，也是我的一位远房舅舅。我在本村小学读到四年级，父亲托关系将我转入临近城关镇的一所小学就读。潘玉森恰在这所小学教五年级数学兼任班主任。我的转学，正好遂应了父母的心愿，顺理成章“投靠”在他的班级里。

潘老师当年四十岁左右，血气方刚，稳重老练。他教课时极少照本宣科，也不废话连篇，而是语言风趣，气氛活跃，还是比较讨学生喜欢的。或许是沾亲带故的原因，课堂上我经常“吃小灶”，登讲台去板演试题的机会明显多于其他同学。要是遇上单元抽查考试，他还经常将我约到办公室或宿舍进行面对面辅导。到了周末，他又额外给我搜集几张试卷，多布置一点儿家庭作业，每次都嘱咐我回家别偷懒耍滑，不能一味儿贪玩耽误学习。得益于他的特殊照顾，我的数学成绩直线上升。以往在班级里名次倒挂的学生，跻身一变，站在了优等生的行列里。为了答谢他，秋天苹果熟了，父亲推车步行十多里山路，送了一柳筐“小国光”苹果给他。在二十世纪实行农村家庭联产承包责任制初期，苹果还不是家家户户都能吃上的水果，也算是“奢侈品”。逢年过节母亲回娘家走亲戚的时候，一有时间就拐弯到潘老师母亲家里聊聊家常话，套套近乎。“是亲三分向”，吃小灶，吃偏食，是我跟潘老师学习期间得到的最大实惠。也就在他的熏陶教诲下，我从以前的一个上房揭瓦、爬树掏鸟的小孩，变成了一个循规蹈矩、乖巧听话的好学生，是他端正了我的学习态度，改变了我的学习观念，把我领上了正确的人生学习之路。

上初中后，父亲又将我委托给丁华彦老师。丁华彦是我二姐姐的叔公公，初二时，他将我调整到他当班主任的班级里。第一学期期中考试后发生的“捶胸脯”事件，至今让我记忆犹新。

缘由是我从升学时的学习名次一下降到三十四名，成绩就像飞行员跳伞——一落千丈，摔得特别惨。过后想想，原因是自己骄傲自满，有点飘飘然，得意忘形，导致学习劲儿“蔫了”。语文课时，丁华彦老师“钦点”我到讲台上默写生字，整整半黑板生字唯独“翩翩起舞”中的“舞”字中间少了一点，我满以为只错一字没什么大不了，毫不在乎。谁料丁老师有备而来，他揪住这个少了一笔的“舞”字，一边厉声数落我课内外的种种不良表现，一边用拳头猛猛地捶击我的胸膛，从讲台跟前一直捶到教室后边，再从后边给捶回讲台上，我数不清挨了多少记拳头，只感受到我的胸脯火辣辣地作疼。放学后，他把我喊到宿舍，问我：“上午这顿揍，现在还疼不疼？你知道我为什么要揍你吗？”那时的我满肚子的委屈和怨恨，气鼓鼓的。尽管如此，脸上和嘴里还不敢表露出来。老师拉着我的手，推心置腹地对我说：“你是农村出来的孩子，你爹娘也当了一辈子的农民，他们将整个人生的希望寄托在你身上,希望你能出人头地,考上大学改变命运。如果你贪玩、任性,能对得住这么酷热的天还在玉米地里耕种的父母吗？面朝黄土背朝天,一身力气满身汗……”老师跟我说了甚多,谈我父母辛劳的一生,谈长辈对晚辈的希望,谈我个人的成长和前途,谈我的人生规划和抱负,约半个钟头的时间,让我的灵魂或多或少地受到了震撼。我谴责自己,思想转过弯来幡然醒悟。“其实,我不想揍你,看你学习成绩下滑得这么严重,再不挽救就来不及了！”一席话,我读懂了老师的良苦用心,恨铁不成钢,恨木不成林。从那以后,每遇我思想颓废,想打退堂鼓的时候,他的训诫就像一记警钟敲打着我,逼迫我不敢任性放肆。每当考场上我像逃兵一样“打了败仗”,身上立刻感受到他那重重拳头捶在胸脯上的疼痛。曾经的一顿“捶胸脯”,至今让我心有余悸。

虽说我当初怨恨过他,甚至狭隘地怀疑他是不是跟二姐家有什么家务矛盾借机报复我,但随着自己生活阅历的增多,越发感觉“严师出高徒”“棍棒出孝子”的道理。当初,倘若任由我贪玩,成绩下滑,我的人生之路必定是一地沼泽、一片迷惘。当年丁老师的“捶胸脯”,最起码像一盆水,及时浇醒了我糊涂作乱的头脑。在最关键的时刻,他伸出一双厚重的手掌拉扯一把,使我不敢生出一点儿自我颓废的想法。如今我长大了,对他不仅没有憎恨埋怨,反而是感激和感恩。

前年秋季时,七十多岁的他查出患有肺癌,坚持治疗几个月后,还是与世长辞了。得知他辞世的消息,我悲痛欲绝,泪湿衣襟。想起以往因二姐家事凑在一起聚餐时,我们师生之间谈笑风生,畅所欲言。看他步入古稀之年,仍然身体健壮,言语清晰,我多次祝福他活个大寿命呢！

初三时,衣瑞国是我的语文教师,是所有教师中我最应当感谢的一个人。因为我跟她非亲非故,没有丝毫的亲戚关系,但在我中考的关键时刻,她像我的爹娘一样,无私地助我实现了求学梦想。

中考前,学校不知要举行多少轮的模拟考试,每次考完就淘汰掉名次靠后的十几名学生。谁料我在第三次模拟考试时竟落榜了,心里失望至极。就在我沮丧无助时,她主动找来安慰我,帮我寻找失利的原因。她说:“看你平常日子挺上进的,这一次落选了,失去求学机会,倒也挺可惜的。”她主动骑车驮我去十里地外的县城教育局负责招生的同学家里求情。她个头矮,羸弱瘦小,骑车带着我格外吃力,无奈之下,我反过来骑车带着她。蜿蜒的公路,我们折腾了数个小时才到达县城。经她的努力,我争取到了一次补考机会,这次补考彻底改写了我的人生。从那以后,我稳扎稳打,步步为营,在最后的中考冲刺中,以高分考上了我们当地的一所中专学校——蓬莱师范学校。

在“师中”读书时,我经常跟衣老师写信沟通思想,放寒暑假到她家里去看望她,把酒言欢,喝醉了还留宿在老师家里。因为衣老师的无私帮助,我捧上了村里人分外羡慕的“铁饭碗”。遗憾的是,几年前衣老师积劳成疾,多病缠身,溘然长逝了。

或许岁月的流逝,让老师们早已淡忘了我这个学生,忘却了他们当年对我的教育。“做人不忘本,常思挖井人”,如今我站在讲台上,面对我的学生滔滔不绝、绘声绘色讲课时,时常忆起恩师们当年上课的情景,怀念他们对我的恩惠之情。多年以后,或许也会有学生像我一样怀旧,忆起今天我对他们的教育之情,感恩我的关怀之意,对于我来说,这是最大的人生幸福,是我毕生最想得到的事业追求。滴水之恩,受惠终生。所以,无论今天我有多辛劳、多疲惫,想起三位恩师,我的心里还是激情满怀,心存感激,所有一切都化为云雾,缥缈到九霄云外去了。

三位恩师就像人生路上的三盏灯,照亮了我前行的脚步,使我循着他们的足迹继续坚守在讲台上“传道、授业、解惑”,去延续他们在讲台上的生命。将心比心,我比其他同学更容易理解当年老师们对我们的“严厉”。在漫长的人生旅途中,我们会遇到许许多多的老师,与他们相处几个月、几年,抑或短短的几个小时,他们给予的教诲可能是长篇大论,也可能是只言片语,但你心存感恩,一定会受益匪浅,铭记一生!

大老韩

潘士敏

2015年秋季的一天，我与友人通话时得知了大老韩去世的消息，着实吃了一惊，心想：他身体一向挺好的，怎么说走就走了呢？

说起大老韩，脑海里像放电影一样，浮现了我和他在一起工作的那些情形。我是在二十世纪八十年代才听人说起他的，他是山东师范大学的老大学生，毕业后做了教书先生，教了一辈子书却没登过几天讲台，因为口讷，就像茶壶里下水饺——肚里有却倒不出来，所以后来就改做教研工作。当时我也仅知道这些，并不认识他，直至2008年州城镇政府宣传室要我帮忙编写镇志时才算真正认识。当别人向我介绍他时，站在我眼前的他穿着一件破旧的蓝色中山装，敞着怀，虽然是高高的个子，但长相却是极普通的，每天上下班就骑一辆很破旧的自行车，人只要一骑上就浑身乱响，车把上还挂着一个破旧提包。所有这一切给我的第一印象，说得更确切一点，他简直就是一个农村庄稼老头儿。宣传室负责同志又告诉我，今后我就在韩老师领导下工作，并说工作上有什么疑难问题可以找韩老师解决。由于我以前在企业编写过厂志，所以很快就进入了角色，接下来要先吃透原来的志稿材料，然后把它们变成志书语言，再到各单位采访搜集新材料。当时我们办公室共有五六个人，大家在韩老师领导下相处得倒也挺融洽。大老韩没有一点儿官架，每天上班后他抢着到楼下的茶水炉去提开水，那时已经七十六岁的他居然能手提灌满水的两个暖水瓶一口气上到四楼，比我们年轻人的身体都好，大家都夸他大有一百岁的活头。大家对他很尊重，平时也偶尔相互开个小玩笑。有一次大家说今天韩老师涨工资了该请客,其实是和他开玩笑,他却涨红了脸小声说道:“今天下班后我还有点事,改日吧。”大家则故意哄闹说“不可能吧”,这时正好有个人找他办别的事,把他叫走了。我这人实在,就问别人:“真让韩老师请客?”大家就笑了,说他怕老婆,和他开玩笑呢。过了段时间我才知道,韩老师现在的爱人原是他的学生,后来两人相爱了,虽然相差十多岁但还是结了婚。婚后韩老师的工资由爱人掌管。当时我就想:看韩老师挺老实的一个人,搞恋爱倒挺在行的。尽管婚后失去了财权,可精神上还是挺愉快的吧?可事情并不如我想得那样简单,我听说他爱人把他管得挺严,其实他生活得并不愉快。他出来为镇政府帮忙,尽管每天只有两元补助费他竟也同意,说穿了就是图个耳朵根子清静。

日子过得挺快,转眼我已在镇志办公室工作了好几个月。其间大家每天熟悉上届的志稿材料,把它变成统一的志书语言后,再到各单位采访,续写新的志书内容,或是讨论工作中遇到的难题。有次大家因一个“窌”字犯了难,查了字典也没查到这个字念什么音,更不解其意,就请教韩老师。令我想不到的是,人家张口就说这念“jiao”,是“窖”字的古写法。诸如此类的例子很多,韩老师都能解答,于是大家就称他为“活字典”。记得在 2011 年镇志工作被宣布暂停后,我便和韩老师商量在州城寻访古碑,学搞拓片。韩老师告诉我,完小最近盖临街楼新出土一块碑,我们立即前去观看并勉强着手拓了一张。对于拓片,我虽然在函大学过,但已过去多年,具体怎么拓心里也没数,韩老师说他看过博物馆人员搞过拓片,于是我就向韩老师请教,开始拓得不好,后来慢慢地就摸索出经验,拓得也像样了。接下来我对碑文产生了兴趣,该碑文记叙了清代一名廉吏的故事,我想把它翻成白话。我的想法得到了韩老师的支持,在翻译过程中遇到生僻字,也都是韩老师帮助做了解释。记得文中有“马政”一词不明白，我就去找韩老师请教。他看了后说："我也不明白，待我查查《词源》，你明天再来吧。"第二天他告诉我，"马政"是明朝政府管理马匹的政策。古人对于马这种交通工具是很重视的，政府把马交给百姓喂养，为减轻百姓负担，视喂养优劣情况而减免定的赋税，这就是所谓的"马政"。2014年初，镇政府重启镇志工作，并要我再去帮忙，我有幸又和韩老师在一起工作了，虽然换了几个新面孔，但大家在韩老师的领导下照样相处得很融洽。这次的编志任务是续写到 2013 年，我照例还是负责编写文化、教育、医药、社会等方面的工作。后来县里来了索取文化志材料的任务，韩老师把这任务交给我，虽然累但却很愉快。按照计划，我们要在年内完成整本志书的编辑工作，作为主编的韩老师的任务是很重的，除了要完成他编写的几个章节外，还要统校、统审，工作量很大。他没叫苦喊累，尽管他已是八十多岁的人，他一直坚守在工作岗位上。而我却因要到烟台照顾我的小孙子，不得不离开我热爱的工作岗位。

时至 2015 年夏天学校放暑假，我回到州城才知道志书终于出版了，手捧着散发墨香的志书仔细阅读了几遍，特别是我编写的几个章节更是看得仔细，待看完却发现有几处错误，于是便去找韩老师，见面寒暄后就提出了问题。他听后现出很凝重也很无奈的神情，对我说："你走后我成了副主编，最后定稿是领导定的。"一声"唉"包含了多少无奈。他又说，错误只有等到再版时纠正了。

告别韩老师后我又去了烟台，谁知道这一去竟成了永别……

韩老师，安息吧！

海清

高书敦

海清姓赵，全名赵海清，是我军校的同班同学。

记得上军校报到第一天见到海清，那黄土高坡典型的“红耳团”，那微微泛黄的牙齿，还有总也揩不净的鼻涕，看人看物的眼神，让人觉得这同学定是从哪个山旮旯里出来的。

第二天吃过早饭，因离开学典礼还有几天时间，区队长通知班长，学员队组织新学员去菜地搞农副业生产。但由于四处找不到海清，焦急万分的区队长把班长训得灰头土脸。快吃晚饭时，海清哼着陕北小调《兰花花》，一脸得意地回来了。班长见状，立马拉下脸来，拿出区队长训他的架势，问海清为什么不请假出去疯跑了一天。海清委屈地说：“我就是去火车站看火车了，没疯跑呀！”“火车有什么好看的，没见过火车？”“没见过火车，最远去过延安。”“一天都在看火车？”“就在铁道边上看火车，哪儿也没去。”“怎么去的？”“走着去的。”乖乖，学校离火车站少说也有十几公里，几个新同学在旁边不约而同地交换眼色，吃惊地吐了下舌头。“知道不知道外出要请假？”“不知道。”“真的不知道？”“真的不知道。”班长看着他，无奈地摇了摇头，转身给区队长报告去了。

后来我知道，海清家在陕北毛乌素沙漠边上的一个小县城里，父亲是县委宣传部长，母亲是小学校长，人家除了没见过火车，也算是县里的贵族哩。军校毕业后我还听说，海清在师宣传科当干事，有一次请假说家里有急事，可没过两天他老婆打电话说孩子病了要他回家，科长纳闷说他早就请假回家了，他老婆说连鬼影子也没见到。一星期后他上班，科长问他请假跑哪儿去了，他嘿嘿笑着说一个人在宿舍里看书。问他看什么书，他吭哧了半天说看《资本论》。气得科长说你编故事骗鬼吧！海清头一拧说："不信拉倒。"

不久，一篇关于学习《资本论》的体会文章登载在一家理论刊物上。

海清现在陕北榆林军分区工作。今年入夏后，我打电话给海清，聊天中问他见过大海吗，他说没见过。我说那就来烟台看海吧，他答应了。

一星期后的早上五点多，家里电话骤响。我心里纳闷：谁这么早打电话？

拿起听筒，里面的人说："我坐火车快到烟台了，来车站接我呀！"

我说你没毛病吧，来之前也不打个招呼，我要是有事不在烟台呢？他在电话里嘿嘿笑着说，你还能跑到美国呀，你不在烟台大海总跑不了吧。

接他到家吃完早饭还不到八点钟，海清便嚷嚷着要去看海。我说你猴急猴急的，来都来了，还怕看不到大海吗？

看到大海的辽阔，大海的蔚蓝，大海的波涛，海清的喘气声都有些粗了。他两眼直勾勾地说："这大海咋就这么大，比我们那里的黄河、渭河，还有无定河宽阔多了。这么多的水，要是匀一点给陕北，我们陕北的沙漠就变成绿洲了，我们种树也就省老鼻子劲儿了！"

海清自从当了武装部政委后，除了做好民兵训练、征兵等工作，其他时间大都用来带领民兵种草种树，改变当地恶劣的生态环境，是出了名的"种树政委"。他呆呆地看了一会儿海说，不行，我要下去和大海亲近亲近。说完脱下军装，穿着部队发的"八一"大裤衩就要下海。我连忙说，你讲究点行不，在这里等一会儿，我去给你买条泳裤。他说，等不及了，又不是光着腚。说完便跳着扑进了海里。

等他在海里扑腾够了，疯够了，回到海滩上时，正值退潮。海水里不少的绿色海藻滞留在了海滩上，他的腿上也粘有海藻。海清奇怪地问，海里怎么还有癞蛤蟆蚧？他说的东西是水坑里的青苔。我告诉他，这是海藻，是由于海水受到污染导致氮磷过量而滋生的海洋污染物，这东西大量繁殖后，对海水水质有很大影响，对海上养殖和其他海洋生物都有很大负面作用。海清叹口气说，看来不光是我们那里需要种草种树抵御风沙，你们这里这么美丽的海滨浴场也要进行环境治理呀！这时，海清眼睛盯着不远处一位在海滩上拿着编织袋清理垃圾的中年妇女，径直走了过去。

“大姐，我帮你捡垃圾好吗？”

那位清洁女工有些吃惊地说：“不用，不用，这是我的工作，怎么好麻烦你呢！”

海清说：“别客气，我现在没事，和你一起捡。”

于是，在清晨美丽的海滩上，和着海浪有节奏的拍岸声，在海风温柔的吹拂下，来自陕北的一名上校军官，弯腰认真仔细地捡拾着游人丢弃的矿泉水瓶子、塑料袋等垃圾，一个一个地投进女清洁工手中的编织袋里。我看到，在海清的身后，金黄色的海滩是那样的美丽，海涛声是那样的悦耳动听，一群鸥鸟在碧蓝的天空翱翔……

那条路

刘云芝

通往姥姥家的那条路很长，很长一段时间，那是我经过的最长的一条路。我家和姥姥家在不同的镇子里，中间的那条路崎岖蜿蜒，直到现在也没有一条直直的路可以经过，中间要经过七八个村，多条小路也是从村子中经过。

通往姥姥家的那条路很长，中间还要经过一条河。和临沂因为沂河而得名一样，我们县因这条沭河而得名——临沭。这条河又宽又长，我不知道它从哪儿来，最后流向何处，只知道很长一段时间我们需要坐船过河。河两岸的风景很美，春天河边的果树开满了鲜花，和煦的春风吹来，坐在船上，感觉脸被微风挠得痒痒的，让人忍不住去抓抓脸，想握住春风的手。夏天很多人在清清的河水中洗澡，摸沙蛤。河水清澈，坐在船里，能看到水深处的水草和游来游去的小鱼，想要伸手去和小鱼打招呼，总被妈妈喝道："危险，坐好了。"秋天是收获的季节，虽然每次来去匆匆，总能看到勤劳的人们在河边的田地里劳动，时间长了他们会站起来擦擦汗水，挺一挺被累弯的腰。我对冬天的记忆很少，因为天气冷了河水结冰，船被冻住，不能乘船过河，要绕一条很远的路，我们去的次数也就少了。

通往姥姥家的那条路很长，我们现在开着车去还是觉得很远。最初的记忆是坐着妈妈的自行车过去，一路上要经历几个上坡下坡，最喜欢的是下坡，这样妈妈就不用使劲蹬，可以节省力气；上坡的时候，有时妈妈还要下来推着车走。后来换了电动车，但是妈妈每次都要带着充电器去，出发前充满电，到了姥姥家再充一次电，然后回来。

通往姥姥家的那条路又很短,短得直到现在也不能通车。之前妈妈还盼望着以后有公交车了可以坐公交车去,结果后来我们这边的公交车往东开,姥姥家那边的往西开,单单少了这两个镇子之间的公交车,因为距离不够,不值得通公交车。小时候妈妈经常说:"以后你出嫁了,一定要找个近一点的婆家,不要那么远,来去不方便;或者找个距离远一些的,来回可以坐车,不用太累。"现在我有了自己的家,有人也会问起我的孩子:"你姥姥家远吗?"儿子骄傲地说:"一点儿也不远,才不到五百公里,开车不用六个小时就到了。"

大老黑

陈洪秀

每个人心中都有一个回不去的故乡。记忆中的故乡，不是听来就肃然起敬的孔孟之乡，不是滑溜溜的粉条粉皮生产地，不是香甜可口的地瓜出产地，而是伴着大老黑声声吆喝的闲适之地。

大老黑，真名不详，年龄不详，具体住址更是不详。我们对于大老黑，了解最详尽的大约是他黝黑的皮肤，和吆喝着各种新奇叫卖唱词的一把好嗓子。

记忆中，天空是蓝的，浮着几朵白云，不知名的鸟儿在叫喧着夏天的炎热。然而，这样讲给老爹，老爹撇撇嘴，“那时候多热啊，连个风扇都没有，只有你这样不干活的小崽子才觉得那时好”。热，确实是热的，跳房子游戏一轮下来，就是一身的汗。越是热，蝉也叫得越是热闹。在一片热气腾腾的喧闹里，大老黑赶着他的毛驴车便登场了。

“棒子换，麦子换，就是不要疙瘩蛋。”“大老黑的瓜，不甜就赔仨，娃娃吃咯乐开花。”我们便哄笑着围拢过去，大人们也放下手里的活儿乐呵呵地打着招呼。得到大人的首肯，我们便箭一样地飞奔回家，用簸箕，用笸箩，端出玉米和麦子，用来换香甜的西瓜。

别人家的西瓜是要精心挑选的，不仅要看纹路，要听声音，甚至还要割个小三角出来看看成色。大老黑的瓜却是不用的。无论深绿浅绿，花纹粗细，打开来个个都是薄皮沙瓤，蜜一样甜。这时，大老黑黝黑的脸上便绽出灿烂的笑容。当然，脸还是那么黑，只是闪耀着一排牙齿。那牙齿，当然也是和其他农村人一样有些发黄，然而长在他黝黑的脸上，却显得耀眼的白。

待大老黑称完玉米、麦子，给各家挑好了瓜，便蹿上他的毛驴车，摇着小皮鞭，扯起嗓子吆喝着他的独特唱词，继续贩卖他的“珠玉”去了。

小孩子们成群结队地跟在车后，学唱他的唱词。车子渐行渐远，孩子们便一哄而散，回家啃瓜去了。等到秋叶飘飘，屋檐上铺满了金黄的落叶，大老黑的车上便载满了黄澄澄的梨、名叫“香蕉”的苹果。一年四季，大老黑的毛驴车总能带给我们惊喜。

那时，爷爷还在世，爸爸一个人除了赚钱，还要照顾我们一老一小，日子过得捉襟见肘。大老黑的毛驴车，我是不能经常光顾的，甚至连我最爱的“还珠格格”铅笔盒也不能如愿得到。七岁那年的生日，我没能如愿得到我心仪的礼物。我独自一人站在腊月寒风凄凄的路口，感觉没有比这更悲伤的事情了，毕竟铅笔盒上有我最喜欢的小燕子和紫薇。

这时，大老黑赶着他满载宝藏的毛驴车过来了。“吃了大老黑的梨，干活有力气。”我只觉得聒噪。我爹却从我家那三间土坯房里小跑出来，手里端着半笸箩玉米粒。爷爷嗓子发炎严重，吃些苹果会好得快些。我赶忙把泪擦干，免得不仅没有“还珠格格”，还要多一顿“竹笋炖肉”。如果是真的一盘竹笋炖肉，完全可以让我手舞足蹈一阵子，然而并不是，只是拿竹条打一顿，所以，还是算了。

大老黑伸出满是口子、茧子的手抚了抚我的头，成功地薅断了我两根头发，我只能忍耐着作乖巧状。他问我爹：“老人家好些没？”我爹愁眉苦脸地叹了叹气，让大老黑挑些软绵的苹果，之后，佝偻着身子回我家那土坯房里去了。我怯怯地往家挪，大老黑却拉住我，是我从未见过的语重心长：“孩子，你爸不容易，懂事些。为啥哭鼻子啊？”我想，免不了又是一顿说教了，毕竟一个铅笔盒是无足轻重的。“啥样的？”“有小燕子、紫薇。”

“行啦，别哭鼻子了，回家陪你爷爷说话去吧。赶后天儿，我给你拿个。”我有些惊讶，瞅了瞅他的大黑脸，想，大人们总喜欢骗小孩。

隔了一天，他果然拿了个旧旧的铅笔盒来了我家。并不是我所中意的那款，甚至不是新的，但是上面贴满了小燕子、紫薇，甚至还有金锁、五阿哥。我雀跃起来。大老黑龇着他的大白牙，显得也很开心。跟我爹寒暄完，他又扬起他的小皮鞭，继续他的叫卖了。街道上又响起他响亮而独特的唱词。

在大老黑绿油油的西瓜、黄澄澄的梨、红彤彤的苹果的货物转换中，我们走过了四季，走过了一年又一年，我们终于长大了，而大老黑的黑发却已经灰白。再后来，他跟随儿女去了外地，街道上再也听不到他响亮而独特的叫卖声了。他的姓名也终于像童年的懵懂，湮没在岁月的风尘里。

不见大老黑已许多年，离开故乡也已多年。记忆中，熟悉的街道，总有一道熟悉的影子，吆喝着熟悉的调子，穿行在故乡的四季里。

扭秧歌

梁雪芹

自端午假期后，我就再没回过家。假期第一天，老妈来烟台查体，后一同回家。奈何怎么也说服不了老爸，他不愿来烟台体检。心中满是担忧，父母操劳一辈子，如一台老去的机器，被岁月腐蚀，身体多多少少留下了一些顽疾。自己羽翼渐渐丰满之时，想极力庇护我的双亲，免他们病灾，除他们烦忧。而父亲性情顽固，纵我骗其已交体检费用，也岿然不动，不肯来烟台。

端午回家之时，还是夏之初，骄阳未似火。干了一辈子农活的父亲，在夏季之时，定会晒成黝黑色的皮肤。父亲肠胃不好，又是苦夏之时，原本瘦削的身体，更是在锁骨处留下了两个深窝。是的，炎热之日，流汗不止，恰恰就在此处汇成了两个小小的深水涡。每次，都不忍看父亲，也不敢仔细打量父亲，谈话亦是刻意回避目光的接触。忘记了是从什么时候不敢看父亲了，小时候，父亲不善言辞，自然也很少交流。长大后，明白了父爱的深沉，特别是离家求学工作后，更是感悟到人与人之间的这一种聚少离多，所以每次回家时，刻意与父亲细谈几句。而今，竟不敢看父亲，不忍心看他瘦弱的样子。轻轻地一瞥，瞄到黑瘦黑瘦的父亲，心中竟泛起无限涟漪。我敏感，我爱多想，多想求求岁月，模糊时间的刻度，让我的双亲慢慢变老。“天若有情天亦老”，时光呀，她让岁月的痕迹愈加清晰地展现在眼前，而我只能选择转身轻拭泪眼。

下车回家，小马扎端放门前。与老爸老妈唠起嗑来。犹豫许久，看向老爸，询问道，这个夏天又黑了瘦了是吧？老爸闻声，转向我，眼眸似孩童般澄澈，嘿嘿一笑，家里话道出，俺木也，挺好的哈。与此同时，宽大的双手不时地摩挲着自己的脸庞。老爸话语未落，老妈接话道，你别看你爸这样哈，今年夏天成咱村的明星了。我不解，问道，咋啦？老妈乐呵呵地解释，哎呀，今年夏天你爸学会扭秧歌啦。老爸在一旁羞赧地笑着，幽默地说，年底就上《星光大道》了哈。我竟有点难以置信，老爸生性害羞，少言寡语，不好热闹。老妈又娓娓道来，你爸每晚，特积极地去村里的广场看人家扭秧歌，回家就偷偷练习，有一次还问我，哎（老爸称呼老妈一辈子的“哎”），我怎么脚会扭了，手就不知道怎么弄了？我还教你爸呢，跟他说，你不会这么样，把手甩起来？我就在前面扭，你爸就在后面学。就这样，从那以后，你爸学会了。老妈讲述的整个过程，宛若优秀教师的经验交流会。

吃过晚饭，我迫不及待地拉上老爸老妈到村里的小广场，想一睹老爸的风采。果然，锣鼓架把式一响，我可爱的老爸，在腰间缠上绿绸缎，踩着鼓点，扭起了胶东大秧歌。这种生命的律动一下子感染了我。眼前看到旁人在“指指点点”，耳边不时传来赞美之声，你看，那个大高个，就他扭得最好。哎呀，我心里那个美呀。我也相信，此时扭着秧歌的老爸，内心定是喜悦万分的。不曾想到，老爸老有所学，让我看到了与之前全然不同的形象。想到“相由心生”，想到老爸如孩童般清澈的眼眸，想到老爸扭秧歌时的认真与专注，我对老爸身体的担忧亦因此稍减，身病皆由心病生，内心欢愉之人，定会收获福寿安康。如此，为人子女，我亦心安。

习惯了深夜写文，之前日记都是“悲文”，在难过之时，心绪难平，付诸于笔端。自从亲见了老爸扭秧歌，我觉得自己的生命透进了更多亮光，老爸以他自己的改变，在不经意间改变了我对生活和生命的态度。

“大衫衣裳”的童话

王智英

终于闲下来，可以整理一下杂乱的衣柜。一个多小时，我就从几个衣柜里收拾出了一大包衣服，主要是孩子穿小了的，换季的，过时的……满满的一大包。

儿时，常听奶奶讲，小孩子要穿“大衫衣裳”，方言谐音“打算衣裳”，意指小孩子要穿又宽又大的衣服，这样长大了才会过日子，做事情才能有计划，会打算。

奶奶今年一百零一岁高龄了。她老人家常念叨：“咱们家的孩子都是过日子的好手，就是因为从小穿‘大衫衣裳’，从小就会算计着过日子，长大了自然没错。”我清楚，爸爸兄弟姐妹几个过日子不打算不行啊，爷爷四十二岁就病逝了，撇下家里“五男二女”七个尚未成年的孩子，当时小姑姑最小三岁，五叔五岁，我爸排行第四也只有七岁，一屋的孩子都是奶奶这样一个小脚女子拼尽全力一手带大的。

奶奶说，早些时候的布料都不结实，大孩子穿完了的衣服往往就破破烂烂的了，可即使破烂了也得剪剪裁裁、缝缝补补再给小的穿。小孩子长得快，衣服不能做得正合身，要不春天做的衣服到秋天就不能穿了。所以，老爸兄弟姐妹几个从小几乎没穿过合身的衣服。可哪个孩子不爱美，哪个孩子不怕别人异样的眼神？但在奶奶家穿“大衫衣裳”成了约定俗成，越小的孩子越不娇惯，穿改旧衣服是不成文的规矩。老爸说他小学时还穿过大姑姑的一件女式旧上衣，被同学指指点点，心里也纠结过，可他知道家里穷，自我安慰“有穿的总比光着身子强”。

一家人在一起就很好，日子再苦奶奶也从不抱怨，当然抱怨也解决不了任何问题。像“大衫衣裳”这样勤俭节约的方法奶奶想了很多，做了很多：八十多岁时还亲自在小院里种菜，接雨水浇花，饭吃多少做多少，扇子买回家先缝边……奶奶的七个孩子都特勤劳、节俭、不攀比，按现在时髦的话说，“情商、意商、逆商”都很高，尤其是小学学历的大伯还自学成才，做了船舶工程师，曾率团出国做过工程呢。儿女都健康长大，成人成才是天下父母的心愿。我猜奶奶就是编出“大衫衣裳”这样的童话，让我的叔伯姑姑们对人生有追求，有梦想，一路不屈向前，最终改变了命运。

家底薄，我的父母成家时自然也是家徒四壁。老妈说她和父亲结婚时，家里一分钱的存款都没有，还欠了盖房子借下的一屁股债，两双筷子两个碗扣在窗台上，两个人就结了婚。所以我小时候，经济条件极差，夏天没钱买冰棍，冬天没钱买煤取暖，长到十多岁了每到冬天手和脸还都生冻疮，冻疮那奇痒无比的痛楚至今还记忆犹新，手上一年年留下的疤痕也还清晰可见。

穷人的孩子早当家，我小时候很懂事。老妈也按奶奶说的，给我穿“大衫衣裳”。我儿时的裤子常常是买回新的长一大截，老妈连夜量好尺寸，用细密的针脚把长的部分“窝”到裤管里面，类似于现在的扦裤脚，只不过扦裤脚是把多余的部分剪下，而老妈是用针线将其缝到裤管里面去。裤子短了，老妈就把线拆开放下一截，一截一截放下来，直到裤子不能穿了为止。我小时候调皮，有时裤子的膝盖处磨烂了，裤腿折进去的布还没完全放下来，老妈就又找颜色相近的布和线给我缝补。我现在还记得，半夜醒来模糊地看到老妈把针在头皮上蹭几下，一丝不苟地缝补时的神态。

待我妹妹出生我已经快十岁了,家里的光景好了许多。妹妹似乎已经不大穿补丁衣裳了,但她也只有在过年时才买一身新衣服,其他时间自然是穿我的旧衣服了。老妈也还是喜欢给妹妹买偏大一码甚至两码的衣服。

奶奶非常支持老妈:“穿‘大衫衣裳’好啊,长大了会过日子!”

我工作后,起初自己买衣服时还习惯于要大号的衣服,觉得肥大的衣服穿起来无拘无束,自在!后来同事们纷纷打趣我“硬把魔鬼身材穿成了水桶腰”,闺蜜们甚至看不过去了,强拉我去买衣服,才将我改变。但我仍是宁可大一号绝不小一号,我有我的小算盘:万一胖了,还能穿。

待我的孩子出生,生活条件就更好了。我孕期就托表姐提前将同一款小童服每个号的均买了两件备用,决心让孩子再不穿“大衫衣裳”。然而,我也深切地体会到奶奶说的老话没错,小孩子,春天买的衣服秋天就不能穿了。所以,过了新妈妈的新鲜劲儿,我还是给我家妞妞买起了“大衫衣裳”,不过只买大一号,至少保证穿两季,这样买大了折起一点儿就好, 衣袖裤脚收放都方便。即使这样, 每当换季收拾衣柜还都是一大包——没有穿坏的,都是穿小的。不过并不浪费,所有的衣服都被亲友家的小宝宝预定了,如今的衣料好得很,洗得干干净净,环保卫生没补丁!奶奶的老话也变成了:“穿百家衣,得百家福。”当然,这“百家衣”已经不是传统意义上的用百家布头做的衣服了。

“大衫衣裳”是我们家三代勤俭家风的写照。“大衫衣裳”让贫苦家庭中的孩子遮羞保暖,健康长大。如今,我们的生活条件都好了,不管何时何地,勤俭的家风不能丢。

辑 五

乡村生活

于秋艳

这是一个以种植苹果而闻名遐迩的地方,除了寒冬时节不需园间劳作外,其余时间基本上都是与黄土打交道的。春天,乍暖还寒时,要给树木改形整修,拾掇废弃的苹果袋,即便包裹得再严实,还是会被那一阵阵吹进骨髓里的寒风蹂躏,皴裂的双手冷不丁要被顽劣的枝丫划出几道生疼的血痕。夏天,随便活动一下,汗水也会款款流下,让人心生懒散,不想动弹半分。就是这样的季节,要顶着烈日为树上的青涩果子套袋,让它在阳光的作用下,染上美丽的粉黛。一番劳作下来,皮肤被晒得红通通的,再过几多时日,便黝黑得晶晶亮,像极了罗中立的油画《父亲》。终于到了秋天,收获果实的季节,或弯腰屈身于低矮的层林间,或架梯直冲云霄,小心细致地摘下这些抹了胭脂的"佳丽"。但这并不意味着整个过程的结束,售卖苹果亦是一项烦琐的过程,一遍遍地筛选好、次果,比量型号大小分门别类也必不可少,多方对比选择价格合理的"老客"进行抛售,和赌石的模式有些相似,适时了便会多赚些,逾时或者心急了到手的利润就会低些,甚至不足成本。

苹果园里一年四季的忙里忙外,透过我的眼睛只是管中窥豹,却足以见得其辛苦。看似一颗颗小小的苹果,却凝结了多少劳动人民的汗水和辛酸泪,他们像对待自己的孩子似的,遵循自然规律,付诸心血。维持一年生计的使费,大致出于此,说是命根也不为过。

栖霞的农村里,年轻的人大多都外出务工了,很少有留在本地的,剩下的也多为七老八十的"老货儿",别看他们岁数这么大,但大多数体格是城市同龄人无法达到的。在栖霞,我所看到的一年四季,那些忙碌的背影，也多是他们的，日出而作、日落而归的法则，即便是到了这个年岁，只要身体还行，就依然无法逃避。

苹果园里不是只有苹果树，有些果农也会种植一些蔬菜瓜果作为副业，或是在赶集的时候挣些外快，或是作为平日食用，日子过得也算平和。只要不生病，以当前的收入，一切都好说。倘若生了病，那么，可能这一年的劳作就要打了水漂，能扛就强忍着也时有存在。

可贵的是，这里忙碌的劳作，没有压倒这些乐观朴实的果农，他们的眼睛里无论何时总是充满着希望，闪烁着星星光芒，仿佛他们骨子里寄居着一个个不屈的灵魂，坚信只要付出辛劳在这片土地上，就一定会收获他们想要的结果。

我喜欢这里的乡村生活，阡陌交通，鸡犬相闻，屋舍俨然，民风淳朴。在这里，仿佛时间都变得很慢很慢，不会因为急促的督办时限而焦躁，也不会费时伤神地考虑那么多的人情世故，更不会因为寂寞空虚而终日抱着手机打发时间。在这里，你可以与土地融为一体，化身大自然的挚友：宠辱不惊，看庭前花开花落；去留无意，望天上云卷云舒。

你若盛开

办公室的窗台上摆放着许多绿色植物，其中有一盆兰草，外形酷似韭菜，平凡到不能再平凡，置身于形状各异的植物中，更是没有亮点可寻。除了每日清晨为它浇浇水之外，我如同习惯了呼吸空气一般，几乎忽略了这盆兰草的存在。

直至有一天清晨，我像往常一样为窗台上的植物浇水时，意外地发现了一朵洁白的小花绽放在一株纤细的枝蔓上,洁白的六叶花瓣,宛如白雪一般纯洁,花瓣中央六根花柱托着淡黄色的花蕊,如此色彩搭配,自然且有韵味,丝毫未有矫揉造作之意。我原以为这盆兰草会这样一直待在角落里,悄无声息地活着,这便是它所选择的对生命延续的方式,不承想,它却在有限的时间隧道里,以盛开的方式增加了生命的密度。

可惜兰草的花期太短了, 这种单纯的美好也仅仅延续了几天而已。当我看到那朵六叶花颜色一天天暗淡下去,不再鲜嫩,直至有些泛黄衰败时,心中不禁涌起几分黛玉葬花时的哀伤。

当日子又回归白开水般平静时,我惊奇地发现这盆兰草竟又兀自长出了几枝新的花苞,心中不禁窃喜,心想这下可以欣赏“百花争艳图”了。时间一天天地过去,在这种期待中度日如年,却也明白美好的事物是值得期待的。或许,有些事物正是因为它的稀罕,才会凸显它的珍贵,继而让人们在对美好的盼望中,心甘情愿地选择静静守候。

终于,这盆兰草的两株花苞绽放了,依旧是洁白可人的六叶花,唯一遗憾的就是花苞不能一起绽放,而是选择了次第盛开的方式。这种方式却也拉长了美好的剪影。

这盆兰草在一定程度上打破了我的期待视野。窗台上养了许多盆属性各异的植物,即便是将它们多次换盆,它们也能在短时间内熟悉新环境,任凭生命的张力自行生长,那种生命的活力是让人欣喜的。唯独这盆兰草,半年来没有动静,在角落里安安静静的,本以为这便是它的生命常态,不会再有新变,不承想这突如其来的盛开,让我内心久久难以平复。

我相信这盆兰草的盛开并不是偶然,所有的偶然都含有一定的必然性,或许我们应该像这盆兰草一般,默默地在角落里汲取营养,只管适时盛开,清风自会来!

不羡天涯

关亚婷

窗外的天空黑色渐淡，星光也由密变疏，原本漆黑的屋内也由窗借得一些亮光。厨房传出锅勺的碰撞声和灶台里的呼呼声，没多久，小米粥的香味就弥漫了整个家。我在迷糊中闻着香味醒来，蹦跳着起床等待早餐。缕缕炊烟逐渐弥散，晶莹的汗珠映照着母亲勤劳动人的容颜。

清晨的时光是闲适的。我们围坐在小木桌旁，享受着专属的美味，小鸟在屋檐下呢喃细语。吃过早饭，我跟着父亲去地里干农活了，一大一小的背影相携着走过坑洼不平的土路。

一段短短的土路却藏着无穷的乐趣。父亲不紧不慢地走着，而我时不时地停下看看路边的花草，这株草比周围的高，这朵花与那朵颜色不同，再转过身寻找父亲时，发现自己已落下好长一段距离，跑步赶上再超过他，并炫耀自己的速度，在他前面不远处站住大喊“快一点”。

正值夏天，花瓣和草叶上还能看到晨雾留下的晶莹露珠。野花竞相开放，吸引了美丽的蝴蝶在花朵间来回穿梭。我蹑手蹑脚地靠近一只翅膀带白斑点的黄色蝴蝶，将手掌伸到它两边，趁它不注意快速闭合，拿着它跑到父亲跟前，向他讲述这只蝴蝶的样子和特别之处。有时候我也会用和好的稀泥捏出各种各样的形状，在窗台上摆成一排，可是等它风干后，看到它满身的裂纹，又会黯然神伤好久。我还会采各种不知名的野花，红的、黄的、紫的，挑些特别好看的戴在头上，甚至留一些带回家放在书中做书签……这是幸福而难忘的童年时光。

傍晚时分，红彤彤的火烧云映红了整个小村庄，小鸟扑棱着翅膀掠过广阔的田野，在地里忙活了一天的人们结伴哼着小曲走在回家的路上。炊烟袅袅，小村庄回归了宁静，偶尔有大人拉长嗓音呼唤在外玩耍的孩童。温暖的小屋中，一家人围坐在一起，畅聊着今天的见闻。我的目光不经意间投向我家的门帘处，屋里亮着灯，我透过竹片往外看却什么都看不清，只有满屋的光亮。饭后，我在屋外玩耍。月亮悄然从树梢后探出脑袋，洒下一地清辉。我竟然能透过竹帘看到家里的一举一动，不禁瞪大了眼睛，好神奇啊！那岂不是我在家偷偷干的坏事都被爸妈看到了？现在想来真是忍俊不禁。

时光在不知不觉中流逝，长大后的我不得不努力奔跑。离开了生活多年的故乡，踏上异地的求学工作之旅，我离故乡越来越远。故乡的一切经常出现在我的梦境中。我这才明白，故乡于我而言本就是不可或缺的记忆，一砖一瓦、一草一木都承载着童年的回忆，墙上挂着我曾放飞的风筝，书桌上有我折的纸飞机，田野里有我儿时的梦。

“故乡的歌是一支清远的笛，总在有月亮的晚上响起，故乡的面貌却是一种模糊的怅惘，仿佛雾里的挥手别离，离别后乡愁是一棵没有年轮的树，永不老去。”每一个离家的游子，血液里都流淌着对故乡的深情羁绊，几度欢喜几度忧愁。很多次辗转难眠，回想起故乡的点点滴滴，都会觉得特别温暖。或许它没有江南水乡的温婉秀丽，不似塞北大漠的雄浑壮阔，可它用质朴平实的水土滋养了我的成长，给了我深入灵魂的温暖。

山河错落，物换星移，它依旧是我心中最美的风景。

故乡花开，可缓缓归矣。

骑自行车的岁月

孙德连

自行车，脚踏车，家乡人叫“双滚”，南方人叫“单车”。我觉得这些叫法都不确切，原因是，使用起来，或特别使用起来，往往名不副实。

1974年8月，我拥有了第一辆自行车。当时，自行车凭票购买，而我又没有门路弄到一张购买名牌自行车的票证，只好请父亲“漂洋过海”到大连找我三姨父，托他买了一辆沈阳出产的“东方红”牌自行车。从此，这辆自行车在很长一段时间里就成了我和全家人唯一的交通工具。

骑自行车并不是一件很容易、很轻松的事。那时骑自行车，最怕下雨天，因道路泥泞黏滑，车子总在道路上“打麻花”，泥土黏在车胎上，一会儿就把车瓦塞满了，骑也骑不动，推也推不动，只得不断下车抠泥，抠抠走走，走走抠抠，这麻烦就甭提了。遇到过河，费的力就更大了。为了不让河水浸泡心爱的“坐骑”，就要扛着它过河，不是人骑车，而是车骑人。有时在路上骑着骑着，车胎莫名“放炮了”，还要推着爱车寻找修理铺；如果一时半会儿找不到修补轮胎的地方，那苦楚就可想而知了。每逢上坡路段，尽管累得气喘吁吁、满头大汗，还是不能一口气骑到坡顶上，无论带多少东西，都要用力推着车子往上爬。冬天里，大雪飘飘，天寒地滑，骑自行车行路更要特别谨慎小心，稍有疏忽，就会人仰马翻。尽管如此，三十余年来，我对骑自行车还是一直乐此不疲。社会上许多人总是难以割舍“自行车情结”，这是为何呢？我猜想，大概是因为骑自行车行路还是利大于弊吧。

人说，骑自行车有“三美”——下坡、顺风、带娘儿们。但我觉得，除顺风可以勉强算“一美”外，这下坡和带娘儿们，实在算不上什么美差事。顺风骑自行车，不需花大力气蹬踏，便能“一帆风顺”自然行驶，还可顺便观赏沿途美景，不知不觉便到达目的地，确实不失为一桩美事。骑车下坡就不然了，坡道上人来车往，稍不留意，后果不堪设想。特别是遇到下陡坡路段时，骑车人总是忐忑不安，骑得慢了觉得不过瘾，骑得快了又怕出事故。因此，在下坡路上要不间断地握刹车把，不间断地摇铃，精神始终处于紧张状态。这虽说省了一点力气，我却实在体会不出有何美的感受。

我刚学会骑自行车那会儿，我们一家五口人分三处居住，妻子、我及大闺女住门楼公社驻地，二闺女和小闺女分别跟她们的奶奶、姥姥生活。我和妻子每周日都要回老家看望她们。那时，从门楼公社到我们老家还未开通“小公共”“大客车”交通线路，自行车是我们唯一的交通工具，我是“驾驶员”，妻子是“乘客”。记得一个星期天上午，我带着妻子走到集贤至旺远路段下坡路处，还没来得及体会这“下坡”“带娘儿们”的“美”，蓦然看到前面路中间停着一辆正在装柴草的马车，这突如其来的情况，使我惊慌失措，急忙紧握前后车闸，却无济于事。巨大的惯性拖着我和妻子一直冲到马车跟前……当时，我俩人仰车翻，那情景实在不堪回首。虽说遭遇如此惊险，这自行车该骑还得骑。自那以后，我二闺女搬到了门楼公社驻地跟我们一起居住，小闺女仍然住姥姥家。如是，我这“驾驶员”的责任就更加重大了。一旦回姥姥家看望小闺女，这唯一的“驾驶员”仍然是我，“乘客”却多了两位，大闺女和二闺女。大闺女坐自行车前大梁，妻子抱着二闺女坐后座。您说，我“开车”拉着仨“千金”，这分量重不重？责任大不大？美不美呢？这自行车能“自行”吗？这单车能称其为“单车”吗？

一年又一年过去了。我从门楼公社调到福山县城,又从福山县城调到烟台开发区;所骑的自行车由“东方红”换成“凤凰”,又由“凤凰”换成“永久”。之后近十年间,我一直骑着一辆“三枪牌”自行车。时光进入新时代,自行车的种类一天天多起来,花色品牌五花八门。有两轮的、三轮的;有脚踏的、手摇的、电动的;有一人骑的,也有双人骑的……与时俱进,我也新买了一辆新式“金鹿牌”飞轮自行车。虽说算不上最好的,却也花了四五百元钱。但没过几天,这“金鹿”就让一个偷自行车的人骑走了,对于我来说,这偌大的一笔钱财自然打了水漂。后来我听人说,如今偷车人的技术水平太高了,胆量忒大了,什么锁都能开,什么车都敢偷,就再也不敢买新自行车了,更不敢奢望骑电动车了,只好把我的破“三枪牌”再修理好,重新骑上。“新三年,旧三年,修修补补又三年……”这样的自行车,除了车的主人不离不弃外,别无他人“光顾”,我无论把它搁到哪里都一百个放心。

我骑了近四十年自行车,至今还在骑着。不是买不起机动车,也不是打不起出租车,而是总觉得骑自行车活动活动筋骨,会对身体大有好处。改革开放了,社会发展了,国人的生活水平也普遍提高了,在交通道路方面真是今非昔比。原来未开通的交通线路,现在开通了;原来是狭窄的泥土路,现在变为宽阔的柏油马路;原来是乡镇、县级公路,现在变成了省道、国道……路面上,哪儿是快车道,哪儿是慢车道,哪儿是机动车道,哪儿是非机动车道,划分得清清楚楚、明明白白。按说现在不管是开汽车,还是骑自行车,都是一桩相当享受的美差事,但实践却使我体会到,实在不是那么一回事,特别是骑自行车,我越来越不会骑了。看着道路上形形色色、各式各样的汽车,我骑着自行车,精神总是特别紧张,总是提心吊胆。当我骑自行车路过一个交叉路口时,明明前面是绿灯,可我刚刚骑了几步路,一辆轿车横向从我身旁倏然“飞过”,吓得我心脏怦怦直跳,意想不到的是,同时还“收获”了一声呵斥:“你不要命了!”骑自行车走在路上,偶尔会遇到类似的事,但迷恋骑自行车的我,还是舍不得把我那辆老掉牙的自行车放进“文物博物馆”。

老家

刘乃英

每次从老家回来，总有人问：“是烟台好呢，还是老家好？”我总是说：“还是老家好。”

老家是我一辈子想不够、念不够的地方。从我记事起，我的家乡就是一个多灾多难的地方，印象最深的就两个字，一个“穷”字，一个“怕”字。这两个字是我近些年来才“认识”的，在受穷受怕的年月里认为那都是应该的，吃糠吃菜本就应该吃糠吃菜，而且糠菜很好吃，可惜不让光吃，比如一半糠一半玉茭的炒面，用热米汤一冲，那香味至今难忘，一碗炒面几口就下肚了，舔舔嘴唇还想吃一碗，大人张嘴了：“不要吃了！一碗还不行？”接下来就由苦菜汤补充了。

吃顿扁食（饺子）那是过大年的事情。正月十五吃一顿黄米糕后就等八月十五吃月饼了。月饼是用发酵了的玉米面片片制成的，将其在熬锅上烫熟，用顶针或什么圈在上边，按几个花纹印，再点点红颜色，烧烤得黑一片黄一片，像癞蛤蟆的肚皮。晚上供献罢月亮后，大家就等着母亲给分月饼了。我兄弟姐妹十来个人，每人分几个，各自保管着等饿了吃，男孩子总比女孩子食量大，吃完自己的免不了偷吃或抢吃姐妹们的。

穿戴就更苦寒了。我是在继母的恩慈下活大的，十岁给人家放牛，夏热天好过，最怕冬天，更怕下雪了，穿件又薄又小、补丁摞补丁的棉袄，和现时代的紧身衣一般，想把手揣袖筒里暖暖，没门儿！那袖筒和胳膊一般粗。

“怕”字是什么呢？怕日本人扫荡，怕野狼挖了肚子，怕父亲毒打。其实日本兵倒是没打过我，怕的是日本人一来扫荡就得去山里躲难，就得挨饿受冻，而且我亲眼看着他们用石头砸死了我的亲人毛猴大爷，用机关枪打死了我的美国亲人。

那野狼吃人也很有诀窍的，据说是先咬住人的咽喉部，两只后爪子往后一蹬，衣服和肚子就全破了。狼吃人的年月，我正放牛，差不多每天见狼，村里人叫我“狼干粮”，由于我和狼相见惯了，也不害怕。最难忘的一次是十四五岁的一年冬天夜里，我去离村五里远的黑凹里找牛，狼如果要吃我，十个也吃了，寺城沟胡喜盼家二十岁的后生砍柴时手执镰刀扁担，大白天都被三个狼吃了，何况我这样瘦骨伶仃的孩子。爹在远处喊我，见了我时爹哭得很伤心，把我搂在怀里说：“爹以为没有你了，生虎家的牛早回去了。”

老家在我心中最难忘的是那些有趣的故事，如押宝（赌钱）、打瓦瓦、錾铁悠、打擂台、挖鸟蛋、捉松鼠……这些趣事深埋在心底，成了永久的思念，成了今天深爱老家的主要因素。我和家乡的感情，是在生死关头、在饥寒交迫中与“穷”和“怕”的抗争中建立起来的，尽管家乡还是很穷，但不怕了，相信早晚会富起来的。

暑假期间我和老伴儿领了上初中的孙女苗苗回到山西榆社县老家。回家的意图，一是让孙女认识下自己的家乡和家乡的亲人，二是体验一下农村的生活，对她或许有好处。原本估计住不了几天她就不想住了，没想到住了一个月，快到开学的日期了，她说：“住了一天还想住一天。”如果不是怕耽误孩子上学，我和老伴儿也想再多住几天。

进村时是个下午，5 路公交车停在村中十字路口，新铺的油路平坦舒展，几个老人在阴凉里聊天，有的下棋，有的打牌。我从车里出来的第一句话是：“想不到咱这山沟里铺了油路！”马上围上几个人来招呼，我连襟说:“不在烟台享福,回这穷山沟里来做甚。”有个年轻人说:“你写的那本《岁月留痕》我看过,你把现在的城南村好好写写,让外边的人都知道现在的城南村更好了,姑娘们快来城南找对象吧!”逗得人们都笑了。

晚上,天色刚发暗,大街小巷的路灯全亮了,村子不大,二十盏路灯把村子照得通亮。我家大门外有棵杨树,是专门为乘凉栽的,树下是用一块大石板支的石桌,还有石凳,现在又安装了路灯,全家的晚饭就在这石桌上吃,五六个孩子围着石桌啃玉米,吃馒头,喝米汤,一会儿工夫就把一盆黄瓜咸菜抢了个光。邻居说:“孩子们就吃个混食。”我问从烟台回去的孙女:“这露天餐桌比咱那楼上餐桌好不?”她说:“痛快!”

刚吃罢晚饭,下院侄儿媳妇喊老伴儿去看戏,说是体育场天天有人唱,还跳舞。我活了大半辈子,第一次听说村里有体育场,还天天唱戏跳舞。我们到了体育场,果然名不虚传,水泥硬化了的场地,安装了各种健身器材,村里只要能走动的男女老少差不多都出来了,有的打乒乓球,有的练健身操,六十五岁的弋完英老人思想很开放,给人们唱了段晋剧后又唱开花小调,虽说唱得不怎么样,却逗得大家很开心。全村人就这样欢乐到九点多,直到路灯关了才回家。

第二天早晨,我刚开大门,在下院睡觉的四个孙女、外甥已跑回来了。我问他们:“你们在哪里跑得气喘吁吁?”他们说:“外环路!”“一个山沟小村有什么外环路?”他们说:“就是外环路,不信你去看看就知道了。”

一条约五六米宽的水泥路面,从村西南沿河边修到东河滩,又向北环行到村西北入了油路,是一条名副其实的外环路。我的两个弟弟和两个侄儿在河边砸护路坝,他们说这条环村路很重要,春天拉粪、秋天拉庄稼很方便,并说这路是国家给的钱,村里自己出人力修的,修这路一天也能挣五六十元钱,上半年已兑了现。

东河滩一排一排的红砖新房是牛圈，也是国家给补贴的钱，自己按统一规划建的。过去各家在院内圈牛，村里到处是牛屎，自从集中把牛圈到东河滩后，院里、街里再看不到牛屎了。现在猪和鸡都是规模养殖，很少有人家喂猪养鸡了，说法是不卫生又没什么利润。“猪是男人的粮仓，鸡是女人的银行”已成为过去，现在打粮靠科技，靠机器和化肥，改革开放后人们挣钱的门路很多，上山刨药材，拾杏骨子，一天挣几十元不当事。我小姨爱英说，两个儿子又结婚又买楼，借了十几万元的债靠拾杏骨子还得差不多了。往年一斤杏骨子卖七毛钱，今年卖到三元钱，她一天拾过八十多斤。过去的“烂山杏”今天成了农家的“摇钱树”，据说政府已把种杏树列入山区农民脱贫致富的重要项目了。

1982 年，我在村东五道沟的闲散坡上栽了两万多株“龙王帽”仁用杏。二十多年来，我为发展杏树种植写过十多篇稿件，刊登在《三晋都市报》《晋中报》《榆社小报》上，今年写的长篇小说《种山女人》也是为杏树唱赞歌。我回老家听到的最高兴的话就是：“你栽的那些杏树给大家办了件好事情，在村边上就能捡到钱。”

我们村最美的一道风景是围绕大半个村子的一条河流，人们叫“大河”，每天下午，一群洗衣服的女人在河边撩水逗玩，即使家里有洗衣机也不用，嫌洗不干净。最有意思的是和老友们一起聊天，聊多年前的丑事、笨事、落后事，如电灯泡上点旱烟呀，二十个后生赶牛车呀，孩子身上抹敌敌畏呀，喝了汽油说进口酒就是这个味道呀……一群老人张着没牙的嘴不知是哭还是笑，说我们小时候真傻，社会进步真快，现在的农村再不是以前的农村了，现在的农民也不是以前的农民了，能过上现在的幸福生活，是我们在“穷”和“怕”的年代不曾想到的。

抹不去的乡愁

梁维泉

谷雨的春天，刚经过一场酣畅淋漓的春雨滋润，天空显得格外晴朗。想起前几周，儿子的周末作业布置要写《我心中的春天》。我问："你心中的春天是什么样子？"他摇摇头："现在哪有什么春天啊？出门不是施工尘土飞扬，就是雾霾笼罩！"

我困惑。即便是环境的变迁、沙尘的袭扰、人为的造次模糊迷乱了他们清澈的眼睛，但真实、自然的春天就在眼前。虽然春寒料峭，海风硬冷，天空也不见得晴朗，但只要迈开勤快的脚步，睁大一双寻求美的眼睛，暂放下烦人的作业，关掉花里胡哨的电脑游戏，伸伸懒腰，到田间、到地头，春天就会与你牵手。

三月初到济南出差，在那儿最先感受到了春天的气息。那儿的春，如少女般的清纯、稚嫩。垂柳依依，似少女披了一件鹅黄色的蝉衣，羞涩地摆动着裙裾。路边的樱花，一串串的妖艳，心花怒放，招蜂引蝶，远看恰似中世纪欧洲贵妇人头顶宽边的礼帽，让人春心荡漾。

济南的泉水永远是那样的清澈。冬天的泉水是青色凝重的，而此时的泉水透亮灵动，仿佛活了一般。绿绿的青荇随着缓缓的泉流舒展着腰肢，鹅黄的柳枝倒映在水中，倩影款款，又给泉水多添了一番妩媚和风姿。

泉城的人们是有福的，枕边听泉，推门见泉。在岸边，一位婆姨在清澈见底的溪流中搓洗着已换下的冬衣。我想，这样洗净的衣服，穿上后该是多么的柔滑啊！几位老者，几个小板凳，围坐一起，沏一壶用趵突泉水泡的清茶，浅斟慢饮，悠然自得，好不快活！

老舍笔下的《济南的冬天》是暖暖的，如果让他老人家再写一篇《济南的春天》，必是更有一番滋味吧。

他乡的春天，毕竟不是家乡的春天。这不禁又让我想起了儿时家乡的春天。老家开春正是从耕牛犁地的时候开始的。老农一个响鞭，黄牛喘着粗气，嘴角吐着白沫沫，一片片刚刚翻起来的黑油油的土地散发着熟悉的泥土气息。蛰伏一冬的蚯蚓也抖抖身子，出来瞧个热闹。风柔柔的、暖暖的，响晴的天空，几朵白云懒洋洋地飘着。小山坡上，一簇一簇地跳跃着粉红，那是桃花仙子在翩翩起舞。金灿灿的油菜花也跟着起哄，在田野里四处撒欢。一对白头翁在抽绿吐嫩的白杨树上呢喃耳语，说着悄悄话。树下刚冒出来的丛丛绿草，间杂着星星点点的野花，黄的、白的、紫的、蓝的……让人舍不得踩下一个脚印。不远处的水塘波光粼粼，几只野鸭浮在水面。

"咯咯……"爽朗的笑声阵阵传来，原来是几个像桃花一样美丽的姑娘，穿着白白的衣衫，围着花头巾，在花丛中给桃花授粉，在每一株花瓣上纤手点香。她们就像勤劳的蜜蜂，为美好的生活采蜜、酝酿。

开车行驶在城市的柏油路上，路两侧的各色花草，很多都叫不上名字来，有的是花枝招展，有的是争奇斗艳，着实迷人，但总感觉有一点儿陌生。

想起儿子的话，虽然有他消极懒惰的一面，但隐隐感觉也有他的道理。天然的美才是最美，自然的空气最清新。

昨天回了趟老家，站在平房远眺，远处开满鲜花的地方，已经遍布拔地而起的厂房。柳林河畔林立的高楼，即将成为村民们的新居。是啊，时代在变，新社区，新生活，幸福满满的未来在迎接我的父老乡亲。

在我心中，那抹桃红和金黄将永远留在记忆中，成为永远的乡愁……

捉鱼乐

巨民

疫情期间，居家隔离，不断回忆小时候的趣事。因为那时候是最快乐的，永远充满着活力，从来不会感觉到无趣。

“余忆童稚时，能张目对日，明察秋毫，见藐小之物必细察其纹理，故时有物外之趣。”这是清代的诗人沈复观察细小事物的幼时记趣。

我小时候在爷爷家长大，村边有一条小河流，由北向南，穿过我们村边界汇入大河。她不仅日夜不停地为村庄唱着欢快的歌，还让我踏着她的歌声去捉小鱼和小虾。

我还清晰地记得到小河里去捉鱼的情景。夏日炎炎，蝉声聒噪，炎热的空气流动着，稍微一动便浑身冒汗。我打着赤脚，卷起衣袖和裤脚，踏入凉凉的河水里，凉意顿时漫上全身；弯下腰去，轻手轻脚靠近河岸处的水草，担心惊动躲在里面的鱼。徒手摸鱼有技巧，需要大量的练习。手探入水草中或是石缝时，需要双手水平张开，尽量获得较大的面积，方便抓鱼；探入草中时一定要迅速、果断，一旦掌握了正确方法，抓到鱼也就不是问题了。

捉到最多的往往是鲫鱼，招远话叫 zhíyù。鲫鱼繁殖力极强，而且成群出现，在水里摸到的感觉是凉凉的、滑滑的，只要用手抓得住就很容易得手。但像是泥鳅、花刺这种鱼多半会逃脱。一是太滑，很容易抓不住；二是触感像蛇一样极其恶心，往往碰到后就将手缩回。当然，捉鱼除了带来希望和惊喜之外，也会有各种意外。比如，可能会在水草中摸到癞蛤蟆，会有极长时间的心理阴影，嘴上说着“吓死我了”这类的鬼话，心里还会暗自害怕。也可能被河里的碎玻璃或是石头割破了脚，等上岸感觉到疼才发现有伤口。

每年夏天，总要下几场暴雨。暴雨很快就把那些水库灌满了，一开闸放水，小河也会发起大水。记得有一次是夜里，突然下起了暴雨，不知什么时候停了。第二天爷爷说，发大水了，捉大鱼去。

爷爷捉鱼的方法更厉害，他会撒大的渔网。暴雨过后，水变得混浊起来。在水深处冒泡泡的地方，往往有鱼群。一张好大的渔网，他拿在手中抡圆了肩膀，使劲一撒，渔网就张开了，在水面画一个大圈缓缓地沉了下去。然后把网收回来，网里就有活蹦乱跳的鱼儿。看爷爷捕鱼，是我儿时最高兴的事情。爷爷撒网的样子，让我想起海明威的名篇《老人与海》中的桑迪亚哥，手上抓着网，烈日下，眼神坚毅。

一旦爷爷捕到鱼，特别是捕到大鱼的时候，我会高兴得跳起来，叫着去抓但又抓不住。看着袋子里的鱼越来越多，那也是我们回家的时候了。奶奶会把这些大鱼处理好，炖成美味的鱼汤。后来我长大了，离开家乡，就再也没有喝到过由自己和爷爷捕的、由奶奶煮出来的又鲜又香的鱼汤了。

今年过年回家，得知爷爷的身体每况愈下，脑血栓后遗症影响肢体活动，现在走路都很困难，更不用说捕鱼了。喝了一辈子的酒今年也戒掉了，他经常在院子里晒太阳。从年轻到迟暮，他在这片土地上出生，也逐渐走入了这土地里。

童年远去了，抓鱼已经成为美好的回忆。烈日、河水、垂柳和捕鱼交织成的画面，仍然会在我的梦中出现。忽然觉得陪伴是多么重要，就像小时候爷爷陪我度过的那样。

小猫皮皮

徐志飞

皮皮是父亲从同事那里带回家的一只英短蓝猫,由于她的父母一只是长毛一只是短毛,所以皮皮的毛浓密、柔软,像一匹上好的绒布,叫人怎么摸都摸不够。圆圆的眼睛像两颗剔透的黄宝石,耳朵是两个灰中透粉的小三角,黑色的鼻头总是嗅着空气中的各种味道,偶尔打呵欠露出粉嫩嫩的舌头和洁白锋利的小牙都是那么惹人喜爱,一条粗壮有力的尾巴总是一抖一抖地透露出她的心情。

皮皮是一只不折不扣的肥猫。父亲刚把她接回家,她就一点儿也不认生地大口大口吃东西,活像饿了好几天。但奇怪的是,其他的小猫都喜欢的零食、罐头、奶粉,她却一口不吃,即便是鱼、肉、虾等,她也是扭头就走。皮皮最喜欢吃猫粮,这相当于人类只喜欢吃米饭、馒头等主食。一岁多的皮皮已经长到了十斤,只要带她出去,人们都会把她误认为是体型较大的公猫。

可是与她"庞大"体型相反的是,皮皮的胆子就像针尖一样小,在家是"混世魔王",可是只要一出门,她就变了一个"人"——两只小耳朵向后低低地压着,眼睛紧张地左右闪动,观察着四周的情况,或者趴在地上一动不动,尾巴缩在后腿中间,像个鸵鸟似的把头埋起来,或者压低身子挪到人们看不见的地方,小心翼翼地将自己藏起来,玩"你看不见我,我也看不见你"的小游戏。

皮皮是那样讨人喜欢,俘获了家里每一个人的心。父亲下班回家,皮皮会到门口迎接他,父亲会放低声音,问:"皮皮今天听话吗?"有时看到她安静地趴在身边，父亲总是向我们描述他们的关系是多么融洽，手机的相册中也全是皮皮的身影。母亲的改变就更大了，原本一个坚决拒绝养猫的人，现在变成了家里最沦陷于皮皮魅力中的人。她总是念叨着皮皮的身上没有一处不好看、不令人喜爱，她的每一个部分是多么让人心生怜爱，禁不住想要多摸一摸她。她把皮皮看作她的二女儿，温言软语地和她说话，皮皮有一点儿不舒服，母亲都提心吊胆，不敢抱她，立刻买来零食，讨她的欢心。家里的椅子、盆栽、窗帘等，没有不遭受她的“毒手”的，可是家里没人舍得责怪她。母亲最喜欢侍弄的花草，被皮皮咬掉了一半的叶子，母亲却说，皮皮啊，使劲咬，我再种几盆给你咬，活像个被宠妃迷昏了头的昏君。

家里人的宠爱也让皮皮生活得无忧无虑。母亲忙着做家务时，皮皮会跟在她的身边，好奇地转来转去，非要搞清楚在干什么不可。父亲会在她无聊时，陪她玩最喜欢的玩具。这时，皮皮会像捕捉猎物一样，先弓下身子，两只眼睛紧紧地盯住父亲手里抖动的玩具，等到合适的时机，她就会用爪子在地板上使劲挠几下，以最快的速度扑上去，抓住玩具后用两只前脚抱住，放在嘴里咬几口，再用两只后脚蹬几下。皮皮也会在我睡觉时，趴在我的床下安静地陪我休息。

我想，这是她在用自己的方式陪着我们一家人，或许平淡，但很温馨。我们也会一直陪着她，一直陪下去。

大柳树

王娜

村口路边有一棵大柳树。它的树干有两个人合抱那么粗，枝干有粗有细，杂七杂八地交错横生，树冠朝路那边斜着，是棵老歪脖子树。

在我小的时候，那棵大柳树是孩子们心照不宣的秘密基地。炎热的夏天，树下总有摇着蒲扇驱赶蚊蝇的大人与听着故事昏昏欲睡的孩子。有些不老实的孩子，趁着大人说话的工夫，“噌噌噌”爬上树，在颤颤巍巍的枝干上嬉笑打闹。再调皮一点的，撸一把柳叶在手里，朝着路过的行人一扬，即使明知道晚上要吃“棍棒炖肉”，这一刻的欢笑声也依然恣意张扬。

再大一些，我们就不去大柳树那里了，不但不去，我们还要嘲笑那些在大柳树下被大人拘在身边的孩子是胆小鬼呢。我们有了新的秘密基地——水库大坝。大坝坡上生着数不清的桑椹树。放学后结伴去那里大吃一顿，还能用裤兜、衣服兜装得满满地回家给弟弟妹妹吃。那时候总有邻村的小孩子来这边偷吃，这个秘密基地很快就被洗衣服的大人发现了。原本在树上神气得像美猴王的老大，蔫了吧唧地被大人拎着后脖领带走了。后来不知道怎么传出来有小孩掉进水库里的消息，把我们吓了一大跳，还好在大柳树下又见到了他。

渐渐地，我上初中了，我上高中了，我上大学了，我上班了。每次出村子都要经过路口的大柳树，树下却渐渐没有了乘凉的大人、嬉闹的小孩。炎炎夏日，大人与孩子都选择躲在屋子里享受科技带来的凉爽与娱乐，只有个别走路都不稳当的老人，还搬着小马扎在门口檐下眯着眼候人，似乎是在怀念当时的热闹与阴凉。

今年封村,村委会就在大柳树旁搭了个窝棚,日夜不辍地轮班值守。几个快要退休的叔叔从大柳树身上牵了根绳子扯到另一头拦路,就连大柳树身上也缠着红红的条幅,从远处看红红火火的,还挺好看。

大柳树很老了,老到春天也不怎么抽条了。我不知道它在那儿站立了多少个年头,只知道爸爸小的时候就在它下面玩过,只知道困难年岁里,它的皮、它的叶都是村子里难得的救命粮。村子也很老了,那些出来遛弯拉呱的人也越来越少了。前几年天气太旱水库干涸了,桑椹树也因重修堤坝被砍了。大柳树与村子,好像就在某一个时刻被定格在时光里,再也跑不动了。

总有一天,大柳树会光秃秃地、直挺挺地老死在村口,对着来来往往的车辆与行人,却说不出一句“你好”和“再见”。

缝纫机

张金强

二十世纪七八十年代，结婚一般少不了三大件：手表、自行车和缝纫机。父母亲结婚时只有一块手表和一辆自行车，缝纫机是他们结婚五年后父亲才给母亲买的，也算是圆了“三大件”的说法吧。

听母亲讲，她当时相中的是父亲这个人，父亲在十里八乡是出了名的老实、勤恳，待人接物都有礼有节，还是一个小木匠，木工活做得很精致，至于结婚的“三大件”倒不显得那么重要。可父亲为了不让母亲受委屈，还是想尽办法给母亲置办了手表和自行车，至于缝纫机，因家庭实在拮据，也就搁浅了，没有置办齐全。可父亲向母亲许诺，只要人勤快，日子会慢慢地好起来，一定会给母亲置办一台缝纫机。

日复一日，年复一年，姐姐已经五岁了，我刚满两岁，一家人日子过得幸福美满。母亲说，有一天，父亲从县城打工回来，当他推着自行车进了院门时，她发现父亲的自行车后座上绑着一只很大的箱子，父亲花了三百三十元给她买回来一台“飞人牌”缝纫机。父亲没有食言，为了母亲，为了这个家，他一直在奔波努力，让家人日子越过越好。父亲取出箱里的缝纫机组件，在灯光下开始组装，几个小时后，一台崭新的缝纫机便摆放在屋内。父亲喊来母亲，让母亲瞧瞧怎么样。母亲回忆说，她当时真的被感动了，她知道她没有嫁错人。

那台缝纫机，我如今回想起来还记忆犹新。铸铁的脚架、平整的台面、锃亮的机头，尤其黑色机头漆面光滑而有质感，上面还绘有精美的花纹。在机头前方正中间印有“飞人牌”三个大字，右边印有“飞人牌”的标志。机头在不使用的情况下还可以藏到台面下的暗箱里。做工精细的木质台面,纹理清晰,表面光亮,与机头的花纹完美结合。台面左边是一块可拆卸的木板,可使台面加长,更方便使用。台面左下方是一个长体针线盒子,可以收纳一些零碎的针线用具。父亲给母亲买的这台缝纫机,母亲打心眼儿里喜欢。虽然母亲没读过多少书,但母亲做得一手好针线活儿,现在有了缝纫机,更是得心应手了。母亲操作几次缝纫机后,便能熟练地使用了。家里有一张老照片,是我两岁多时穿着一套小军装照的,母亲说那套小军装就是她用缝纫机给我做的第一套衣服,她还去城里给我买了一顶儿童军帽,再配上她做的小军装,我俨然一个“小军人”。

自从有了缝纫机,我们一家人的衣服都是母亲亲手为我们缝制的。不论春夏秋冬,还是风霜雨雪,晚上常常会听见缝纫机“嗒嗒”的声音,虽然我们生活不算富裕,但对于我们姊妹三个的衣着,母亲从不含糊,总是让我们穿得整整齐齐、干干净净。入学的新书包,是母亲用缝纫机给我做的花格布料的;戴的红领巾,是母亲用缝纫机给我做的红色布料的;参加演出的小马甲,是母亲用缝纫机给我做的黑色布料的。母亲不仅给我们一家人做衣服,村里的人自己买好布料,便会来找母亲为他们做上衣和裤子,乡里乡亲的,母亲也都答应了。母亲还会做中山装,带四个兜的,裤子做得也是无可挑剔,受到村里人的夸奖。记得小时候,母亲做衣裳时,扣好梭头,穿好线,双脚踩在踏板上,将要缝制的布料对齐放在针头下,右手滑动机头右侧的圆轴,手脚并用,随着“嗒嗒”的声音,布料在针头下有序地移动。淘气的我总是在旁边捣乱,有时候,母亲短暂离开,我便开始在缝纫机上试手,结果针头上面缠了一团线,母亲回来后并没有责骂我,而是耐心地解开线团,继续做衣裳。就是这样的“嗒嗒”声,伴随着我的童年,母亲也是用这台缝纫机做出了许多衣服,温暖着我们儿女的心。

一台缝纫机，是父亲对母亲的许诺，也是我记忆中抹不去的一样老物件。

父亲的自行车

父亲曾经骑过的那辆永久牌自行车，已经停放在老家旧屋将近十七个年头了。

我每次回老家，走进村口，看着修得又宽又平的路，村里人开着小汽车来来往往，我不由自主地叹息，心想父亲为什么没有赶上这样好的日子呢？回到家，我总是要去旧屋一趟，去看看父亲曾骑过的那辆旧自行车，睹物思人，也许那就是父亲留给我的一丝念想吧！

推开旧屋的那扇木门，父亲曾骑过的那辆黑色自行车便映入我的眼帘。我总会急切地走近它，一种无形的亲切感油然而生，我抚摸着自行车的大梁、车把，还有那破旧的车座。自行车上落满了灰尘，我找来一块布，端来一盆水，慢慢地擦拭着自行车。自行车已严重掉漆，许多地方也是锈迹斑斑，两条车胎已没有了气，紧紧地贴着车圈。接着我的目光转到车子的脚踏位置，那一对木质脚踏瞬间勾起了我满满的回忆，因为这对木脚踏是父亲亲自制作的。我擦拭车头时，不小心将车头的那颗车铃给弄响了，“叮铃铃”，这铃声依旧那么清脆，太熟悉了，在我童年的记忆中是难以忘怀的。这一声车铃响仿佛一把钥匙，瞬间打开了我记忆的大门，那些流年里酸甜苦辣的往事涌上心头。

打我记事起，父亲就骑着那辆永久牌自行车，听母亲讲，车子是他们结婚时买的，结婚后，父亲就骑着它来往于村子与县城之间，为了这个家奔波忙碌。在我眼里,父亲很能干,他就像一个“万能工”,砌墙垒瓦,打井挖窖……还会做木工活儿，家里的房屋就是父亲一砖一瓦盖起来的,屋里的家具也是父亲一锯一刨做成的，村里的乡亲们都很看得起父亲,连城里的包工头也联系父亲去给他们做工。父亲早出晚归,每天骑着自行车去打工。自从我上了小学,放学写完作业后,总会跑到村口,在那棵大柳树下边玩耍边等父亲下工回家。每当看见村口进来骑自行车的人,我就垫高脚看,终于,在太阳快要落到山窝时,父亲出现在我的视线里。父亲骑到我跟前时,握了一下刹车,右脚撑地,车便停了下来,父亲微笑着说:“你小子,不在家写作业,跑到这儿等我……”夕阳西下,余晖照着父亲的脸,父亲弯腰用右胳膊搂在我的腰间,把我夹起来放到车子大梁上,右脚一蹬地,车子便启动了。我依偎在父亲的怀里,父亲满身的汗味被我闻到了,我捏着自己的小鼻子,父亲却笑了。我不停地摆弄着车把上的车铃,“叮铃铃,叮铃铃……”后来,等到父亲到村口时,我就接过父亲的自行车,自己学起了骑车,父亲便用双手紧紧地扶住车后座防止车子跌倒。我在前面晃晃悠悠地蹬,不知多少次这样的重复,我感觉骑得很稳了,当回头看父亲时,他却在很远处向我招手,我就这样在父亲的帮助下学会了骑自行车。

日复一日,年复一年,父亲的那辆自行车已经很破旧了,骑起来丁零哐啷响。因为家庭比较拮据,要供我们姊妹三个上学,父亲始终不愿再买一辆新的自行车。旧自行车的一对脚踏也都掉了,父亲为了省钱,加之自己就是个木匠,于是便做了一对木脚踏。当车胎破了以后,父亲就自己修补车胎。晚上回来,父亲在屋内十五瓦白炽灯的光照下,坐在一个小板凳上,身前放着一盆清澈见底的水,旁边还有胶水、锉子等补胎工具,拆开自行车外胎,内胎上已经有六七处补过的旧痕迹。父亲喊我帮他往车胎内打气，看着慢慢鼓起的车胎，父亲双手握住车胎塞到盛了水的脸盆里，瞬间，水面不停地冒出许多水泡，再拿出来仔细一瞧，父亲叹了口气说："这下没法补了，以前补过的地方出现了许多小口子，看来又要掏钱买一条新胎了。"父亲久久地坐在小板凳上，不停地抽着自己卷的旱烟……

后来，村里许多人都买了摩托车，可父亲依然骑着他的那辆旧自行车。有一次晚上下暴雨，和父亲一起干活的人骑着摩托车，赶在下雨前回到了家，可父亲还没有回来。那时家里还没有通信设备，没法联系到父亲。电闪雷鸣，暴雨倾盆，母亲心急如焚，跑到门前的路边，用尽全身的力气喊着父亲的名字，那声音在雨中瞬间被淹没，母亲依旧呼喊着，看父亲是否有回应，是不是进村了，跟在后面的我也不停地喊着爸爸。突然，远处传来了一声回应，母亲再喊，父亲再回应。过了好长时间，父亲终于回来了，进家门时，父亲还扛着那辆被淤泥塞满车轱辘而无法骑行的自行车。看着全身淋湿的父亲，我幼小的心默默在想，等我长大了，一定要给父亲买一辆摩托车，让他不再这么劳累辛苦。

可是父亲没有等我长大，他在2000年因病离开了我们。记得母亲后来去花圈铺给父亲订制了一辆纸制自行车，拿回来烧给了父亲，我明白母亲的心意。如今，我有能力为父亲买摩托车，为父亲撑起一片天，不再让他受苦受累，可是父亲已经不在了。

父亲的自行车，依旧停放在老家的旧屋里，它就是我对父亲的念想。

记忆中的红薯

姜秀丽

每年冬天一到，小区门口就多了一位卖红薯的大爷，每次经过时，那里总是围满了买红薯吃的大人和孩子们，整条街道也弥漫着诱人的红薯香。每每此时，我也总是禁不住诱惑，非要买个吃才肯罢休。每次旁若无人津津有味地吃着红薯，闻着那曾经熟悉的味道，我的思绪就会像薯香一样飘向远方，飘向那艰辛而又温暖的童年岁月。

记忆中的红薯在我们胶东一带叫作地瓜，那可是家家户户吃了上顿吃下顿的主粮，是养育家人乃至家畜的主食，是"地瓜饼子不吃停着"的家训象征。童年的我对红薯是既爱又恨。在那贫穷落后的年代，由于红薯耐旱易种，储存时间长，深受家乡人的喜爱，也因此家家户户都种红薯。一到秋天收获的季节，屋里屋外到处堆满了红薯，路边、田地，甚至房顶上也都晒满了薯片，白茫茫的一片，太阳一照，煞是一道风景。放了学回家，挑一个红瓤的，衣服上擦两下，咬一口，那是真叫一个脆甜，根本不用担心是否含有农药和毒素，比现在的水果不知要放心多少倍。

冬天到了，家家的红薯也就陆续放进了自家的地窖里，够家人吃到来年春天。若是赶上下雪天，一家人围着火炉边烤火取暖，边放几个红薯到炉底烧烤，说累了，笑够了，红薯也就熟了。从炉底拿起烫手的红薯，敲一敲，拍一拍，然后一掰，一股热气伴着浓香扑面而来，顾不得烫，就往嘴里送，烫得"嚯嚯"地吐气，嘴里还不停地喊着好吃、过瘾。虽然童年的冬天很冷，但家里很热，心中很暖。

整个春冬，家中一日三餐几乎都是红薯，吃得我看到红薯就怕，闻到红薯就反胃。有一次实在吃不下了，就把红薯一扔不吃了。母亲含泪把我拉到里屋："孩子，别不懂事，你要想天天吃白米饭，好好念书去。"母亲的话不多却让我沉思不语。是呀，那个年代，有红薯吃已经很不错了，父母整天早出晚归，回来后还要翻着花样给我们蒸红薯、煮薯粥、烤薯饼，有时还要把红薯磨成粉、晒成干，哪怕自己再苦再累，也要让孩子吃饱吃好。童年的冬天，生活单调而贫瘠，但在那艰难的日子里，靠着红薯，父母不仅挺了过来，养育了我们，而且还教会了我们很多的道理。

现如今，人们的生活水平大大提高，物质条件越发丰厚，那种把红薯当成主食的年代一去不复返了，但那艰辛又温暖的岁月教会了我们坚强乐观，教会了我们忍辱负重，教会了我们珍惜拥有，教会了我们努力拼搏……

那段岁月，一直在我的记忆深处。

家乡的路

记忆中，家乡是胶东半岛东部三面环山、一面临海的一个小渔村，与外界沟通仅有一条路，狭窄难行，曲折蜿蜒，以至于人们很少称呼它的村名，而是形象地叫它"兔儿窝"。

记忆最深的是孩提时上学的青石路，从家延伸到学校，坎坷不平，却是村里最好走的路。雨天时，青石路面被冲洗得干干净净，绝少会弄脏鞋裤。听村里老人讲，那是好几代人辛辛苦苦从山上采下大石块铺成的求学之路。这不仅是让孩子们走稳上学的路，更是一种希望、一种期盼，期盼子孙后代能沿着这条路走出这"兔儿窝"。家乡的青石路，是孩子们启蒙、成长的路，记忆里写满了童年的无限乐趣。

家乡也有一条条茅草丛生、窄窄的路，是那种用脚踩出来、独轮车轧出来的田间小路。人们挑着扁担，推着小车，扛着锄头，沿着小路去播种、除草，而后又踏着它去施肥、收获。一年年，周而复始，家乡的田间小路是家乡人艰辛劳作之路，记录着人们早出暮归的脚印，也承载着他们收获的喜悦。

家乡唯一通往外界的路，是一条马路。不知是何年何月用碎砂石铺成的，只知道每次下大雨都会把路面的细砂子冲到路沟，这时路面就变得一缕一缕，坑坑洼洼，高低不平，车子一过，泥水飞溅。这马路也是家乡人外出的必经之路，每当村里的孩子外出读书，家乡人总是自发地送到村口，目送着外出学子走向远方。通往外界的马路绵长幽远，看不到尽头，那是家乡人寄托梦想、追求幸福的希望之路。

斗转星移，日升月落，现如今，家乡像插上了腾飞的翅膀，处处呈现出勃勃生机。人们说，是家乡四通八达的路让家乡的人致富了，让他们的生活质量提高了，这路是勤劳智慧家乡人的黄金路、幸福路……

呢喃

张绿艳

生了一场病,整日与床为伍,每天只能望着窗外四方四角的天。

今年开春,母亲在西墙头又加盖了一排平房,黛瓦白墙,颇有几分古韵,引来不少燕子筑巢。我笑言,这是“旧时王谢堂前燕”。母亲不知何为“飞入寻常百姓家”,却一本正经地说,这是去年屋檐下的那一窝,她记得那只大燕子左翅膀上的一小撮白色的羽毛。不知何故,屋檐下去年的燕窝早已损毁,只留下些许泥土的印迹。燕子恋旧窝,母亲经常如是说。她说这话时,眼角的皱纹微微向上扬起。我在家的日子,母亲总是很开心。

燕子们每天都打我房间的窗口飞过,或驻足凝望,或盘旋而去,或叽喳欢唱,或静静地梳理羽毛,为这个燥热的夏日增添了几分明艳的活泼。清晨,是它们最畅快的时光。三五成群,站在檐下,时不时展开翅膀,翘起尾巴,转动灵活的脑袋轻啄有些凌乱的羽毛。有时,那灵巧的小嘴会将全身挠个遍,这如此费时费力的早锻炼真让我大开眼界!累了,它们便停在窝边,叽叽喳喳地谈谈天,我虽听不懂它们在说什么,却也觉得好生热闹。每天,在它们的欢声笑语中蒙眬醒来,心情也无端添上几分明媚。日日有这些小生灵做伴,原本无趣的日子倒好打发了。

我时常去房檐下看它们捉飞虫,或小心看护母亲洗好的衣服,防止它们在晾衣绳上玩耍踩下爪印。不过,我最喜欢的,还是趴在窗台上,听它们闲聊。一开始,总觉得那些“燕语”让人摸不着头脑,慢慢地听多了,倒也觉得十分形象。你拍拍翅膀,我翘翘尾巴,你转转头,我瞪瞪眼,再配合着忽高忽低、忽快忽慢、忽长忽短的鸣声,倒像是在看一部听不懂语言的电影。

“呢喃燕子语梁间。”我喜欢这句诗中的浓情,近日却觉得美则美矣,少了生趣。燕子这样一种活泼的鸟,“呢喃”反倒显不出它们叫声中灵动的情致。我正为自己的发现沾沾自喜时,那对大燕子回来了,停在屋檐下。我注意到,这对眷侣之间的交流很少,每次回来都依偎在一起轻轻梳理羽毛,比起小燕子们的喜庆热闹,它们之间的相处要平淡很多。今天也不例外,相对无言。我正打算缩回头继续看书,却发现一只燕子突然稍稍飞起又落下,接着便如演杂技般做出各种高难度动作:单脚站立,尾巴抖得上下翻飞, 左右不停地把翅膀展成扇形……它还时不时侧眼看看,叫几声,那叫声中带着几分心急,也夹着几分讨好。只见旁边的伴侣一开始偏着头,一动不动,似乎不大高兴,慢慢地头立起来了,眼睛中也有了光彩,还轻轻转过头,抖抖尾巴,似乎笑了。两只鸟儿又依偎在了一起。我恍然大悟,原来小夫妻吵架了,最终因一方的妥协示好而化解了矛盾。这世间的情侣如此相像,无论人和鸟,发生矛盾时,总得有一个先做出些许牺牲,若双方都固执,这情恐怕长久不了。

和好后的燕侣“话”比以往多了,矛盾之后的倾诉总能让感情更深,它们也懂。声音不大,断断续续,音调很低,声声含情,声声甜蜜。我突然明白了,这才是所谓的“呢喃”吧!

雨的印记

一夜风雨,什么都是潮湿的,似乎心也是。这样没有阳光的日子最易伤感,何况窗外暴雨如注,不知要湿透多少人的往事。

晨起,去院子里走了一趟,裙子周围便细细密密地沾了一层水珠。母亲在厨房做饭,感叹好久不烧柴的家里终于又可炊烟袅袅了,只不过这雨天潮湿,烟格外大。我也喜欢这种古老的做饭方式,蒸汽缭绕的厨房特别有家的味道,只不过夏天太热,母亲总不愿自己有些微胖的身体在厨房里太过煎熬,于是便改用电器上阵。

这小山村的雨有时来得让人惶恐,看着屋檐下不断溅起的大朵水花,总觉得这村庄岌岌可危,似乎下一秒就会被冲走。最近几年,村子周围几乎没什么树了,一下雨便见周围的水横冲直撞,卷着泥沙出逃。

儿时的村庄极美,绿树成荫。树木掩映中的村子多了几分神秘,也有几分世外桃源的味道。村口的几棵大柳树已过百岁,树干中间早已腐烂,仅剩树皮的它们却依然葱郁;村后的池塘明净如玉,火红的荷花,半开的睡莲,垂柳依依,微风习习,是夏日孩子们玩耍的乐园;田间地头开着各种野花,放学后的小姑娘们随走随采,到家便是鲜花满头。那时的人们日出而作,日落而息,牵着黄牛犁地,用镰刀收割成熟的庄稼,没有多少现代化的痕迹,却自有一番悠远与宁静。不知从何时起,村子已非原来的样子,变得越来越喧嚣,让我觉得满目疮痍。

来到烟台,渐渐喜欢上了烟台的雨。萧瑟的秋日,站在窗边赏雨,那雨似乎总也下不够,淅淅沥沥,缠缠绵绵。那滴滴答答的雨声,如一首离别的小曲,加之此时黄叶满地,虽觉怅惘,却依旧喜欢。

这不禁让我忆起家乡的晚春。小院门口,秋千旁挂的嫩黄色的柳条花环早已枯萎,孩童们又找到了新的乐趣——吮吸梧桐花。轻轻剥下梧桐花的萼片,用嘴轻轻吮吸,些许甜甜的味道便溢进嘴里。那时,村里的小孩子总是对甜的东西情有独钟。梧桐树下,孩子三五成群,低着头,从落下的梧桐花中寻找自己觉得最甜的那朵,还时不时抬起头,嘴里一边吸着花一边好奇地问同伴:“你的甜不甜?”

不久,梧桐花便开到了尽头。夜来梧桐更兼细雨,清晨便见花落满地。铜铃般的紫色小花在地上挨挨挤挤,花瓣上,每一滴雨珠里都藏着好多花的模样。这一条紫色的小路顺着村口一直延伸到远方,倒比秋天的落叶满地更多了几分浪漫与情调。若是此景用来拍韩剧,恐怕这梧桐花着实要火上一把。好友痴迷紫色,若是她见到此番情景,一定会欣喜若狂。只可惜,道旁的梧桐树如今已无踪迹,取而代之的是一条光滑平坦的水泥路。没了往昔的梧桐花送行,春离去时也会少几分眷恋吧!

影

圣海玲

二十岁的某个清晨，我坐在靠窗的位置，望着窗外的围墙，墙外的矮楼，墙内的老杨树和圆柏，以及掉落在窗台上的阳光，心生冲动，拉开半个窗子。混合着生草、灰尘和施工队中建筑物的气味，这个季节的风羞涩又迫不及待地涌进，恰好，不太凉，不太吵。我就那样坐着，忽发现手上、臂上、书页折角的空白里，几块斑驳的晕影在浮动，我盯着它出了神。

看得见又触不到，隐隐约约的那影，大概是一个梦吧，或许是我的，或许是别人的。梦见一个童年，啃食着泥土和青草，青涩涩的野气，冰凉凉的露滴，围着野葡萄的藤蔓缠绕、伸展，伸向参天的古柏，伸向圆大的野桑，伸向漫无边际的灌木，淹没黄蒿草上的瓢虫，驱走酸枣树下的白獾。有人枕着柿子树蜿蜒的根等着萤火虫。接着是漫野的山菊流出山谷，溢在各条小径上，由高向低地淌着淌着，淌到寒秋，到风停的时候，轻轻将自己埋葬。天空降下净生生、凉森森的白土。

一对六岁的孩子用竹竿搭起一座小茅屋，他们拔了一大堆艾草围着屋子插上，又捉来几只瓢虫放在草上，然后挤坐在茅屋里。女孩问男孩："你叫什么名字？"男孩说："我告诉过你了。"一阵风吹来，茅屋倒了，孩子们咯咯地笑了。

童年醒了，那影静住不动，我便留意去寻找。这么一留意才发现，阳光透过疏密恰到好处的老杨树的叶片，所泛着的介于看见与看不见之间的莹莹的绿色气流，似乎在哪里见过。

是个夏天吧，极热，各种绿藤植物下都弥漫着这种绿莹莹的气流，我好像看见了空气在我半腰的高度翻滚着，且越升越高，心里想着：它若是升到我鼻子嘴巴够不着的地方，我可能就要窒息而死了。我这样担心着，不时地望望走在前面的妈。妈担着两桶未盛满水的桶，摇摇晃晃走着，一只胳膊使劲地甩。她的头侧着，我看见妈右脸上一块淡淡的晕影，这影，后来我又见过。

几年前我的鼻腔里动了手术，还未痊愈的日子全靠嘴呼吸，时常晚上刚睡着了又被憋醒，醒来大口大口喘气，两片嘴唇干得像枯死的杨树皮。每次我醒了，妈就立刻过来，用浸了水的医用棉签一遍一遍在我嘴唇上擦拭。就是那时，在昏暗的灯光下，我看见过妈脸上那块晕影，浅浅的，像一片去了形色的银杏叶子。

妈侍弄完，我相信整个腮都似乎湿润了些，但大多时候我确乎是没有知觉的。或许病房的燥热早已耐不住这丁点儿水分的蒸发，妈定了闹钟，每睡十分钟过来看我一次。我说不打紧，妈让我少说话，以防嘴皮子一动就会裂开流出血来。我是真的没有知觉，只是我觉得不应当说。

我的书页被风掀动了，那晕影便也轻轻晃动，如果我的记忆没出差错，该是在公共汽车上吧。妈坐在我旁边睡着了，她总是倦得很，一坐车就要睡着的。阳光时而掠过又闪开，妈侧头歪在座位上，我清晰地看见她脸上那块浅浅的斑。车子颠得厉害，妈也随着左右晃动，那晕影飘飘忽忽好似要脱离，宛如一只挣扎着欲将飞起的蝴蝶的影子。

蝴蝶飞起来了，扑闪着翅膀，但它只是盘旋着，并没有要离开的意思，它为何不离开呢？肯定是爱情。

蝴蝶的爱人该是它周围的风，蝶到哪儿风就到哪儿。风把蝶装进身体里，蝶便以为它飞遍了全世界；风不需要蝶意识到自己的存在，蝶却无时无刻不能离开风。这是一段长长的故事，风知道，蝶不知。这段爱情只需要沉默就好，蝶要飞，风就把它托起，风累了，它们便伫在一根枯草上歇息，这一场爱情不用丝毫言语。

窗外一阵哗哗声，那影摇晃得更厉害了。然后更多的，一点一点的，一块一块的影也都荡来荡去，这世界上肯定会有另一个角落在发生着相同的事情。该是黑夜中的一片海，海上漂着几叶浮萍，浪涛一涌一涌，浮萍一荡一荡。是记忆，被岁月冲刷的几块模模糊糊的记忆，已经看不分明了，但还存在着。

那记忆里会是什么？最大的一块，应该是理想，它晃得最厉害。像在笼子里的一只飞蛾，飞起来又掉下去，挣扎了几次，风停了，又回到原地。我想用手去捻最大的影来看，却无论如何也碰不到，果真是理想，看得见却摸不到，模糊了却还存在。

或许一片云过来了，手上、臂上、书页上的影都不见了。忽然想到，若是记忆也不见了呢？人们常常希望有一个新的开始，倘若没有了记忆，每时每刻都将是新的，可没有了记忆，你不会知道它是新的，也便没有了新的存在，人们总是要骗自己！

当我又低下头时，那晕影又开始浮动，只是再看它，仿佛印在了桌子上，嵌在了我的手臂里。我动一动，它便在皮肤下游来游去，但这一次，我却觉察出一些让人害怕的东西来了。

那灰蒙蒙的、一团一团的影在悠悠升起，越升越高，越升越远，但它始终又在我的皮肤里，像是战场上的硝烟，好像散尽了，却一直还存在着。我们这一代是没有见过真正的战争的，即使再相像，也不是真实的样子，但我想那影该是它的样子。

可这影本不应该是战争的。它或是从一间农舍里袅袅升起的炊烟，一个老人从农舍中走出，后面跟着一个欢蹦乱跳的小女孩。女孩刚从灶台底下钻出来,那影是她脸上沾的几团柴灰。女孩穿一身天空一样颜色的衣服,怀里抱只羊羔,羊羔“咩咩”叫着挣到地上跑开了,小女孩张着双臂去追,她越跑越快,就要追上了,扑通一下摔在草堆里,老人呵呵地笑了。

战场上硝烟不尽,烟尘升着升着聚成灰土,落在一个小女孩的脸上。女孩躺在野地里,周围是连天的炮火。她面露恐惧,一双眼睛睁得大大的,好像在看着我。我想要擦去她脸上的灰,可怎么也触摸不到。

或许来了一片云……

大花

李鑫

前年九月份，大花跟它的两个同胞被一起带到了我奶家。过了没多久，就只剩下它了。再过没多久，小黄来了。于是，它俩在一起生活了一年多。

我是在放寒假的时候见着它们的。那次相处时间不长，不到两个月。那个时候，大花是个脸像被蜜蜂蜇了的能吃能睡的小傻妞，小黄是个吃饭都不慌不忙又很聪明乖巧的小绅士。那个时候，我更喜欢小黄。由于我奶养猫很难有养大的时候，所以本着贱名好养活的原则，我根据花色给它俩起了名字，大花和小黄。再见的时候，是去年六月底。刚看到它俩还有点吃惊，原来猫也有婴儿肥，原来一长大就不可爱的现象在猫界也存在。这个时候，我更偏爱大花生的一窝小猫崽，而嫌长大了的大花和小黄太狡猾。小黄见人就打滚露肚皮，吃百家饭，三过家门而不入；大花则心思细腻得吓人。我并不喜欢长大后的它们，也许是因为它们求食时撒娇的样子，也许是因为它们经常无意间泄露出类似人的厌烦的表情。

成了母亲的大花也有让人动容之处。想想也是奇怪，大花在第一次做母亲时就有了身为“猫母”的自觉和经验，不知道是它保留着儿时的记忆，还是母性的关系，在小猫崽已经能吃饭之后的一段时间里，大花还是坚持喂奶，当然有时候它也会一步一顿、三步一回头地引着孩子们出窝吃饭。曾经见着狗就蹿老高，“噌”地躲起来的大花在成为母亲后也勇敢了很多，在小黄出去浪的时候，它就躺在院子里能看见门的阴凉处，一有风吹草动就“呜呜”着冲出去，眼神犀利，猫毛竖直，一直把入侵者撵出长长的胡同外。就连小黄和我想看看小猫崽,也被它密切关注,然后以委婉的方式,用柔软的尾巴和身体将我们隔开。当然跟大多数初次做母亲的人一样,大花也并不是童话里完美的母亲,也有心情不好迁怒孩子的时候,好不容易抓个虫子被孩子从嘴里夺走的时候也气得"呜呜呜"。后来其中的三只小猫被送出去了,家里剩下了最小的两只,大花终于意识到可以给孩子断奶了,经常小猫过来喝奶就被它咬几口,不过显然它并不是一个坚定的母亲,咬着咬着就变成舔了,赶着赶着也就喂了。

大花的生活很规律,白天打盹护着一圈孩子,晚上就跳墙出去抓壁虎、老鼠,也不知道是吃饱了还是惦记着回来喂孩子,经常晚上就叼着战利品回来了。那两个月里,我也适应了夜半时分窗外大花上蹿下跳弄出来的声音和房顶优雅踱步的猫影,也算是给人练胆子了。

过了没几天,好像前几天晚上大花还抓回来一只小耗子,前一天晚上我还听到大花从墙上跳到木板上的声音,但是第二天大花就没有跟之前一样在它喜欢的毯子上躺着了。又过了好几天,我还是没有见到它,这时候其实我们已经知道了,大花应该是不在了。可是过了几天,晚上睡觉,半梦半醒间听到"咚"的一声,我还在想明早起来能看到大花了,结果第二天中午我奶回来说,前几天有人看到了一只猫,应该是大花,看着像头被打了一样,垂头歪歪悠悠晃着。终于,我们都知道,大花是真的不在了。

我没有很伤心,毕竟涉及切身利益的杂事也很多,哪有多余的时间和感情去花在一只猫身上。只是看到那张它经常躺着的毯子的时候会想,就这么小的地方,这么近的距离,它没有走回来,我也没有在出门的时候遇见摇摇晃晃的它。

当我知道大花回不来的时候, 看着两只比老鼠大不了多少的小猫崽,总觉得它们太可怜。这两天我给它们取了名字:一只随了它妈妈的名字，叫小花；另一只猫崽特别招人疼，生下来腿、眼睛、嗓子都不好，经常抬头看着你，张大嘴却发不出声音，因为它走路踉踉跄跄，两三步一倒，被摸一下都能摔倒在地上，十回有九回见它，它都是躺着的，所以叫它躺躺。这两天小花和躺躺已经适应了妈妈不在身边的生活。由于妈妈不在身边，它们的依赖就转移到了我身上，以前小花见着我就躲，现在却已经开始围着我转圈儿了；而躺躺，妈妈在的时候就敢来找我，现在更是我在院子里蹲一会儿，突然回头就能见着它窝在旁边。我一点儿都不怀疑，小花和躺躺已经能够适应离开妈妈的生活了。孩子的健忘和依赖并不残酷，毕竟生存的渴望是本能，失怙的孩子尚且懂得紧紧抓住伸出来的手指，更何况是连路都走不好的猫崽。

《寻梦环游记》里说，人的死亡有两次，一次是生理的死亡，一次是被所有人遗忘。我不知道小花和躺躺会不会忘了妈妈，也不知道我会记住大花多久，更不知道对于它来说被记住是否重要。

朋友跟我说过，猫天性是爱自由的，希望大花现在是自由的吧。现在，我还保留了一个习惯，晚上睡不着的时候喜欢掀开窗帘，看看窗外的房顶，明知道看不到低头找吃的优雅猫影，但是这个习惯也留下来了。梅特林克说过："野花如同春天和秋天的彩霞，如同日出和日落，如同白鸟的鸣唱，如同女人的美发，明眸与婀娜多姿的步态，最先教会我们的祖先懂得：我们这个星球上存在着无用但却美好的东西。"或许所谓的无用，才正是美的价值所在，大花于我便是如此。它的存在与逝去并不会真的给我的生活带来什么影响，然而也正因为如此，它以美丽的形式在我的情感中留存了下来。

凡生四忆

王汝明

妈妈养花

妈妈喜欢花，也养花。

春夏季节，是花儿的天下，也是妈妈比较活跃的时候。满院子布置得花花绿绿，芦荟、雏菊、鸡冠花、茉莉、一串红、迎春……妈妈啥花都养，只要好养，不带刺、不娇贵的；啥花盆都用，只要不是瓷的、不是高大的。当然，这是之后我才明白的。

有一回，弟弟给妈妈买了个瓷花盆，白底蓝花，筒状高大的那种，很漂亮。妈妈没有用它栽花，而是插了几束塑料花，我们说那不配。妈妈说："我院子里的这些花不值钱，才不配装在里面呢。"我们打算给母亲买点兰花，母亲笑了："别花那个冤枉钱，我不喜欢！"

冬天，院子里的花都得搬屋里。妈妈腿不大好，又很胖，蹲、起很费劲，但她还是自己一盆盆搬，不用爸爸帮忙，她说每盒放哪里，有数。

那年，又到了冬天，花儿又要回屋里过冬，我和弟弟要往屋里搬，爸爸说："不用了，我来吧！"我和弟弟默默相视。爸爸站在那里呆呆地看着满院子里的花，自言自语："你妈妈不养带刺的花，老了眼神不好，扎个刺弄不出来；不养木本花，工本大死了会心疼。养好养的，可以顺其自然，就像你们。不用大盆，是她搬不动，又不想麻烦别人。靠自己才快乐，才是享受。今年，你妈走得突然，要不她不会让花在屋外过冬的。"

看着那个瓷花盆，爸爸说："你妈妈养花不喜欢瓷盆，漂亮但花不喜欢，花喜欢的是泥土，是自然，要呼吸，要随意。”我们无语，只有心酸。

我们老嫌弃妈妈养些“破花”，用些破瓶烂罐，哪里懂得妈妈的勤俭和朴素。她有自己的规则，有自己的情怀，在我们眼里，那些不起眼的花花草草，却是她的心血，是她的骄傲。在她心里，最美，最温暖。

妈妈养育了我们，抚养我们长大成人，我们虽不能成为伟人，不能有权有势、有钱有名，不能给她带来什么，但她像养花一样用毕生来爱我们，从不因为我们渺小而抛弃我们。

母亲养的花，我们没有理由不喜欢。

香椿树

小雪节气迎来小雪，虽然雪花不大，但对于慵懒的我来说，足以有了宅家的理由。

泡一杯茶，不看电视，不玩手机、电脑，就这么静静地看着窗外飘洒的雪花。屋后，是邻居栽的几棵香椿树，也就三五厘米粗，树叶已落净，剩下的树叶梗茎还在坚强地应风寒、历雨雪，坚持陪伴母枝到最后一刻。其实，它明知冬眠、落叶更新是必然的规律，可还是恋恋不舍，含情脉脉离别叶片，又面临永别给予生命、哺育成长的树干母枝。我想，这是生与死的诀别，是风雪寒冬的践踏，树叶的不舍与树枝的无奈向谁诉说，又有谁懂得？但，也正是冬天的凄凉别离将一冬的能量储存，给人们带来了春天的希望、美妙的香味。

香椿树与别的树不同，它没有艳丽美妙的长相，没有粗犷伟岸的形象，木质红润醇香，春天发出的嫩枝芽叶是吃货们的最爱。这也是农民在房前屋后爱栽种它的主要原因。

想到这里,我不知道是该赞美它的美味、无私的奉献,还是不畏掐枝去头的坚强、任劳任怨冬去春来的毅力。

也许,它就是普通的树,像其他的树一样,有被利用的价值,才被人喜欢,才得以广植。人,何况不是如此,只有互相服务,甘于奉献,活得才有价值,有被爱的权利,才有广阔的空间。

雪,停了。我不知道它是不是不忍捶打那些无辜的树,还是理解了它们的痛。只是风依然摇晃着那些枝杈,树依然屹立着,沉默而又顽强,好像在向人们宣誓:放心,无论多么坎坷艰苦,来年依然枝繁叶盛,醇香四溢。

人生要像树,忍受今天的风霜,是为了美好的明天。

赊账

这几天,村里来了个卖蜂蜜的,走街串巷用个扩音喇叭到处吆喝,二十元一斤,一瓶二斤,可现钱,可赊账。卖蜂蜜的是一中年男子,骑一辆摩托车,车后座带一塑料箱,装满了一瓶瓶蜂蜜,足有三四十瓶。

我上前搭讪。他是四川人,在开发区古现某山上养蜂四五年了,生产的蜂蜜完全自产自销。问到赊账,手续简单,登记身份证号和手机号即可。

我问:“不怕瞎钱啊?”

他笑笑:“你要人家相信你就必须相信人家,我赊了这么多年账从没瞎过钱。”

这几年,农村很少有满街吆喝卖东西的生意人,除了秋后卖大白菜、夏天卖西瓜的老农,几乎就剩收废品的了。而这些东西是一眼望到底,立马见真伪,不需要长时间的验证,也没有赊账的风险。

二十世纪六七十年代,农村家家户户养鸡养鸭,小商小贩卖小鸡小鸭是必须赊账的,因为鸡鸭鹅公母价格不一样,饲养目的不一,小仔又难辨公母。为了表明生意人的诚信,免去购买者的后顾之忧,赊账成了惯例。

小时候,街上每每来了卖小鸡小鸭的,就成了孩子们嬉笑好奇凑热闹的盛事。所有小动物都是可爱的。春天,卖鸡鸭崽的小贩往往找一背阴处,路边树下或是山墙根,卸下自行车后座装满小鸡小鸭的竹编筐子,任凭小娃娃们挤上前,找一根树枝伸进筐里戏弄小鸡小鸭,让孩子们的吵闹声和小鸡小鸭的叽叽喳喳声混在一起,组成一首交响乐。小贩脾气出奇的好,绝不轰赶嘻嘻哈哈的孩子们,相反,一时声音小了,他还从车把前悬挂的布袋子里掏出一把金灿灿的小米, 打开筐子撒向鸡崽鸭崽,那种潇洒夸张的动作像极了天女散花,激起孩子们的亢奋,让鸡鸭崽更活跃而显得康健。然后,小贩会找一靠处半坐半躺,眼睛微闭,专等买家上门,活脱脱一个守株待兔。

农村人爱赊账,还有一个重要原因。那时实行集体所有制,大都年底算大账开工资,所以手中的闲钱也是有限的。第二年,小贩再来卖时顺便把上年的账收了,也算是有了信誉,多了客户。虽然才几块钱的生意,手续也很简单(只记录村庄姓名并盖印章),但鲜有造假、说谎、耍赖、产生纠纷,甚至坐家欺客等恶劣行为。

说到赊账,那时还有许多传说。二十世纪七十年代,某村来了一个白胡子老头,七十多岁,卖妇女用的梳子,五毛钱一把,只赊账不收现钱,说什么时候玉米一元钱一斤,就什么时候来收钱。直至八十年代玉米一元钱一斤的时候,老头来收钱了,还卖簸箕,说等玉米比小麦贵的时候再来收钱。那时候还是以吃玉米为主,小麦、大米还是比较昂贵的。一个个传说,都是善意的预言,美好的期盼。

时过境迁,现在进入信息时代,赊账已变成了信用与贷款的更新理念。

最后张罗人

近些年,走村串户、专为老百姓服务的手艺人几乎没有了,比如弹棉花的,锔盆锔碗的,磨刀磨剪子的,张罗扎簸箕的。我舅舅就是福山一带最后一个张罗扎簸箕的艺人。

张罗扎簸箕,二十世纪八十年代前是一门不可或缺的手工艺。工具很简单,剪子、小锤、铁铲、钳子、针锥、针。原材料也比较固定,主要是薄薄的木板竹片、竹篾盘条,还有牛筋藤条。

我舅舅的手艺是祖传的。当初我姥爷是有名的张罗巧匠,年轻时挑着张罗挑子从莱阳一路走街串巷到了福山,相中了开发区古现一个依山傍水的小村庄,招呼其他弟兄七人前来,主营张罗,业余打工,置地建房,娶妻生子,扎根于此。

早时候的手艺人,也算是江湖人,同行也是有讲究、有默契的,比如价格统一,各占地盘。我记事的时候,姥爷已经没了,但他的手艺传给了我的舅舅。我的舅舅呢,也特爱这个行当,珍惜这门手艺,甚至特殊年代遭到打压都没放弃,一直干到老。

我们村离我姥姥家六里地,我舅舅干活的时候经常到我们村来。他有一辆自行车,据说是我另一个天津的舅舅挣第一笔工资要孝敬我姥爷的，我姥爷说啥也不要，就让他想办法买了全村的第一辆自行车。我舅舅张罗的时候我在旁边看，他会问那些妇女要什么样的罗圈，是木板的还是竹板的，配什么样的底，是尼龙的还是钢丝的、铜丝的，筛什么用，顺便会把各种材料价格说仔细，整个过程很流畅、自然，她们对他很信任，也不讨价还价。舅舅拿起竹板修修边，轻松地卷起一个筒夹在两腿间，打眼攒牛筋线蒙底，整个过程里，一边和妇女家长里短，一边干手中的活儿，穿针走线轻松自如，得心应手。末了，手指用力敲敲罗底检验一下松紧程度，用剪子修理裸露在外的丝线，摸摸边缘是否光滑。也有妇女拿出家中簸箕让他修补，有的是箕舌坏了，有的边缘藤条断了，小毛病是免费的，不要钱，都是客气一句完事，要钱也都不还价。不过大家都挺热情，有给水的，有请吃饭的，都被舅舅一一谢绝。舅舅有一个随身布兜，装有舅妈准备的水壶和干粮，中午走到哪儿吃到哪儿。到了我家门口，我舅舅十次顶多吃一次饭，无论何时路过亲戚朋友家，他都不吃不喝不进家，嘴上说怕耽误生意，实际怕麻烦，都忙。

我长大了，舅舅也上了年纪。那时条件好了，什么都机器化了，用这些罗呀簸箕的少了，舅舅依然按照以前的习惯每几个月走遍他的圈子，有时几天都没个生意。子女都劝他别坚持了，他说："现在不是钱的事了。"

舅舅去世后，我们村来过一个黄县的张罗人，我和他聊过，说我看见他就想起了我舅舅。他知道我是那个张罗人的亲外甥，跟我说他知道我舅舅去世了，他们手艺人天下一家，我舅舅请他不忙时来福山一带转转，省得那些要修修补补的找他，让他在阴间也不安心。

后来，我又见那位黄县老人骑自行车来过，没什么生意，只是挨街吆喝一通，遇人海聊，天南地北，谈笑风生，不见忧愁。我突然想起了舅舅——一种从未有过的深情、心酸，以及对老一辈手艺人的敬畏从心中生出。

初心

张红双

不知不觉,今年已经是我从事教师行业的第四个年头了。四年可能对于很多老教师而言,只是一段非常短暂的时间,但对我来说,成为老师的这一千多个日夜里,我的收获和成长是出乎预料的。今天我所写下的,并不是一个成功教师桃李满天下的温馨故事,而是一段悲伤的难以言说的过往。这样的经历或许很普通,但对于像我这样的年轻教师却是一个极大的挑战。

2016 年 8 月,我从济南来到烟台,认识了我工作的地方——烟台开发区高级中学。在 2018 年下半学年里,我所工作的年级顺利进入高三阶段,我的工作也发生变动,接手了一个全新的班级。这个班级的学生对我而言,几乎全部是陌生的,在第一堂课上,我就发现了这个班级明显的不欢迎态度,学生们的心思让我猜不透、摸不着。而且这个班级的孩子异常敏感,我能感受到他们对于更换班主任和语文老师的安排是非常不满的。当时正是炎热的 8 月份,高级中学的校园里仍然保留着盛夏未去的勃勃生机,即使月季花的凋零似乎也是在悄悄地进行,那么静,那么淡然。每天黄昏的时候,我一个人走在学校的湖边静思默想。“那就尽全力去向学生证明自己吧,可得加把劲!”我这样告诉自己。

日子一天天过去了。我几乎把所有的业余时间都用在备课和批改作业上,每天工作到晚上十点多。在高级中学,学生有第三节晚自习来向老师请教问题的习惯。有一天,我像往常一样在安静地备课,办公室的门被推开了,是我们班的三个女学生,我习惯性地认为她们是有什么问题想让我解答，于是停下手中的笔，低头整理了一下桌子，站起身，等待她们的发问。然而她们并没有走向我，而是走向了我旁边的一位女老师。当时的我，第一反应是满满的惊讶和错愕。很快我就搞清楚了状况。我的这三位学生，在晚自习时间里专门来找坐在我隔壁桌的女同事请教问题，她们舍弃了和自己朝夕相处的老师，哪怕我就在一米远的地方。那位女同事像对待自己的学生一样，热心地给予了她们最详尽的解答。这样的行为意味着什么？意味着学生们对我这位语文老师的不信任与不认可。想到这里，我的心里就像有一块重物坠下去，撞击到了心脏，隐隐作痛。这种痛，不同于一般的肉体上的疼痛，它很突然，像被几根针同时扎在指头上，像一个人在接受审讯……我低下了头，潜意识里大概是希望下垂的头发和睫毛能遮挡住我眼中的失魂落魄。那时的感觉，就像一块数九寒天里永远也化不开的冰块，冰凉、冷漠，不给人留下丝毫的余地。我试图戴上耳机继续备课，但是手却忍不住地发抖，眼睛里再也看不进一个字。

“每个人心里都有一团火，但路过的人只看到烟。”之前我读到凡高的这句话，只是感慨凡高这样的天才不被世人理解的悲凉。如今想起这句话，我的心里有了更复杂的感受。想到在以往的日子里，我没日没夜地认真工作，几乎毫无保留地用全部热情去爱护我的学生们，但是眼前的学生却如此决绝，如此冷漠，我怎能不感到委屈呢？静下心来的时候，我又想到，我是一名老师，应该从老师的身份出发去查找原因，寻求沟通和解决的办法。学生对老师有不理解，有情绪，作为老师不能带着情绪看待此事，更不能冷漠地对待他们，我必须去沟通和解决问题，这样的姿态才应该是一位好老师所具备的。

在高考结束后的谢师宴上，故事里的两个女孩愧疚地来到我的面前，一个率先开口，声音颤抖着：“老师，这一年来，真的是辛苦您了。”“我们曾经做了让老师生气的事情。”另一个女孩说完哽咽了一下，随即眼眶湿润了。那一刻，我也被感动了，觉得自己的努力终于得到了学生的理解。而且，在这个理解与被理解的漫长过程中，作为老师，我也在学生的成长中获得了自身的成长。

我又一个人静静地走到学校的小湖边，才发现，盛夏来临前的高级中学，是那样的静，那样的润物无声，池水泛起绿色的波，枝头渐生红色的果……

有幸遇见你

王蕾

这几天泪点特别低。

十四年前的暑假，我从大姨的邻居家抱回一只小狗，肉肉的，耳朵肥肥的，虎头虎脑，很是可爱。我们给它起了个名字，叫“黑儿”。

黑儿在我家十四年，从我上小学、我妹妹上幼儿园开始，就陪着我们了。黑儿小的时候就在村里到处跑，跟着我爸妈下地干活。早上吃完饭就跟着我爸妈出去了，爸妈在地里干活，它就到处撒欢。中午爸妈准备回家了，站在地头上扯开嗓子大喊：黑儿，黑儿，黑儿……不一会儿就看见它像个快乐的孩子一样从远处跑来，舌头耷拉在一边，小火箭一般冲过来，到跟前有时候还刹不住脚步，刺溜一下就滑出去了。我妈就会问它，去哪儿了这么滋？它只会咧着嘴冲你傻乐。

有时候黑儿会跟着我妹妹去幼儿园，不过它不进去，把我妹妹送入园了它就满村胡作非为，到了放学的时间它又去幼儿园门口等着，等不及了就用它那毛嘟嘟的大尾巴敲门。幼儿园的老师每次都以为是家长来接孩子了，一打开门，就看见一张傻傻的狗脸，然后冲着教室大喊：“贝贝，你家狗又来接你了。”

黑儿是看门护院的一把好手。家里有果园，有时候打药一天打不完，每次都是人回去了把家什放在果园里。这时候，黑儿就会蹲在果园里看守，我妈不叫它绝不回家。

黑儿也受过不少罪。有一次它得了病，什么都不吃，我妈给它每顿饭一个生鸡蛋，磕在碗里拌着维生素 B_1 吃，吃了整整一个星期才好。后来才知道，那段时间村里死了不少狗啊鸡啊之类的，很少有活下来的，黑儿活了下来。后来，黑儿被车撞断了腿，就用三条腿照样跑了半年，最后硬是自己长好了。黑儿的一只耳朵是豁开的，那是它小时候喜欢到处打架，势单力薄也不害怕，经常被咬得浑身是伤，最后它终于成了村里最厉害的一条狗。

最惊险的一次是被偷狗的下了药。有些狗肉店的人经常骑着车到村里来偷狗，他们惯用的手段就是在鸡脖子里塞药，狗吃下之后就晕了，接着就被装进袋子里偷走了。黑儿已经吃了塞了药的鸡脖子，但没有立即晕倒，硬撑着回到家，在家门口碰见了邻居我三爷爷，倒在了他脚边上。三爷爷叫了我爸出来，我爸拿着水管朝着黑儿的嘴冲洗了半个小时，好歹把它的小命救回来了。从此以后无论谁在路上喂它，它都不管三七二十一，上去就是一嘴。

我妈可宠黑儿了，但是黑儿要是犯了错也是狠揍。黑儿小的时候不懂事，把邻居家的小鸡崽给咬死了。邻居找上门，我妈当即提溜着棍子就是一顿揍，一边揍一边还拿着那个小鸡崽，先乱棍打一顿再把小鸡崽往它鼻子前凑一凑，要是它还敢往前，又是一顿揍。后来，黑儿见了鸡就绕着走。

不知从什么时候开始，黑儿开始变得越来越懒。它不再跟着我爸妈下地干活，也不再陪着人出去混，甚至听到人叫它，也只是睁开眼摇摇尾巴。上次回家，到了家门口我看见它从院里出来，我大声叫“黑儿”，它却只是抬起头茫然地四处看了看，接着又低了头。那个时候我突然觉得，陪了我十多年的黑儿，老了。

前段时间我妈来我家，我爸自己在家，于是我每天都会开个视频跟我爸聊聊天。昨天我爸在开视频的时候说，要跟我们说个事，我问啥事，我爸说算了,不说了,说了伤感情。我以为我爸也学会套路了,就说那我也跟你说个事,我爸问啥事,我说,没事。然后三个人一起哈哈大笑。

再然后我爸突然说,咱家狗找不到了。

一瞬间,谁都不说话了。

我爸说,一开始没敢跟我们说,怕我们伤心,他自己满村都找了,找了三天,也没找到。其实我家狗在村里没有没去过的地方,以前也有过出去好几天不回来的情况,但是它现在真的太老了,眼睛可能看不见了,头上还长了一个大瘤包,平常都是在门口活动活动就回家了,没有去过再远的地方,现在已经一周没回家了,可能凶多吉少。

我的眼泪怎么都忍不住,我妈也抽噎了,剩下我哥在一边说着无关痛痒的安慰话。黑儿是认家人的,陌生人去我家它都会狂吠。它的声音很粗,嗷嗷起来很可怕,但是一见我姥爷,它却摇着尾巴乐得不行。我哥第一次去我家的时候,黑儿也没叫,它认识,虽然是第一次见面。

我总是能想起它很多事。说它聪明吧,它却只能听懂一个“坐下”,再多了就白搭;说它不聪明吧,用手拿着东西喂它的时候,跟它说一声别咬着我的手,它也会小心翼翼地把东西衔过去,唯恐不小心咬着我的手。它老了很任性,想进门了就锲而不舍地一直用爪子拍门,我妈不开门它就一直拍一直拍,一直拍到我妈给它打开门,跟个任性的老小孩一样。

我哥说黑儿很有灵性,会不会是知道自己大限将至就自己找个地方去了呢?谁知道呢,要真是那样也算是寿终正寝,就怕它老糊涂了,出去找不到回家的路,不知道自己撞到哪儿去了;也怕它又遇上偷狗的人了,年轻时的教训老了反而记不住了。我妈还怕它犯病了,不知道死在哪个旮旯里……

我也不知道,其实我知道它老了,也知道它时间不多了,但是面对离别总是那么不甘心，眼泪仿佛不是自己的，忍不住就掉了下来。我也是一个成年人了，一想到陪了我十多年的黑儿以后可能再也见不到了，我回家之后它也不能摇着尾巴出来迎接我，也不会因为好久没见我哼唧哼唧地冲我撒娇，回到家再也没有一个毛茸茸的大孩子，心里就很难过。昨晚我妈早早睡下了，我趴在那里一想起来这事儿鼻子就很酸，甚至现在，我敲下这段话的时候，眼泪也止不住流了下来。一晚上我都在做梦，梦见黑儿回来了，在我们以前住的那个家里，起床之后我就一直跟我妈说给我爸打个电话，让他去老屋找找。

我以后不敢再养狗了，也不敢再养猫了，它们的生命太短暂了，也就十几年的时间。小时候我家里养了一只小黑狗，是在黑儿之前的一只，名字当然也叫黑儿，没养两年就丢了。还有一只小黄狗，难产死了，小狗和大狗都没保住。

它们的生命真的太短了，短到让人措手不及。我很遗憾，很遗憾，或者说更多的是难过，虽然长大了很少说自己很难过，但倘若这种想哭的感觉不叫难过，那么我只能称之为遗憾。

蝉意谜

潘少华

盛夏已经开始，太阳离地面很近，好像抬脚就能抵达它的圆心。这时候，太阳颜色彤红，照在脸上烧灼般的烫。风和云也被烤化了，空中剩下纯净蓝。在季节分明的烟台，夏的炎热很短暂，因为秋风来去太快，之后便要花钱买热，才能安适过冬。于是我格外珍爱夏日时光，想尽可能多地欣赏夏日风景。

早晨，我搭了青青的车子去办公。青青把车停在远处的泊车位，我们就开始步行。人行路上，树荫斑驳，鸟鸣叽喳，有很多种鸟躲在树叶间唱歌。青青弯下腰，捡起一只知了猴放在手掌心，端详着说，别的知了猴早就爬上树变成蝉了，你这懒家伙，现在才从地下钻出来。我知道，知了猴生长在树林里，要在夏日雨后的夜晚拿着手电筒才能捉到，这一只怎么会在晴朗的人行道上出现呢？我好奇地看向青青手中的知了猴。它与正常的知了猴一样，土黄色，胖得没有腰身，两只黑葡萄般的大眼睛幽怨地睁着，不眨，不转，也不与人对视。它可能很委屈，安静地蜷缩在青青的手掌心。我突然感觉它是一个有灵魂的生物，青青的手掌不该是它待的地方。我想让青青放了它。

青青说，邻居家的小孩爱吃知了猴，回去要送给那小孩。

我急忙问青青，如果给了那小孩，这知了猴是不是就被吃掉，不能变成蝉了？

青青说，当然了，那小孩就爱吃炸的，炸熟了它怎么变蝉？

我默然。知了猴要在地下默默生长很多年，才能爬上地面，蜕变出薄薄的蝉翼，飞到树叶间唱歌。就像写长篇小说的作者，要经过很多个年月的孤独笔耕，才能完成一部可供阅读的作品。

我对青青说，先别送人，把它放回树上，让它变成蝉吧。

青青说，这是害虫呀，它祸害树，就应该把它吃掉。

可我还是佩服知了猴成长过程的坚韧，终究不忍。我挖空心思，想出一个理由：虫子都有天敌，咱们放了它，让它和天敌去战斗行吗？

青青说，它的天敌是人类。

我顿时无语。现在，青青和那小孩就是这知了猴的天敌，我还能说什么呢？过一会儿，青青又捡到一只知了猴的壳。她拿着那个壳，又说了很多关于蝉的故事。

我非常羡慕青青。拥有一只壳是不会犯错的，那么我也拥有吧。我低着头，一路找寻。青青见我弓腰驼背的样子像只知了猴，感觉好笑。她说，捉知了猴也需要天赋，她能够在夜晚不用照明就捉一袋子。我更加觉得青青了不起，转念又问她，你把捉到的一袋子知了猴都弄哪儿去了？青青说，都送给邻居家那小孩了，直接就炸熟吃掉了。我瞬时黯然，看看知了猴黑幽幽的大眼睛，觉得它在伤心。它经历那么久的暗黑蛰伏，终于见到了世间的光明，如果知道见光就等于死亡，它一定不愿意来到这世上。

我决定救下它，让它拥有完整的一生。

我对青青说，我们和它多玩一会儿吧。

青青爽快地说，那你拿着它玩玩吧。

我赶紧把知了猴放到手掌心。它的身体凉凉的，脚爪无力地抓挠着，像个放弃抵抗的俘虏。青青急等着我归还。她把知了猴拿了回去，对我说，快点走，早早办完事，送给邻居炸熟它，晚了变成蝉，就没营养了。

我长叹一口气。世上的知了猴千千万，只有这一只与我有了握手之交。想到这只知了猴要进油锅,我的心无比疼痛。我该怎么办？是为了救这知了猴而夺走一个小孩的美食,还是眼看着知了猴失去完整一生而不顾呢？我尽量地慢走,为它争取多活一分钟的机会也是好的。

青青还在给我介绍油炸和烧烤的不同味道。

我问青青,这知了猴刚爬到地上就被吃了,它会不会觉得生命短暂而不甘心。

青青说,你想多了,这只是个普通的虫子,它在地下活了很多年,到了地面就要变成蝉,但蝉只能活七天。而且,它错过了最佳蜕变时间,不太可能变成蝉了。

我说,咱们试试吧,说不定它能褪下壳,长出美丽的翅膀呢,直接把它吃掉真是太可惜了。

青青犹豫了一会儿,决定把知了猴送给我。这一次,知了猴安静地待在我的手掌心,让我感觉到它心脏跳动的韵律沉稳又均匀。

青青说,假如这只知了猴能变成蝉,必须把脚爪扎稳,否则褪不下壳就闷死了,你可以把它放在纱窗上,它抓着纱窗就能使上劲褪壳。

我得了经验,高兴地带着知了猴回到家,这样便安全了。我长舒一口气,先把知了猴放在手机屏幕上,让它体验一会儿玩手机的感觉,然后把它放到了纱窗上。我看了很久,它只是在纱窗上静静地趴着,并不褪壳。我无暇等候,心想它能活下去便好,是否变成蝉不重要。我走到办公桌前,安心去做事情了。

几个小时后,我回到窗前,看到纱窗上站着一只美丽的蝉。它皮色淡绿,透明的双翅像曳地长裙,在阳光下闪着七彩光,使我的窗子像公主的殿堂,明亮辉煌。它的身旁,紧守着一个知了猴的壳。它和壳并排趴在纱窗上,静立不动。

蝉,我的知了猴蜕变成了美丽的蝉。我欣喜地伸出手,想把蝉捧在手掌心。蝉的脚爪毛茸茸的,紧紧抓着纱窗,就像扎在皮肤的毛孔之间,坚决不松开。就像月亮留恋夜空,树根留恋大地,蝉是在留恋自己的旧衣服吗?如果强行拽,会伤到蝉的脚爪。我想了想,把手指放到蝉的脚前,等待蝉自由攀爬。果然,蝉缓缓伸开脚爪,爬到了我的手上。我把另一只手也放上去,直到蝉所有的脚爪都离开纱窗。我高兴得不知道怎么玩,只是看着蝉在我的两个手掌之间爬行。

蝉爬得很慢,因为刚出壳,力气很小,还不会伸展翅膀。

我把蝉放到窗台上,让蝉好好休息。

蝉试图飞起来,却跌到地上,背靠着地板,翻不过身来。

我急忙把蝉捡起,重新放回纱窗上,让蝉守着自己的壳,蝉便安静待着了。

我兴奋地把这好消息告诉青青。青青说,祝贺你把知了猴变成蝉,它已经没有食用价值了,你把它放飞吧。我说,蝉还不会飞翔,放飞就饿死了。青青说,不放飞才会被饿死,蝉吃植物的汁液,放到树上就可以了。我想了想,西瓜也是植物,西瓜汁应该比树的汁液好吃,那我可以养着这只蝉,让我的蝉比树林中的蝉都胖。我把蝉拿到厨房,放到一块西瓜瓤上。蝉趴在西瓜上,就像一位含羞的少女,静静待着,长长的吸管紧贴胸脯,并不进食。这时候,蝉的颜色稍微有一些转黑了,眼睛更加明亮了。

想到蝉的寿命很短,我的心无限忧伤。如果蝉真的只能活七天,我一定要留下它来过的痕迹。我拿出手机,给它拍了很多张不同角度的照片,做成一个小视频,收藏在相册里。

我等待蝉吃饭,等着看蝉长胖的样子。蝉却一直不吸食西瓜的汁液。我怕蝉被饿坏,决定按照青青的建议,把蝉送到树枝上。这时候,天空下起了绵绵细雨。我又开始担心,假如雨水淋湿蝉的翅膀,它还能飞翔吗?如果它飞得不够高,会被坏人捉走吗?

最终我决定让蝉飞到天空,接受它应有的宿命。我穿上雨鞋,打开雨伞,用掌心托着蝉,走出了门。

蝉开始挣扎,在我的手里乱爬。我握起手掌,它就从指缝往外钻。我回身找到一个塑料袋,把蝉装起来。到了小区公园的柳树旁,我把蝉从塑料袋里拿出来,放到了树上。待到蝉的脚爪都抓住了树皮,我松开了手。蝉变得欢快起来,迈着脚爪,缓缓往树顶攀爬。我希望蝉能飞起来,去找可口的食物。我把手指放到蝉的翅根处轻轻碰了一下,蝉扑棱一下就展开翅膀飞向了空中。我突然有些后悔,想要它留在这棵树上,不要远行。或许它如我一般深情,不舍分离呢?那样我就天天到这棵树下来看它吧。蝉察觉了我的动机,快速飞向远方,眨眼便看不到踪迹了。我望着细雨蒙蒙的天空,感觉世界也变得寂寥,拿起电话,把这件事儿告诉了青青。

青青问,是公蝉还是母蝉,唱歌了吗?

我说,我不懂,没听到蝉唱歌。

青青说,母蝉都是哑的,公蝉会唱歌,只要摁一下它肚子上的发声器,它就唱起来了。

我说,蝉已经飞走,摁不着了。

乡愁

程斌

记忆里,家乡的海特别的清澈,清澈到荡一叶小舟如在天空中行走。海底,成片的或独株的海草,纹理清晰可见,甚至可以看到那翠绿的叶脉上爬满了螺类的幼虫。身体透明的小鱼游过沙滩,身体便会与沙滩融为一色,只有那两点黑色的小眼与游动的双鳍会紧紧地抓住你的眼睛。目光随它游动,整颗心、整个人便也融入了这片清澈的海洋。

退潮了,鹰眼螺在沙滩上留下了像走迷宫一样的爬行足迹,顺着这条曲转幽回的线路,找到尽头,便能一把将它捕获。它裹着泥沙的身体滋着水,螺肉慌乱地躲进壳里,厣盖紧闭。那一刻的阳光,闪亮在螺壳上,闪在眼睛里,闪在一汪汪的水湾里。

涨潮了,拿上脸盆,割一小块肉绑在绳子的一端,再绑上一个石块,沉到小码头的石缝中,把脸盆放在石缝的边上。潮水满盈盈的,一起一落地涌着,在石缝中穿流,发出咕噜咕噜的声音。大约待上三五分钟,便开始慢慢地往上提绳子,当快要提到尽头时,突然的一把将绳子提到脸盆上方,只听到搪瓷脸盆叮叮当当地响了起来。一只只馋嘴的小螃蟹松开紧夹着的肉掉进盆里,像投降似的举起一双双蟹夹。

鼓虾的洞穴藏在沙滩下,像个迷宫,左拐右扭,有时抠到尽头也不见它的踪影,白费一番力气。后来想出一个办法,把手插进虾洞的后门,然后不停地鼓捣,洞里的水就会晃动混浊起来,鼓虾便会小心翼翼地在洞的前门仅仅露出半只眼睛侦察情况,这时一把抓住它的虾须就大功告成了,只要小半天就能抓上一兜。

那年，在沙滩上还挖出过一条一米长的大章鱼，被激怒的它通体涨红，手指粗的八条爪子撑起身体，火龙果般大的头高高地耸起，鳃管喷着怒气，脸色青红绿蓝紫地闪着幽暗的光，变幻不定，甚是吓人，年少的我竟惊慌得不敢靠前。直到这虚张声势的家伙开始逃跑，缓过神的我抡起铁锹把它狠狠地拍了个正着，然后从腰间取下铁丝扣将它拴上拖回了家。

这片海湾里还孕育着波螺、蛤蜊、海马、海龙、海参、海胆、牡蛎、鲈鱼、海浮鱼、逛鱼、针鱼、梭鱼……数不胜数的海洋生物。

赶小海是小孩子们的乐趣，是老娘儿们的收入。出海则是大汉们的事了。

正月里捕比目鱼，二月里围梭鱼，三月里拉桃花虾、桃花蛸，四月里网对虾、爬虾，五月里叉针鱼，六月里是马步鱼、黄姑鱼、辫子鱼丰收的季节，七月八月放流网打鲅鱼，九月十月下拖网……

是父母用双手蘸着这片海水把我养大，是这片海孕育了我无数的乡亲繁衍生息。如今再踏上这片土地，村庄旧址上长满了人头高的杂草，我依稀可辨地前行，像一个婴孩在母亲的怀里拱索着寻找温暖的慰藉。

拆了，很多房子都不在了，小时上学的路消失了，很多人也离去了，唯有那处叫“老马棚”的房子，还颤颤巍巍地立在那里。那是父亲工作过的地方，模糊的记忆中我来过这里，应该还没学会走路，在母亲的怀抱里来探望父亲。灯光下，老牛清澈的眸子与我对望，草料的香味弥漫着整个屋子，父亲汗流浃背地在院子里铡草，刀钝得像老驴的牙，将一滴滴汗珠掰碎。

村庄搬迁了，儿时的记忆永远留在了心底。

时光有痕

姜岿然

一

九十六年前，一个沿海村落的渔家小院里传出了婴儿响亮的啼哭。刚刚诞生的男婴是家中的长子。据说，这个男婴嗓门大得出奇，百天以内，不分白天晚上日夜哭喊。

而就在九个月前，十三里外，一个女婴降生在一户殷实富足的农家。她是家中的宠儿，更是奶奶的掌上明珠，童年的生活丰衣足食。

到了待嫁的年龄，上门提亲的人络绎不绝，但奶奶有两个条件：一是不嫁出海的。世世代代生活在海边的人，看多了风浪对生命的威胁与吞噬，不求富贵，但求平安，这是人们对生活的一种简单的期望。二是嫁个有驴的。奶奶的愿望很朴素，有驴的人家，人就不用推磨了，这活儿是驴的。有可靠的亲戚前来提亲，一是家里有驴，二是本人出外。奶奶把这门亲事应承下来，女孩儿就这么被嫁了。

在花轿里颠簸了十三里路，二十岁的她第一次来到这个陌生的村落，也是后来一直生活了七十七年的渔村。

这个当年的女孩，是我如今的婆婆。

婆婆长得娇小，娇小的女孩被身材魁梧的渔夫从轿上直接抱回了家。婚后，丈夫没有出外，而是熟练地操纵着渔船出海了。驴倒是有，可驴只会出力，其他的还得人干吧？人要吃饭，驴也是啊，打驴草，做饲料，半夜还得起来喂一遍。相对于没有驴的人家，凭空多出很多活儿。

北方的原野有一种草，极具生命力。风把种子带到哪里，它们就在哪里生根发芽，生命葳蕤。那个年代的妇女，就像这草的种子吧。婆婆落户渔家，便把自己的根安放到了这片原本是异乡的土壤里。这个异乡，后来是她根深蒂固的家园。她在这里繁衍生息，把自己的根扎得很深。

现年九十七岁的婆婆不止一次地对我说："你们现在真稀奇，还有什么更年期，俺这一辈子，干不完的活儿，哪有工夫去'更'。白天做饭洗衣下地，一样不能耽误。一晚上一晚上地在油灯下缝补衣服，大人孩子十几口，都得一针一针地缝。做着饭，孩子来了，生完了孩子接着把饭做熟。"

我们的四姐，小名叫"快儿"，因为她是没能走进屋、在家门口生下的孩子。

二

老家的房子很小，个子高一点儿，伸手就够着屋檐了。石头墙，木头窗，院子里摆满坛坛罐罐。使用面积五十六平方米，这是拆迁时测量出的准确数据。就在这栋房子里，最多时有十五人共同生活过，我们的爷爷、奶奶、大爷爷、叔叔、婶婶、父亲、母亲，以及八个孩子。具体怎么住下的，我想不出来，但这是曾经的现实。房子是我公公的爷爷盖的，开始是海草房，后来进行了翻新。更多细节我没去考究，但足可以肯定，这是一座名副其实的百年老屋。它默默地存在，任凭它的老少主人把它修修补补。它以安静的姿态站定在时光里，记录着这个家族里发生的大大小小故事。

到二十世纪八十年代,这座老房子里就只有婆婆和她打了一辈子鱼的丈夫在这里生活了。一些家人去世了,儿女们相对于这座房子以及房子里的父母,都在逆向远行。老两口与这座历经风雨的老房子,看似是那么不可分割。

我是1993年走进这个家的。印象中,老屋的各个地方都被婆婆堆满了杂物,这让我更是无法想象当初那众多人口是怎么被容纳下的。每逢年节,这里也会有一两天的喧闹,但都是过客。

三

女孩结婚以后,心疼她的奶奶找过那个“信得过”的媒人。媒人说,男方以前是出外的,后来不出了,有什么办法?

在奶奶还为此生气的时候,女孩已经开始给这个“出海人”生儿育女了。是的,二十年的时光,足以让那个男婴变得强壮,足以让他成长为一个顶天立地、敢于奔赴大海搏击风浪的水手。

他是一个优秀的水手,也是一个好舵手,在海上漂泊是他生活的日常。如同神话传说一般,他是一个神奇的渔夫。他的船走到哪里,鱼群就跟到哪里,村里的其他渔人都愿意追随他的航线。年年岁岁,他和他们,追随着潮汐,追随着鱼汛,追逐着波浪,在辽阔的大海上耕耘着他们的青春。

我常常想,以海为生的渔民,在过去技术比较落后的年代,置身于海上,只能任由风浪吹打。对于他们的亲人,思念与牵挂,是否同样是生活的日常?短暂的相聚、分离,再相聚、再分离……每一次相聚都是幸运,每一次分离都带有绝望。这不是哪一个人的体验，也不是哪一个家庭的体验，这是整个渔村乃至无数个以捕鱼为生的沿海村庄的生活常态。

然而，现实与我的认知稍有不符。

一天中午，在饭桌上，我问公公："你经历过最危险的风浪是什么样子？"我期待他的回答，我确实想攫取一段离奇的故事。他把一块剥好皮的地瓜送到嘴里，答非所问地说："那是家常便饭。""有多危险？"他说："来了风就抛锚，等着，习惯了。"再看此刻的他，古铜色的、沟壑纵横的脸上波澜不惊。我读不出风浪，也读不到一个老水手该有的威风与自豪。这时，我相信了人们说过的一句话：历经风雨走到晚年的人，心态是平和的。我也理解了这句话。我确信，每一位优秀的水手，他们心中都有一个锚，在过往的生活中遭遇风浪的时候，是这个不可或缺的锚给了他们生命的定力，稳住了他们人生的方向。

从二十岁到六十岁，渔业社开始解散，公公结束了他的出海生涯。在海上漂泊的四十年，是披荆斩浪的漫漫旅程。

四

也许，在海边，在这个渔村生活了半个多世纪的他们，从来没想过会不得不离开这片海、这片土地和这座老屋。尽管已经多年不出海了，但他们对海的声音和气息是一种注入骨子里的熟悉。风口浪尖上的漂泊，海边的洗洗涮涮，都是镌刻进生命里的。在那些经济困难的时日，海是养育人类的，以源源不断的资源供养着生活在她身边的子民。然而，一切，如同一个巨大的海浪拍向一只小舢板，舢板本身完全没有任何掌控自己命运的能力。

十年前的一个初春,天气乍暖还寒的时候,两位老人舍弃了老房子以及老房子里太多的物件,带着他们的生活必需品,携带着他们对过往的所有记忆,来到了儿子用心准备的新居。

这里是优越的,这里也是陌生的。这里离海边不远,但这里的海不是他们心中的海。那件被视为珍宝的皮袄,无论如何不舍得丢弃,一起带了来。十年了,它占据着箱子,以一种意义的形式存在着。他们还带来了什么呢?雷打不动关注天气预报的习惯。那个小小的收音机,播报的是天气预报,但在这个老船长脑海中呈现的,必定是大海的万千景象。

他们的家在哪里?在他们熟悉的乡音里。每月发放退休金的日子,公公很早就会等在银行门口。一个大雪天,我拍到他早于银行上班一小时的时间在门口等候的照片,全家人都笑。但后来,这个行为却撞击了我心灵的湿地。这一天,散落在开发区各处的"村里人"都会来银行,他们每个人都期盼着见到彼此。取到了钱,他们兴奋,因为在海上漂泊、与海浪争斗的年代,他们出多少力也没换来这么稳定的收入。见到了乡亲,是他们更兴奋的。大嗓门儿的渔人相遇,完全不顾及周围的环境,以他们固有的方式高声打着招呼,高声逗笑。这一刻,他们又成了真正的他们。这一天,取了钱回到家的公公也会与婆婆畅谈甚欢,看见了谁,听到了什么,村里发生了哪些事,公公会向婆婆一一道来。他们的交谈是忘我的,是不会被轻易打断的,这时候的两个人无限和谐,身心都沉浸其中。望着此刻的他们,我真切感受到,存在于他们心底的那份乡情,真的是无法涂抹和改变的。

从他们生活中剥离的,除了海,还有泥土。

老家的北面是海,南面是一座山。沿海的土地,土质都不是很肥沃,但总有适宜它的作物可以生长,总有懂它的农人可以呼吸与共。男人出海的时候,女人们在农田里忙碌得更多。那片长满庄稼的山坡铭记着他们的勤劳,叙说着他们的汗水与欢笑。

永远记得那个黄昏。

大约是搬到城里的第二年,一天下班回来,老远就看见夕阳下有一个人双膝跪在楼前的地上扒拉着什么。走近一看,竟是婆婆。接下来看到的景象着实把我惊呆了:她的面前放着几个新出土的地瓜,红皮,还沾着湿润的泥土,白色的根须清晰可见。什么时候种的,我全然不知。这个地方是否让种地瓜,她也全然不管。她说:"我看这个地方空着可惜了,长个地瓜多好。"此时,夕阳温暖的光晕柔和地包裹住这位八旬老人,只见她手捧地瓜,每一个褶皱里都溢满了笑。这笑和着夕阳,让这个黄昏味道别样。

尽我所能,送他们一点泥土吧!

现在,我们家的阳台上,每年都会有一棵地瓜长在保温箱里,还会有几棵辣椒长在花盆里。这是一种无奈的拥有。就在去年的 10 月 23 日,公公郑重地说:"今天霜降,该除地瓜了。"于是,那棵长在保温箱里的地瓜,便在这个符合时令的日子从泥土中被取出,晾晒在了阳光下。他们一遍遍抚摸着它,夸赞着它。从他们脸上,我读到了如同拥有万亩良田的喜悦。而同时,离开故乡、离开土地的老人对土地的这份眷恋,让我的心情有些沉重。

五

一直很后悔,我错过了老家的迁坟。按说,这么重要的活动,家庭成员是都要参加的。但那一天,我有一件重要的事情要办,抽不开身,结果没去。现在想来,那件所谓的"重要事情"其实毫无意义,错过才是真正的不该。听说,爷爷的尸骨身形完好。他的孙辈亲手破坏了这个完好的秩序,把它们强行堆积到一个准备好的盒子里,然后,也让他离开了熟悉的海和泥土,去了另一个纵使生前去过,只怕也无法在死后这么多年还能够联系起来的地方。

“安息吧!”每一个迁坟的家庭都对着他们的先人这么说。

我是二十世纪六十年代出生的,我们这代人都知道“鬼火”,但我没见过。再往前追溯二三十年,我们的父辈往上,都是见过“鬼火”的。据说,它是蓝色或绿色的火焰,忽明忽暗,还可以跟着人行走,非常恐怖。

那时候,每个村附近都有一处乱葬岗,不是真正的墓地,是无人管理、任人埋葬尸首的土岗。战争、天灾或者瘟疫,死亡人数过多,只能草草埋葬。也有夭折的孩子进不了家族墓地,被直接送到乱葬岗里。

现在,我们知道,所谓“鬼火”,其实是一种自然现象。随着医疗条件的改善,再加上火葬的推行,“鬼火”早已从我们生活中消失了。

然而,在浩浩荡荡的迁坟活动中,一种现象又激活了这个在我心中多年不曾被提及的词。

有些坟是有后人的,有些尸骨是没有后人的,尤其是在这个沿海渔村,没有后人的尸骨还很多。那些过往的岁月里,出海后再也没能回来是寻常事;一场风浪后,海边漂上来几具异乡的尸首也实属正常。好心的渔人把他们收上岸,用一张旧床单、旧席子或旧被子简单缠裹,然后入土为安。我想,这些渔人在做这些事的时候,心里一定会掠过一些不愿说出却很可能成为事实的想法,比如,万一自己哪一天流落到异乡滩头,同样祈望有异乡的好心人能给他们一些最后的温暖。

有后人的坟茔,有着隆重的迁冢仪式。赶在太阳出来之前,带着香火、鞭炮、祭祀品等,子孙后代尽可能齐全,都来为先人迁冢。没有后人的尸骨,就真的没人管了。如果你是一个多情的人,你尽可以按你的想象去丰富它,还原它,还原它作为人的样子,再去追溯他的经历、他的生活状态、他的遭遇、他客居他乡时最后的意念,以及他的家人在他久久不归以后过了怎样的生活……

但,就在思维天马行空的时候,这片土地天翻地覆。它被深翻深挖,然后夯实,沉重的钢筋水泥在它上面筑成一种现代的坚固。那些一度裸露的白骨,在隆隆的马达声中,任由这些机械化设备把它们送到许多更加不同的地方,然后,在经历巨大的颠簸之后再次睡去。这时,异乡的上空,响起了这样的声音:“无论走到哪里,都应该记住,回忆是一条没有尽头的路……”

六

在天增岁月人增寿的过程中,他们曾经生活了半个世纪的渔村彻底消失了。

老房子被推倒以后,我回去看过,当时面对一大片残垣,我几乎无法辨认哪儿是自己家。那一瞬间,我感觉到了莫名的伤感,一段人文和一段历史的载体消失了。搬迁的渔人们走向新生活的同时,也拉扯着太多割舍不下的羁绊。记忆像一张网,环环相扣。这种状态又多么像一条渔船,航行的过程中拖着日渐殷实的网,这是航行的意义。船和渔人,都要奔向家园。但,哪里又是渔人真正的家园呢?

故乡一别,已是十个年头。公公前些年还自行往返开会,履行一名老党员的职责,而婆婆自从离开便不曾回去过。现时的三十里路不叫路了,但对九十多岁的老人来说，终归是一个难以抵达的远方。

在这片曾经生活过的土地上，他们养育了八个儿女，后代的生活轨迹遍布四面八方。现在，重孙辈中，最大的硕士在读，最小的才一岁半。重大节日，来自各地的视频短信昭示着家族的繁茂，诠释着亲情的意义。

现在，我有幸和这两位接近百岁的老人生活在一起。他们的生活平静、规律，不需要我们照顾很多，有时候还可以帮我们洗碗做饭。公公近两三年不跑银行，也不去开会了，但党费是一分不差地委托我去交。他耳朵背了，在我们不愿意扯着嗓子跟他说话，或者我们与其他人闲聊的时候，婆婆便坐在旁边充当翻译，一句一句说给公公听，一如他耐心地给她讲解外面的故事。这些画面常常温暖着我。我也常想，如果那位老奶奶能知道她孙女的现状，一定会无比欣慰与安心了。

如今，他们的故乡已然变成一个新兴的港口，海也被往里填了几公里。每天有万吨巨轮在这里停泊，吊车起起伏伏，掩盖了一些痕迹，演绎着一个未来。

我不止一次地设想，如果他们站在这里，面对变迁，会想些什么呢？